ein Ullstein Buch

ÜBER DAS BUCH:

Von frühester Jugend an ist Stephen Whalby dem Hochmoor bei seiner Heimatstadt verfallen. Auch noch nach seiner Hochzeit streift er bei Tag und bei Nacht allein durch diese einsame und düstere Landschaft. Er zerbricht sich den Kopf über das Leben der Schmetterlinge und kann seine Naturstudien für eine Kolumne im Lokalblättchen *Three Towns Echo* verwerten. Vor allem aber verschafft die Einsamkeit dem »Herrn des Moors« die willkommene Gelegenheit, sich seiner ungeliebten Frau Lyn zu entziehen. Bei einem seiner Streifzüge stößt er auf die Leiche eines jungen Mädchens, das offensichtlich erwürgt wurde. Stephen weiß nun, daß er nicht allein wandert, und sieht seine Herrschaft über die schaurige Idylle bedroht...

DIE AUTORIN:

Ruth Rendell, am 17. Februar 1930 in London geboren, gehört zu den Meisterinnen der psychologischen Kriminalliteratur. Für ihre seit 1964 erscheinenden Romane und Kurzgeschichten wurde sie mit zahlreichen Preisen ausgezeichnet, u. a. mit dem amerikanischen »Edgar« (1975 und 1984) und dem englischen »Gold Dagger Award« (1976). Die Autorin lebt abwechselnd in London und in einem Cottage aus dem 17. Jahrhundert in Polstead.

Für Nan und Maurice Romilly

Ruth Rendell

Der Herr des Moors

Roman

ein Ullstein Buch

ein Ullstein Buch
Nr. 20993
im Verlag Ullstein GmbH,
Frankfurt/M – Berlin
Titel der englischen
Originalausgabe:
Master of the Moor

Übersetzt von Ilse Bezzenberger

Ungekürzte Neuauflage
des Ullstein Krimis 10200

Umschlagentwurf:
Hansbernd Lindemann
Foto: Mall Photodesign

Printed in Germany 1989
Gesamtherstellung:
Ebner Ulm
ISBN 3 548 20993 9

April 1989

Von derselben Autorin
in der Reihe der
Ullstein Bücher:

Der Fieberbaum (10299)

CIP-Titelaufnahme
der Deutschen Bibliothek

Rendell, Ruth:
Der Herr des Moors: Roman / Ruth
Rendell. – Ungekürzte Neuaufl. d.
Ullstein-Krimis 10200. – Frankfurt/M;
Berlin: Ullstein, 1989
(Ullstein-Buch; Nr. 20993)
ISBN 3-548-20993-9
NE: GT

1

Es war der erste tote Mensch, den er je gesehen hatte, und zuerst war es ein Schock gewesen, der seinen Herzschlag beschleunigte. Dann aber kniete er sich hin und betrachtete das tote Mädchen neugierig. Mit ihrem Gesicht mußte etwas sehr Unschönes geschehen sein; es war geschwollen, bläulich-grau verfärbt, und die Augen quollen zwischen unnatürlich überdehnten Lidern hervor. Sie war hellblond gewesen, eine echte Blondine, das konnte man an den blassen Brauen und Wimpern erkennen, nicht allerdings an ihrem Haar, denn das hatte ihr jemand scharf über der Kopfhaut abgeschnitten.

Sie lag auf dem Rücken im Gras mitten in der Passage, die die großen, aufrecht stehenden Monolithen bildeten, genau gesagt zwischen dem neunten und zehnten Stein auf der nördlichen Seite. Es war noch früh am Morgen – halb neun oder so –, und er vermutete, daß sie schon die ganze Nacht hier gelegen hatte. Die Sonne schien, und es blies ein Ostwind, der die Wolken zuhauf jagte und ihre Schatten über die flachen Hügel und die nackten Felsaufbrüche fegte. Die Schlagschatten der senkrechten Steine lagen parallel zueinander wie Zähne eines Riesenkamms. Es war sehr kalt, die typische, klare, beißende Aprilkälte Mittelenglands. Das Mädchen trug Jeans, einen schweren Pullover und eine dicke Steppjacke. Sie war schlank, hochgewachsen und sehr jung, und er hatte sofort gewußt, daß sie tot war. Jetzt berührte er erstmals ihre Haut, die Haut ihrer Stirn, mit den Fingerspitzen. Sie fühlte sich an wie Marmor, wie der Engel auf Taces Grabmal auf dem Friedhof von Chesney, genauso kalt und starr.

Sein erster Impuls war, sie aufzuheben und hügelab ins Dorf zu tragen. Er war stark genug, um das ohne Anstrengung zu schaffen. Aber dann kamen ihm Erinnerungen aus Büchern, die er gelesen, und aus Filmen, die er gesehen hatte. Sie mußte hier liegenbleiben für die Polizei. Ja, er mußte die Polizei holen. Toller Höhepunkt eines Moorspazierganges! Kurz vor acht war er von zu Hause fortgegangen, nachdem er Lyn eine Tasse Tee auf den Nachttisch gestellt hatte, war durchs Dorf gegangen und dann ins Hochmoor aufgestiegen zu einer seiner gewohnten Wanderungen, wie er sie seit Jahren zwei- oder dreimal in der Woche unternahm. Woran hatte er unterwegs gedacht? Vor allem an ein Kätzchen. Ja, er hatte daran gedacht, daß er Lyn zum Geburtstag ein Kätzchen kaufen könnte.

Und als er dann bei den mächtigen Dolmen angekommen und stehengeblieben war, um sie zum tausendsten Male zu betrachten, da hatte er das Bündel am Boden erblickt, einen merkwürdig abstechenden Farbfleck zwischen dem Grün und dem Grau der Natur; rote und blaue Flicken mit dem Kopf einer kaputten Puppe.

Nach einer Weile erhob er sich von den Knien. Ihm war zumute, als habe er viele Minuten lang den Atem angehalten, obwohl das natürlich nicht stimmen konnte. Die Augen dieses Mädchens waren genau wie die türkisblauen Glasmurmeln, mit denen er und Peter Naulls als Kinder gespielt hatten. In tiefen Atemzügen sog er die reine, eisige Moorluft ein. Hoch über ihm hing wie ein Pendel ein Habicht am Himmel. Der Wind hatte die Wolken energisch auseinandergerissen, und der Himmel, der dahinter zum Vorschein kam, war genauso blau wie jene toten Augen. Abrupt wandte er sich ab und ging davon, den Weg zurück, den er gekommen war. Er trat durch die niedrige Pforte in der Einfriedung, neben der ein Pfosten mit einem Metallschild in der Erde steckte. THE FOINMEN – MEGALITHISCHE KULTSTÄTTE – DIE NATURSCHUTZBEHÖRDE stand darauf. Der Habicht schoß auf die Erde herab und schnellte wieder in die Höhe, ein sirrender Flederwisch streifigen Gefieders.

In dieser Landschaft, wo die Hügel Foins genannt wurden und die Bergwerkschächte Soughs hießen, waren die Wege, die in wirrem Zickzack bergaufwärts liefen, nichts als schmale Trampelpfade. Er nahm den Serpentinenweg, der über das Chesney-Moor abwärts führte, ging rasch, mit weit ausholenden Schritten, aber dennoch leichtfüßig und ohne große Anstrengung. Sein Körper war wie eine kraftvolle, robuste Maschine, vom Moor hervorgebracht, vom Moor in Gang gehalten. Er trug einen Anorak über seinem wollenen Rollkragenpullover, derbe Cordjeans und Wanderschuhe. Er war neunundzwanzig Jahre alt, sah aber jünger aus, wohl weil sein Haar sehr fein und sehr dunkel war und seine Haut ein frisches Weiß und Rot. Während er abwärts schritt, verwehte sein Atem in der kalten Luft wie Rauch.

Die Kirchturmuhr von St. Michael im Moor schlug neun, als er die Straße erreichte. Auf dem Anger hielt der Milchwagen. Mrs. Southworth vom Herrenhaus Chesney Hall stand am Briefkasten und warf einen Brief ein. Er ging vorbei an den Häusern und dem Anger, dann das Stückchen Jackley Road entlang, von der der Tace Way abzweigte. Die Siedlungshäuser aus hellbraunen Backsteinen standen zu beiden Seiten der hufeisenförmigen Straße, die durch einen dichten Fächer von Leylandzypressen gegen das Dorf abgeschirmt war. Rings um die flache Mulde, in der Chesney lag, erstreckte sich das Hochmoor. Die schönste Aussicht darüber hin hatte man jedoch von seinem Hause aus. Es war das letzte vor der Kurve des Wendeplatzes.

Lyns Mutter, noch im Morgenmantel, guckte aus ihrem Fenster im Parterre und winkte ihm zu. Er winkte zurück. Ebenso winkte er Kevin Simpson zu, der eben seinen Wagen aus der Garage holte, er winkte und lächelte, als ob nichts geschehen sei. Ein scharfer Wind fegte vom Moor herüber und bog die Zypressen, als seien es Grashalme.

Lyn hörte seine Schritte auf dem Seitenweg und machte ihm die Hintertür auf. Sie war schon angezogen, bloß ihr langes Haar war noch zu Zöpfen geflochten, wie sie es immer nachts trug. Sie sah aus wie ein groß gewordenes kleines Mädchen.

»Na, du bist ja nicht lange geblieben.«

»Ich bin auch nicht weit gekommen. Großer Gott, Liebling, da draußen gibt es was ziemlich Grauenhaftes. Da ist ein Mädchen, und das ist tot. Ich habe sie gefunden. Sie liegt zwischen den Foinmen.«

Flüchtig schoß es Lyn durch den Kopf, daß die meisten Männer ihren Frauen das wahrscheinlich etwas schonender beigebracht hätten. Sehr ruhig fragte sie mit ihrer sanften, tiefen Stimme: »Was meinst du damit – tot –, Stephen? Du meinst, sie hatte einen Unfall?«

Er schüttelte den Kopf. »Ihr Gesicht ist ganz blau. Und ihr Haar ist ab, jemand hat ihr das ganze Haar abgeschnitten.«

Immer wenn Lyn in letzter Zeit einen Schreck bekam, fing sie an zu zittern. Einerlei, wie kontrolliert und ruhig sie auch klang, ihre Hände begannen zu flattern, und manchmal sogar ihr ganzer Körper. Ihre Mutter behauptete, das seien bloß die Nerven, aber weshalb hätte sie eigentlich nervös sein sollen? Schon wieder flog sie am ganzen Körper.

»O Stephen, nein!«

»Ganz schön gräßlich, was? Sie ist ermordet worden. Erwürgt, glaube ich. Ja, ich könnte wetten, die ist erwürgt worden. Großer Gott, jetzt hab' ich dich aufgeregt!«

»Ist schon gut«, meinte Lyn. »Wirst du die Polizei anrufen?«

»Aber sicher tue ich das, jetzt gleich. Ich bin sofort umgekehrt und zurückgekommen, so schnell ich konnte.«

»O Stephen . . .«

Sie standen dicht voneinander und blickten sich an. Sie legte die Arme um ihn und schmiegte sich fest an ihn. Er ließ es zwar zu, daß sie ihn umarmte, aber es kostete ihn geradezu Mühe, denn es drängte ihn, tätig zu werden, ans Telefon zu kommen. Sie ließ ihn los.

»Wo?« fragte der Mann am Telefon.

Stephen staunte immer wieder, wie wenig alteingesessene Leute von ihrer Heimat, von ihrem ureigensten Lebensraum wußten. Diese Simpsons zum Beispiel, die von den Foinmen nicht mehr wußten als von Stonehenge, oder Vati, der auch noch damit prahlte, daß er die ganzen letzten zwanzig Jahre nicht mehr im Vangmoor gewesen sei. »Bei den Foinmen«, wiederholte er, »zwischen dem neunten und zehnten Stein auf der Nordseite.«

»Am besten wird es sein, Sie zeigen uns das, Mr. Whalby. Bleiben Sie, wo Sie sind, wir holen Sie ab.«

Aber das wollte Stephen nicht zulassen. »Wir treffen uns am Anger. Ich warte am Chesney-Anger auf Sie.«

Während er telefonierte, war Lyns Schwester hereingekommen, die schwerknochige Joanne mit den gelben Haaren, erst neunzehn Jahre alt und seit sechs Monaten verheiratet. Ihre Stimme war so durchdringend, wie Lyns sanft war.

»Ich glaube, so ein Schock ist gar nichts für mich, in meinem Zustand.«

Sofort meinte Lyn bekümmert: »Ach ja! Ich wollte, du hättest nicht zugehört.«

»Nun komm, Schwesterchen, kapierst du nicht, daß ich Spaß mache? Ich flitze jetzt rüber und erzähle es brühwarm Kev. Weiß Mutter es schon?«

Stephen machte sich wieder auf den Weg. Joanne und ihre Mutter standen vor Joannes Haustür und redeten aufgeregt. Er blieb nicht stehen, er ging zum Anger zurück und wartete im Windschutz der Kirchhofsmauer. Zwischen dem Friedhofsportal und St. Michaels alter Eichentür stand das Tacesche Grabmal – weißer Marmor, schwarze Bronze und Giacomettis schmerzensreicher Engel mit Flügeln wie Fischgräten. Stephen lehnte sich über die Pforte und wartete auf die Polizei. Der viereckige Turm der Kirche war, ebenso wie alle umliegenden Häuschen und auch Chesney Hall, aus dem schwarzbraunen Kalkstein erbaut, den man hierzulande Foinstone nannte. Vor langen Zeiten hatte man ihn in einem tiefen Steinbruch abgebaut, der Knamber Hole genannt wurde. Man konnte das Knamber Foin von hier aus sehen, eine ansteigende, öde Geröllhalde am Rande einer Ebene, die jetzt grau und wie rauchschimmernd aussah durch die kahlen Äste zehntausender kleiner Birken. Dichte Wolken verschatteten die südöstlichen Landstriche, während die nördlichen und westlichen im hellen Sonnenlicht lagen; die höheren Hügel leuchteten förmlich in der Sonne, und ein Vogelschwarm flog durch das weite Himmelblau über dem Big Allen.

Der Wind strich über die Haut wie eine kaum spürbare Rasierklinge. Stephen sah die Polizei schon von weitem herankommen. Drei Wagen fuhren im Konvoi die weiße Straße von Hilderbridge heran – geradezu eine Armee von Polizisten. Nun gut, das bewies wenigstens, daß man ihm glaubte. Die Wagen parkten hintereinander auf dem Fahrweg, der zwischen Herrenhaus und Kirche über den Dorfanger lief. Es standen bereits ein paar Neugierige herum, darunter Kevin Simpsons Mutter und ein alter Mann, dessen Namen Stephen nicht einfiel, geradezu heißhungrig auf ein bißchen Aufregung an diesem öden Aprilsonnabend.

»Hier entlang«, sagte er zu den Polizisten, »wir müssen ins Hochmoor aufsteigen.«

Da war ein Kriminalinspektor, ein untersetzter Mann etwa in seinem Alter, eine athletische Erscheinung, wenngleich mit bedenklich purpurfarbenem Gesicht unter dem rötlichen Haar, dann sein Assistent, etwas jünger, dunkel, mit dem spitz zulaufenden Gesicht eines Nagetiers, eine Bohnenstange von Mann, und außerdem Polizeioffiziere mit verschiedenen Funktionen, deren eine vor allem darin bestand, am Tatort zu sein, bevor die Leiche berührt oder bewegt würde. Stephen führte sie den Zickzackweg hinauf. Ohne ihre Begleitung wäre er querfeldein steil aufwärts gestiegen, aber er war ja auch ganz ohne Zweifel mehr ans Wandern und Klettern gewöhnt als diese Polizisten. Wahrscheinlich empfand er auch die Kälte weniger als sie. Schon während sie wartend herumstanden, hatten sie unentwegt mit den Füßen getrampelt und sich die Hände gerieben. Unvermittelt fragte ihn der Inspektor: »Sind Sie der Stephen Whalby, der diese Natur- und Landschaftsspalte für das ECHO schreibt?«

»DIE STIMME DES VANGMOOR meinen Sie? Ja, das bin ich.« Noch nie hatte ihn jemand das gefragt, und er fühlte sich geschmeichelt. Allerdings kam es ja auch selten vor, daß er Leuten begegnete, die das nicht bereits wußten. »Sind Sie denn ...«, er bemühte sich, wie ein echter Schriftsteller zu reden, »... einer meiner treuen Leser?«

»Na ja, so ab und zu«, meinte der Inspektor. Stephen erinnerte sich, er hatte sich als Inspektor Manciple vorgestellt. »Dann müssen Sie ja das Moor kennen wie Ihre Westentasche.«

»Ja, ich kenne es ziemlich gut.« Stephen konnte nicht umhin, sich ein bißchen zu brüsten. »Ich kann wohl sagen, ich bin die größte lebende Autorität, was das Vangmoor betrifft.«

Er sagte es völlig ernst, aber aus irgendeinem Grunde entlockte es dem rattengesichtigen Assistenten ein unangenehm wieherndes Lachen. Stephen fand es ziemlich unpassend, unter den gegebenen Umständen überhaupt zu lachen. Vorwurfsvoll schweigend kniff der die Lippen zusammen.

Der Inspektor schien es nicht zu bemerken. »Ich nehme an, Sie verfolgen die BLEICHLAND-Serie im Fernsehen? Es heißt ja, dieser Alfred Tace, der die Bücher geschrieben hat, der hätte das Moor in- und auswendig gekannt.«

»Alfred *Osborn* Tace«, verbesserte Stephen. Und nach kurzem Zaudern setzte er hinzu: »Er war mein Großvater.«

Jetzt waren beide sichtlich beeindruckt. »Tatsache?« fragte Manciple, und der Assistent meinte: »Dann beziehen Sie wohl einen ganz schönen Batzen Geld aus dieser Serie, was?«

»Großer Gott, nein!« Er hätte fast gelacht, und es wäre ein bitteres Lachen geworden. »Genau gesagt, es war ... über die weibliche Linie«, fing er an, unschlüssig, wieviel er ihnen mitteilen sollte. Aber sie hörten ihm ohnehin nicht mehr zu. Sie hatten die Hügelkuppe erreicht, und vor ihnen erstreckte sich das Foinmen-Plateau. Der Wind grub zitternde Furchen in das Heidekraut, durch Blaubeergestrüpp und langhalmige, trockene Grassoden. Gegen den hellen, sich immerfort verändernden Himmel standen steif und schwarz die Dolmen. »Sehen Sie, dort drüben.« Stephen deutete hinüber. Langsam gingen sie vorwärts, jetzt konnten es alle sehen, es bestand kein Grund zur Eile. Einer der Tatortspezialisten stolperte, als er mit dem Fuß in ein Kaninchenloch geriet. Für gewöhnlich machte Stephen aus seinen Besuchen bei den Foinmen eine Art Zeremonie, indem er langsam durch das Spalier der hoch aufragenden Steinriesen hindurchschritt, dorthin, wo der Gigant stand, aber davon konnte jetzt natürlich nicht die Rede sein. Sie machten sich nicht einmal die Mühe, die Pforte zu benutzen, sondern schwangen die Beine über die niedrige Umzäunung und gingen geradewegs zwischen die Steine, dorthin, wo das Mädchen lag.

Ein kleines grünes Insekt mit zusammengefalteten Flügeln hatte sich auf ihrer Stirn niedergelassen. Alle blickten auf sie hinunter, und eine ganze Weile sagte niemand ein Wort. Schließlich brummte Manciple, ohne sie zu berühren oder sich auch nur zu ihr hinunterzubeugen: »Die ist *allerdings* tot.«

Einer der Männer, den Stephen für einen Polizisten in Zivil gehalten hatte, trat näher heran und betrachtete die weit offenen blauen Augen des Mädchens. Der Inspektor nannte ihn Doktor. »Natürlich ist sie tot«, bestätigte der Arzt, und dann setzte er hinzu: »Ein Vangmoor-Mord. Mein Gott, früher oder später mußte es ja so kommen.«

Ein Windstoß fuhr heulend über das Plateau. Das Insekt breitete die Flügel aus und ließ sich von ihm forttragen.

Den größten Teil des Tages verbrachte er auf dem Polizeirevier von Hilderbridge. Manciple verschwand, und Stephen wurde von dem Chefinspektor namens Malm vernommen. Warum er so früh im Vangmoor unterwegs gewesen sei? War es nicht viel zu kalt, so früh am Tage bereits draußen im Hochmoor zu sein? Und ob er schon je zuvor oben bei den Foinmen gewesen sei? Ach, schon Dutzende, vielleicht sogar Hunderte von Malen? Und warum ausgerechnet an diesem Morgen?

Es war nicht möglich, Malm verständlich zu machen, daß er eben einfach das Moor liebte, das Wandern genoß, daß er sich an die Kälte gewöhnt hätte. Ein Inspektor, dessen Name Troth war, wie Stephen sich erinnerte, kam wieder dazu und setzte sich neben Malm. Beide gaben sich äußerst zuvorkommend, wißbegierig, ratlos. Nach etwa einer Stunde änderten sie ihre Taktik und wollten wissen, wem er auf diesem Morgenspaziergang begegnet sei, überhaupt alles und jedes, was er gesehen hatte.

»Ich habe überhaupt niemanden getroffen. Das tue ich fast nie.« Stephen versuchte, ironisch zu sein: »Also gut, ich habe einen Hasen gesehen, und dann, nachdem ich die Leiche gefunden hatte, noch einen Sperber und einen Turmfalken.« Und weil er sah, daß Malm daraufhin anscheinend an seiner Zurechnungsfähigkeit zweifelte, fügte er ernst und ruhig hinzu: »Sonst war da wirklich gar nichts, nichts, was ich Ihnen nicht erzählt hätte.«

Jetzt kamen sie wieder darauf zurück, weshalb er dorthin gegangen sei, und ob ihm denn die Kälte nichts ausmache? Sie sagten ihm weder den Namen des Mädchens, noch woher sie stammte. Das erfuhr er erst durchs Fernsehen, als er nach Hause kam. Lyn sprang auf, als er eintrat.

»Das hat man nun davon, wenn man Gemeinsinn beweist!« Stephen zwang sich zu einem Lachen. »Die tun gerade so, als ob *ich* es getan hätte.«

»Das *können* sie nicht, Stephen. Das ist bloß so ihre Art.«

»Ich fühle mich wie zerschlagen, vielmehr, als wenn ich kilometerweit übers Moor gewandert wäre. Weißt du, das war der erste tote Mensch, den ich gesehen habe. Das nimmt einen ganz schön mit. Hast du schon mal einen Toten gesehen?«

»Meine Großmutter, die Mutter meiner Mutter. Aber die sah einfach aus, als ob sie schliefe. Möchtest du was zu trinken haben, mein Lieber? Einen ordentlichen Drink oder einfach nur Tee? Ich habe das Abendessen fertig. Wir können essen, wann immer du möchtest.«

»Laß uns den Kasten anstellen, ja? Gleich kommt BLEICHLAND.«

Lyn brachte den Tee und auf zwei Tabletts ihr Abendessen. Sie setzte sich neben Stephen und griff nach seiner Hand. Auf dem Bildschirm erschien das Vangmoor, just so, als ob sie aus dem Fenster blickten, aber es war das Vangmoor im Sommer, ohne den Wind und mit Blättern an den Bäumen. Stephen hatte ein paarmal bei den Filmaufnahmen zugesehen, bei den Szenen, die im Vale of Allen gedreht worden waren. Es war eine merkwürdige Sache – zuerst Lady Irene im Kostüm der Jahrhundertwende und Alastair Thornhill in seinem Norfolkjackett vor dem Hintergrund des Big Allen zu bewundern, und gleich darauf, nachdem ihre Romanze und damit die Filmepisode zu Ende war, das wirkliche, heutige Moor auf dem Bildschirm erscheinen zu sehen, nämlich gleich zu Beginn der Nachrichten. Als ob das Moor der Nabel der Welt sei, als ob es nichts gäbe außer diesem Moor.

Der Nachrichtensprecher erklärte, das tote Mädchen hieße Marianne Price und sei zwanzig Jahre alt gewesen. Sie sei überfallen und ermordet worden, als sie spät am vergangenen Abend mit dem Fahrrad von Byss nach Hilderbridge heimgefahren sei. Dann erschien ein Foto von ihr, wie sie zu Lebzeiten ausgesehen hatte. Ein rundes Gesicht mit hoher Stirn, blauen Augen, kurzer, gerader Nase und einer langen Mähne glänzenden blonden Haares. Stephens

Name wurde nicht erwähnt.

Die Polizei suche noch nach dem verschwundenen Fahrrad, hieß es, aber über das fehlende Haar sagte der Sprecher nichts. Stephen schaltete den Apparat aus. Er trat ans Fenster und zog die Vorhänge zurück. Ein heller, beinahe voller Mond schien, und die Silhouette des Big Allen hob sich tiefschwarz gegen das schimmernde Opal des Himmels ab.

»Als ich ein Kind war, da stellte ich mir immer vor, daß das Moor mir gehörte und daß ich ein kleiner Prinz sei oder der Erbe irgendeines Adelsbesitzes. Damals, nachdem Mutter fort war, fing ich an, mir so was auszudenken.«

»Du brauchtest eben etwas, um dich darüber hinwegzutrösten«, meinte Lyn.

Er hob die Schultern. »Wahrscheinlich. Freud und solche Leute würden wohl sagen, ich hätte den Verlust meiner Mutter kompensiert. Was weiß ich. Jedenfalls betrachtete ich das Moor als mein persönliches Eigentum, mein Königreich, und ich überlegte angestrengt, wo ich meine Hauptstadt bauen und wo mein Jagdrevier sein sollte. Und auf dem Reeves Way, da wollte ich meine Armee marschieren lassen. Du wirst lachen, aber ich wollte eine richtige Krönung haben. Ich wollte mich bei den Foinmen krönen lassen, stehend auf dem Altar.«

Lyn lachte nicht. Sie hatte das alles schon so oft gehört. Aber anscheinend vergaß er immer wieder, daß er es ihr schon erzählt hatte. Seine Stimme begann zu vibrieren.

»Großer Gott, wenn ich denke, jetzt kommt da so eine Kreatur in mein Moor und begeht eine so niedrige Tat! Da kocht einem doch das Blut angesichts eines solchen Sakrilegs!«

»Ja, ich wollte, es wäre jemand anders und nicht ausgerechnet du gewesen, der sie gefunden hätte«, versuchte Lyn ihn abzulenken.

2

Es gab Sonntage, an denen Vati nicht zum Lunch erschien, wenn seine Depressionen es ihm unmöglich machten, seine vier Wände zu verlassen. Diese Depressionen waren eine echte Krankheit, nicht bloß Zustände von Niedergeschlagenheit und Reizbarkeit. Sie rissen ihn in Abgründe des Grauens, erklärte er, die kein Mensch sich vorstellen könne. Zwischen solchen Schüben jedoch, in Zeiten skeptischen, allzeit gefährdeten Wohlbefindens, das auf andere wie mürrische Reserviertheit wirkte, kam er sonntags in Whalbys Lieferwagen aus Hildebridge angefahren.

Die Depression der letzten Woche war verflogen und vergessen, wie ein Fieber im Schlaf vergeht und der Patient darauf wieder zu essen verlangt. Allerdings sah Vati noch sehr mitgenommen aus, mit tiefen, dunklen Ringen um die Augen. Er trug seinen einzigen guten Anzug, grau mit weißen Nadelstreifen, und er hatte ein Geburtstagsgeschenk für Lyn mitgebracht, eingewickelt in steifes braunes Packpapier. Er küßte Lyn nicht, überhaupt berührte er Frauen niemals; Männer genau gesagt auch nicht, aber vor der Berührung einer Frau schien er geradezu panisch zurückzuschrecken.

Lyn schälte ein kleines rundes Tischchen aus dem Papier, glänzend poliert, mit geschwungenen Beinen, die Platte verziert mit einem geschnitzten Muster von Kastanienblättern und Büscheln stacheliger Früchte.

»Schön ist der, Vati. Du bist so lieb zu uns!«

»Nun ruinier ihn aber bloß nicht mit heißen Tassen!«

»Was für ein schönes Stück«, sagte Stephen begeistert. »Frühviktorianisch, wie?«

»Spätviktorianisch«, korrigierte Vati. »Das müßtest du eigentlich auf den ersten Blick erkennen. Schließlich bist du ja vom Fach, oder?«

Lyns Eltern, Joanne und Kevin kamen immer am Sonntagnachmittag herüber. Mr. Newman war ein kleiner, ruhiger Mann, halb so groß wie Vati und wahrscheinlich auch halb so schwer wie er. Er fuhr mit dem Finger über die Schnitzerei.

»Tja, damit können wir es nicht aufnehmen.«

»Was heißt hier aufnehmen«, sagte seine Frau spitz. »Lyn weiß doch sowieso, daß sie eine Strickjacke kriegt. Aber es dauert eben noch bis Mittwoch.« Sie hatte zwei Sonntagszeitungen mitgebracht. Alle hatten sie Zeitungen mit, bis auf Vati, der niemals las. Mrs. Newmans Gesicht war rund, gesund und wohldurchblutet, genau wie Joannes. »Ist doch komisch«, meinte sie, »aber ausgerechnet in Gegenden wie dieser, ich meine, so weite Ebenen, Moorflächen oder Wälder, überall dort, wo die Naturschutzbehörde ihre Hände im Spiel hat, da passieren immer diese Mordfälle. Ein Wunder, daß sie hier nicht schon früher vorgekommen sind.«

Joanne sagte: »Was meinst du mit ›sie‹, Mutti? Soweit ich weiß, ist bloß *ein* junges Mädchen ermordet worden.«

»Bis jetzt. Die erste jetzt, die nächste in ein paar Wochen, und dann werden sich die Leute scheuen, überhaupt noch aus dem Haus zu gehen – wenigstens wir Frauen. Das war bestimmt so ein Pathologe.«

»Psychopath.«

»Ist ja egal, wie man die jetzt nennt. Wir nannten sie früher Verrückte.«

»Ein richtiges Klageweib, was, Tom?« schmunzelte Mr. Newman.

Aber Vati antwortete nicht, sondern setzte nur sein verlegenes humorloses Grinsen auf. Die mächtigen Schultern in die Höhe gezogen, hockte er da. Zwar war er an Gesellschaft gewöhnt, aber richtig mithalten konnte er nie, es war hoffnungslos. Viele Männer sind größer oder genauso groß wie ihre Väter. Stephen war volle zwei Meter groß, aber Vati überragte ihn noch. Er ragte auch jetzt nach allen Richtungen aus seinem Sessel heraus, nichts als lange, hagere, eingeknickte Gliedmaßen, die ihm das Aussehen einer in die Enge getriebenen Spinne verliehen. Alle außer ihm wollten wissen, wie Stephen mit der Polizei zu Rande gekommen war.

»Ich bin ihr Hauptverdächtiger. Nein, ehrlich, Tatsache!«

»Er übertreibt«, sagte Lyn.

Jetzt meldete sich Vati zu Wort. »Möchte bloß wissen, warum er seine Nase da reingesteckt hat.«

»Nachdem ich sie nun mal gesehen hatte, mußte ich es doch melden«, wehrte sich Stephen.

»Ich hätte meine Augen zugemacht und wär weitergegangen. Das kommt alles bloß von dem Herumlungern im Moor.«

»Großer Gott, du klingst ja wie die Polizei. Kann denn kein Mensch begreifen, daß man eine Landschaft lieben kann? Das ist doch nun wirklich ein harmloses Vergnügen, sollte man meinen.«

Kevin zwinkerte mit den Augen. »Ich sag' ja immer, Lyn ist keine grüne Witwe, sie ist 'ne Moorwitwe.«

Vatis Mund verzog sich zu einem grimmigen Lächeln.

Mrs. Newman sagte: »Ich nehme an, damit ist es bei dir jetzt sowieso vorbei, Stephen. Du wirst ja nicht da draußen sein wollen, solange dieser Verrückte da herumstrolcht. Und das Wort Witwe liebe ich gar nicht, Kevin, das war nicht sehr nett von dir.«

Joanne und Kevin saßen auf dem Sofa und hielten Händchen. »Ich habe übrigens dieses Mädchen gekannt, Mutti, diese Marianne Price, hab' ich dir das nicht erzählt? Du mußt sie doch auch gekannt haben, Stephen. Sie saß immer an der Kasse im GOLDEN

CHICKEN.«

»Jetzt heißt es MARKET BURGER HOUSE, Joanne.«

»Ist doch egal. Essen Sie nicht auch oft dort Mittag, Mr. Whalby?«

»Ich? Ich bleib' mit meinen Füßen unter meinem eigenen Tisch. Stephen, der geht manchmal zum Essen aus, der ist ja auch jung.«

»Da siehst du es, Stephen, ich hab' ja gesagt, du mußt sie gekannt haben. Du mußt sie hundertmal gesehen haben.«

»Großer Gott, Joanne, wie soll ich das wissen? Sie wird wohl auch ein bißchen anders ausgesehen haben, als wie sie jetzt dagelegen hat mit ihrem kahlgeschorenen Kopf, das kann ich dir sagen.«

Joanne gab einen kleinen Entsetzensschrei von sich und griff mit den Händen in ihr eigenes üppiges blondes Haar.

»Morgen wird sie jedenfalls nicht mehr dort sein«, konstatierte Mrs. Newman, »und es würde mich nicht wundern, wenn sie morgen das Restaurant ganz schließen würden, aus Pietät. Ich weiß noch, als du und dein Bruder klein wart, Lyn – Joanne war noch gar nicht geboren –, da wurde der alte Mr. Crane drüben in Loomlade in seinem Wagen ermordet, und da haben sie den Elektroladen zwei Tage lang geschlossen aus Mitgefühl, und die Filiale in Byss auch.«

Aber am nächsten Tag war das MARKET BURGER HOUSE geöffnet und in Betrieb wie gewöhnlich. Das stellte Stephen mit eigenen Augen fest, nachdem er Lyn zum Mootwalk gefahren hatte und den Wagen auf dem Marktplatz parkte. Das Restaurant war das einzige in den Three Towns, in dem Frühstück serviert wurde. Manche Leute frühstückten ausgiebig, andere tranken lediglich Kaffee. Ein indisches Mädchen in blauem Sari saß statt Marianne Price an der Kasse. Stephen überquerte den Marktplatz und ging auf Whalbys Werkstatt zu.

Vati wohnte ganz allein in dem dreistöckigen Haus in der King Street, einem schmalen, aus Foinstone erbauten Haus, das in jedem Geschoß nur ein Zimmer hatte und mit Ölöfen geheizt wurde. Als Werkstatt diente die alte Wagenremise daneben sowie der Raum darüber. Über der Doppeltür hing ein dunkelbraun gemaltes Schild, auf dem mit goldenen Buchstaben zu lesen stand: WHALBY & SOHN, RESTAURATEURE ANTIKER MÖBEL. Die Farbe blätterte langsam ab, und man konnte es von der anderen Seite des Platzes aus nicht lesen, aber in den drei Gemeinden der Three Towns wußte jeder auch ohne das, wer die Whalbys waren. Einen Whalby nebst Sohn hatte es schon immer gegeben, so lange die Leute zurückdenken konnten, und manchmal, an seinen guten Tagen, brüstete sich Vati damit, daß Alfred Osborn Tace persönlich Kunde bei Whalby gewesen sei und daß ein Whalby die Sitze der Hepplewhite-Stühle in Chesney Hall neu bezogen hätte.

Stephen sagte hallo zu Vati, bevor er nach oben stieg, um mit der Arbeit an der dreiteiligen Sitzgarnitur zu beginnen, die sie am Freitag hereingeholt hatten. Vati rauchte. Zwischen seinen Nußknackerlippen hing eine der dünnen, verkrumpelten Zigaretten, die er sich selbst drehte. Die Rahmen der Sitzmöbel waren gesund und wesentlich besser als das Zeug, das heutzutage hergestellt wurde. Stephen begann, den alten, fast völlig zerschlissenen Bezugsstoff herunterzureißen und die Zecken herauszustemmen. Tabakgeruch kam die Stiege herauf. Vati rauchte nur, wenn es ihm gutging, und dann brachte er es auf vierzig oder fünfzig am Tag. Die Folge davon war dann immer ein Husten und gelbbraun verfärbte Finger. Vati wäre vielleicht ganz anders geworden, überlegte Stephen, wenn seine Frau ihn nicht verlassen hätte. Oder war es geschehen, weil er nun einmal so war, wie er war, daß sie eines Tages, als Vati bei der Arbeit und er in der Schule war, auf und davon ging und einen Zettel sowie das restliche Haushaltsgeld auf dem Küchentisch zurückließ? Er war damals zu klein gewesen, um den Zettel lesen zu können, aber er wußte noch genau, wie der Tisch ausgesehen hatte, als er hereingekommen war, dieser Tisch, der ihm gerade bis zur Schulter reichte. Er konnte sich noch an die zusammengefaltete Schulheftseite erinnern, an die drei Pfundnoten und den Haufen Kleingeld direkt in seiner Augenhöhe.

Vati hatte mit ihm niemals direkt über sie gesprochen. Aber als Stephen einmal vor langer Zeit versucht hatte, ihn »Vater« zu nennen und den kindlichen Kosenamen fallenzulassen, da hatte er losgebrüllt. Stephen sei das einzige, das er auf der Welt noch hätte, und ob er nicht ein klein wenig Freundlichkeit und Zuneigung aufbringen und ihn mit dem einzigen Namen anreden könne, der ihm etwas bedeute? Und manchmal hatte er Stephen plötzlich an sich gerissen, hatte ihm schier die Luft abgedrückt und ihn mit gestammelten Ausdrücken seiner gemarterten Liebe überschüttet. Nur auf so indirekte Weise trat die innere Verfassung des verlassenen – und inzwischen geschiedenen – Mannes zutage. Es gab in dem Haus in der King Street keine Fotos von ihr; die einzigen Fotos, die er je zu Gesicht bekam, hatte ihm nach hartnäckigem Betteln die alte Mrs. Naulls gezeigt. Er nahm an, sie hatte ihren Namen nach Lady Irene Nevils Tochter in WRENWOOD erhalten. Unverkennbar trug sie Taces Züge, schlank und sehr hellhäutig, mit langem, goldenem Haar, und war allen Naulls, die es je gegeben hatte, so unähnlich wie nur möglich.

Der Wind hatte nachgelassen, und der kalte, weißliche Dunst vom Fluß stand in Schwaden in der Luft. Lyn ging die Kopfsteinpflasterstraße entlang und über die alte Stadtbrücke. Heute morgen war das Wasser klar und silbrig, und es gluckste verstohlen, wenn es über die ovalen braunen Steine schwappte. Ein Schwanenpaar schwamm flußabwärts, dem Stadtzentrum zu.

Sie war wie gewöhnlich zu früh dran, weil Vati darauf bestand, daß Stephen kurz nach neun zur Stelle wäre. Sie vertrieb sich die Zeit, indem sie den Mootwalk entlangschlenderte, einen alten, holzüberdachten Arkadengang, von dem man auf die Hilder hinabsah. Hier befanden sich eine Reihe von Geschäften: ein Optiker, ein Friseur, eine Weinhandlung, ein Jeans- und Pullover-Boutique, eine Nachrichtenagentur und eine Tierhandlung. Im Schaufenster von Lorraine lag ein blaßgrüner Pullover, den sie sich vielleicht kaufen würde. Genau diese Art Grün, ein klares, blasses Jadegrün, war ihre Farbe. Im Aushang der Nachrichtenagentur prangte noch immer das Plakat mit der Schlagzeile der Sonntagszeitung: EINHEIMISCHES MÄDCHEN ERMORDET.

Ein paar Autos holperten über das Kopfsteinpflaster, von denen manche anhielten und parkten, und ein paar Fußgänger waren auf dem Weg zur Arbeit, aber nicht viele. Der größte Berufsverkehr spielte sich nördlich des Flusses ab, in der anderen Hälfte der Stadt, wo Cartwright-Cagebys Mühlenbetrieb sechzig Prozent der arbeitenden Bevölkerung von Hilderbridge beschäftigte. Hier unten war es von jeher viel ruhiger, dieser Stadtteil war älter, friedvoller. In der Ferne sah man die Ausläufer des Hochmoors. Seine Hügelkuppen verschwammen vor einem bleiernen Himmel, die tiefer gelegenen Hänge waren in Dunst eingebettet.

Lichter gingen an in den Mootwalk-Geschäften, als eins nach dem anderen öffnete. Aus dem Schaufenster der Tierhandlung blickte eine Katze Lyn mit ihren champagnerfarbenen Augen an. Sie saß in einem Drahtkäfig über einigen Schildkröten und unter ein paar Kaninchen mit Hängeohren. Die Katze blickte Lyn unverwandt an und öffnete das Maul zu einem tonlosen Miauen.

Lyn mochten den alten Mann, dem das Geschäft gehörte, nicht besonders. Er beäugte sie immer so unverschämt, und einmal war er herausgekommen und hatte sie augenzwinkernd gefragt, ob sie nicht ein süßes kleines Hündchen gebrauchen könne, um sie nachts warmzuhalten? Heute morgen aber war er nicht da. Statt dessen stand da drinnen ein Mann etwa ihres Alters, nicht älter, der hinter dem Ladentisch Behälter mit Fischfutter einordnete. Sie drückte die Tür auf und ging hinein.

»Ich habe mir die Katze in Ihrem Fenster angesehen.«

Er kam mit ihr heraus. »Attraktive Farbe, nicht wahr?«

»Eigentlich wollte ich ein bernsteinfarbenes Kätzchen, aber Bernstein ist es nicht ganz.«

»Nein, mehr ein Beige, finden Sie nicht auch? Oder sogar Pfirsichfarbe. Und dann ist es ja auch kein Kätzchen mehr, sondern mehr als halb erwachsen. Eine Frau hat das Tier am Sonnabend hergebracht; sie sagte, sie ginge nach Afrika, und ob ich es nehmen würde?«

Lyn war entrüstet. »Wie gräßlich, es dann in eine Tierhandlung zu bringen! Da weiß man doch gar nicht, wer sie womöglich kauft. Dann wäre es fast besser gewesen, sie einfach auszusetzen.«

»Oh, kommen Sie, nicht in dieser Tierhandlung! Wenigstens nicht unter meiner Geschäftsleitung.«

Lyn blickte zu ihm auf. Eigentlich hatte sie sich strikt angewöhnt, Männer nicht anzusehen, eine Selbstzucht, die einzuhalten in diesem Falle nicht besonders schwierig war, denn er war ziemlich nichtssagend, nicht sehr groß, dünn, mit spärlichem Haar, kurz, dem dunklen, schönen Stephen so unähnlich wie nur möglich. Aber was, in aller Welt, brachte sie eigentlich dazu, die beiden zu vergleichen?

»Sie haben die Geschäftsleitung? Was ist denn mit Mr. Bale passiert?«

»Im Krankenhaus. Eine Bruchoperation. Ich bin sein Neffe und sehe hier nach dem Rechten.« Die Katze miaute, diesmal nicht tonlos. Er öffnete den Käfig, hob sie heraus und nahm sie in seine Arme. »Ein schönes, gesundes Tier, ein kastrierter Kater. Ich schätze sein Alter auf etwa neun Monate.«

»Eigentlich wollte ich ein Kätzchen«, wandte Lyn ein. »Ist es nicht merkwürdig, daß alle Welt junge Kätzchen zu vergeben hat, wenn man keines will, aber nie dann, wenn man eins will?«

»Nehmen Sie diesen hier, und ersparen Sie ihm ein Schicksal, schlimmer als der Tod.«

Lyn hielt den Kater im Arm. Das Tier war angespannt und verängstigt, und in seinen Augen lag eine fast tragische Verstörtheit.

Sie faßte ihren Entschluß rasch, so wie sie es immer tat. »Gut, ich nehme ihn«, sagte sie. »Aber ich kann ihn nicht sofort mitnehmen, ich muß jetzt ins Geschäft. Ich arbeite bei Gillman, dem Optiker. Ich komme dann um eins, wenn ich fertig bin.«

Sie rief Stephen an.

»Wieviel verlangt er dafür?«

»Ach, weißt du, ich habe gar nicht gefragt.«

»Macht nichts, Liebling«, meinte Stephen, »wenn es nur das ist, was du möchtest. Du sollst genau das haben, was du möchtest.«

Er ging zurück zu seinen Sesseln. Vati wollte oben keinen Nebenanschluß haben, ihm war es lieber, Stephen durch Rufen herbeizuzitieren, wenn das Telefon klingelte. Und Vati kriegte ja meistens seinen Willen, schon immer hatte er Stephens Leben despotisch gelenkt. Er hatte sogar Lyn für ihn ausgesucht, und vorher hatte er ihn beliebig aus einer Schule herausgenommen, ihn kurzerhand in die nächste gesteckt, um schließlich, sobald es irgend anging, seine Schulbildung vollkommen abzubrechen. Stephen wäre gern weiter zur Schule gegangen, wenn er auch nicht gerade an ein Studium in Oxford oder Cambridge oder auch nur, sagen wir, Nottingham denken konnte. Er hätte sich mit der Technischen Hochschule in Hilderbridge zufriedengegeben. Wenn er sich Vati damals widersetzt hätte, mit der Unterstützung der Schule und mit dem Aufsehen im Rücken, das diverse einschlägige, gegen die elterliche Verfügungsgewalt gerichtete Rechtsurteile ausgelöst hatte, wenn er wirklich gekämpft hätte, dann wäre es ihm auch gelungen. Aber er hatte sich Vati nie widersetzen können. Er hatte willig, oder doch fast willig, die Schule verlassen, glücklich, es Vati recht zu machen, und hatte, belohnt mit einem für alt gekauften Motorrad und ein Jahr später mit einem Auto, fügsam den traditionellen Whalbyberuf erlernt. Besser gesagt, er hatte ihn teilweise erlernt. Nie würde er imstande sein zu tun, was Vati konnte, all diese exquisiten Intarsien herstellen, die zarten Schnitzereien oder auch nur die spiegelnden Polituren, und das alles mit Händen wie Gorillapranken. Stephen war mit dem Herzen nicht bei der Sache. Er konnte den Lieferwagen fahren und ein Sofa aufpolstern, damit hatte es sich.

Er hatte eben mit dem zweiten Sessel begonnen, als Vati die Treppe heraufrief.

»Stephen!«

»Was ist, Vati? Schon wieder Telefon?«

»Hier ist 'ne Dame, die sagte, sie ist von der Zeitung. Komm gefälligst runter und kümmere dich um sie.«

Es war Stephen peinlich, daß diese Frau, eine Reporterin vom THREE TOWNS ECHO vermutlich, mitangehört hatte, wie er Vati mit dem kindischen Kosenamen anredete. Schnell stieg er hinunter. Vati war schon wieder beim Polieren. In gleichmäßigen Achten fuhr er mit einem Büschel Leinenfasern und Möbelpolitur über die bereits spiegelblanke Platte eines Mahagony-Eßtisches. Er wandte ihnen den Rücken zu. Die Reporterin war ein junges Mädchen in baumwollenem Overall und hellrotem Strickmantel. Eine rote Wollmütze hatte sie sich tief über die Ohren gezogen.

»Mr. Whalby? Sie sind doch der Stephen Whalby, der für uns die STIMME DES VANGMOOR schreibt, nicht wahr?«

Stephen hatte daran gedacht, in seiner nächsten Wochenspalte zu beschreiben, wie er Marianne Prices Leiche gefunden hatte. Bis morgen mußte der Artikel vorliegen, und er hatte vorgehabt, ihn heute abend zu schreiben. Aber die Reporterin sagte, das wäre nicht das Richtige, man wolle lieber ein entsprechendes Interview mit ihm. Er war enttäuscht, denn das Schreiben für die STIMME DES VANGMOOR war die einzige geldbringende Tätigkeit, die ihm Freude machte, und dies hier wäre nun einmal viel interessanter gewesen als gewöhnlich, ein Stück handfester Jouranlistenarbeit, verglichen mit dem alltäglichen Gelaber über die Aussicht von der Kuppe des Big Allen oder über den ersten Kuckucksruf. Und jetzt würde dieses Mädchen, das nicht älter als zwei- oder dreiundzwanzig sein konnte, die Sache machen, nicht er! Wenig begeistert beschrieb er ihr seine Wanderung, seinen Fund, und wie er die Polizei zum Tatort geführt hatte.

Das Mädchen machte sich in Schnellstrift Notizen, ohne regelrecht zu stenographieren. »Als sie am Freitagabend nicht nach Hause kam«, erzählte sie, »da dachten ihre Eltern, sie sei über Nacht bei ihrem Freund geblieben, und der Freund dachte, sie sei zu Hause bei ihren Eltern.«

»Bißchen reichlich freizügig, diese Sorte Eltern«, meinte Stephen.

»Na ja, es war ihr Verlobter. Sie wollten im Juni heiraten.«

»Wenn sie mit dem Zusammenleben gewartet hätten, bis sie verheiratet *waren*, dann wäre sie vielleicht jetzt noch am Leben.«

»Das ist wohl ein bißchen hart, Mr. Whalby. Also das kann man wirklich nicht sagen, das kann man doch nicht wissen. Selbst wenn ihre Eltern sie noch am Abend vorher als vermißt gemeldet hätten, wer weiß denn, ob sie da nicht schon tot war?«

Das Mädchen wurde geradezu streitsüchtig. Wahrscheinlich führte sie selbst ein derartiges Leben, dachte Stephen. »Wie heißt denn der Verlobte?« fragte er.

»Jan Stringer. Er wohnt in Byss.«

»Ich bin mit einem Jan Stringer zur Schule gegangen«, sagte Stephen, »womöglich ist es der.«

»Er ist so ungefähr in Ihrem Alter.« Das Mädchen steckte den Notizblock weg. »Wir würden gern einen Fotografen schicken, um ein Bild von Ihnen zu machen, ist das okay? So gegen zwölf?«

Stephen stimmte zu, obwohl es Vatis Stimmung bestimmt nicht verbessern würde. Er begleitete das Mädchen hinaus und legte den Riegel vor die Doppeltür.

»Bleib mir bloß vom Moor weg in Zukunft, verdammt noch mal«, knurrte Vati. »Bleib mit deinen Füßen unter deinem eigenen Tisch, verstanden?«

Die Angestellte, die Lyn nachmittags ablöste, kam in die Garderobe, als sie sich gerade den Mantel anzog.

»Da ist ein Mann, der fragt nach dir. Er sagt, sein Name ist Nick Frazer. Das Mädchen mit dem schönen Haar, hat er gesagt.« Sie kicherte. »Er hat dir eine Katze mitgebracht.«

Lyn errötete bei dieser Beschreibung ihrer selbst. Sie nahm hastig ihren Schal ab und band ihn sich um den Kopf. Aber dann besann sie sich eines Besseren – warum sollte sie sich eigentlich provozieren lassen? Entschlossen wand sie sich den Schal wieder um den Hals und ging durch den Laden. Nick Frazer stand gleich neben dem Eingang und hielt einen Weidenkorb mit vergitterter Tür in der Hand.

»Ich dachte, Sie könnten vielleicht diesen Korb gut gebrauchen, um ihn darin nach Hause zu tragen.«

Schläfrige goldene Augen blickten durch die Gitterstäbe.

»Das ist sehr nett von Ihnen.« Sie öffnete den Deckel des Korbs. Die Katze machte keine Anstalten, herauszukommen. Lyn streichelte das sanfte, dicke Fell. Es fühlte sich warm an, obwohl das Tier zitterte. Genau wie ich, ich zittere auch manchmal so, dachte Lyn. »Er ist ganz ängstlich«, meinte sie.

»Bei Ihnen wird er es gut haben. Sie bringen mir den Korb zurück, nicht wahr?«

Die Art, wie er es sagte, klang fast so, als liehe er den Korb nur aus, um sie zu zwingen, ihn zurückzubringen, aber was konnte sie anderes tun, als einzuwilligen? »Was kostet er?«

»Ich würde ihn Ihnen gern schenken, denn ich habe der Afrikadame auch nichts bezahlt, aber ich muß ja für Onkel Jim ein bißchen was verdienen. Sagen wir zwei Pfund?«

Lyn gab ihm die zwei Pfund. Dann schloß sie den Korbdeckel.

»Haben Sie einen langen Weg?«

»Ach nein, eigentlich nicht«, meinte Lyn. Und dann sagte sie schnell: »Wiedersehen.«

Der Bus von Hilderbridge nach Jackley war dreiviertel leer. Lyn nahm den Kater aus dem Korb und drückte ihn an sich. Ich werde dich Peach nennen, dachte sie. Das Zittern hatte aufgehört, aber schnurren tat das Tier noch nicht. Ihr fiel auf, daß sie Peach genau auf die Art hielt, wie eine Frau ihr Baby hält. Da ließ sie ihn sanft in ihren Schoß gleiten.

Sorgfältig darauf bedacht, nicht mit dem Korb zu schlenkern, stieg sie an der Pforte von St. Michael im Moor aus und ging über den Anger. Überall standen Einsatz- und Mannschaftswagen der Polizei. Direkt hinter der Toreinfahrt von Chesney Hall stand das Pförtnerhäuschen, in dem Stephens Großmutter gewohnt hatte. Die Polizei hatte es übernommen und eine Außenzentrale für Noteinsätze darin eingerichtet. Drinnen brannte Licht, man sah Männer umhergehen, und während sie dort stand, trat ein Polizist in Uniform aus der Tür. Am Einfahrttor hing in Postergröße das Amateurfoto eines Mädchens, das Lyn selbst gar nicht unähnlich war, ein Mädchen mit empfindsamem Gesicht, sehr zart und ein wenig melancholisch. Wie eine Kapuze umgab das lange blonde Haar ihren Kopf.

Unwillkürlich hob Lyn ihre freie Hand und griff nach ihrem eigenen Haar. Als ihr die Geste bewußt wurde, und daß womöglich dieser Polizist sie gesehen hätte, bekam sie ein heißes Gesicht. Entschlossen wandte sie sich ab und ging weiter die Straße hinauf bis zum Tace Way. Den Korb trug sie dabei mit größter Vorsicht.

3

»Hummeln treten in großer Anzahl auf«, begann Stephen seinen vierten Absatz, »was höchstwahrscheinlich auf die außergewöhnliche Milde des vergangenen Winters zurückzuführen ist. Wenige jedoch werden den räuberischen Schnäbeln unserer Vangmoor-

Singvögel entgehen, die derzeit einzig auf die Fütterung ihrer Jungen bedacht sind. Hoffen wir, daß wir dieses Jahr eine Zunahme der Schmetterlingsbevölkerung erleben, allen voran jenes seltenen Mitglieds der Familie der Lycaeniden, das als Foinland-Blaufalter bekannt ist.« So, das reichte. Er kam zum Schluß. »In der nächsten Woche werde ich Ihnen über Moorlandspaziergänge berichten und einen Wanderweg unter Einbeziehung des allzeit attraktiven Tower Foin vorschlagen.«

Morgen früh auf dem Wege zur Zeugenvernehmung würde er es in der Redaktion des ECHO abliefern. »Allzeit attraktiv« – das klang übrigens nicht besonders gut. Was er eigentlich damit sagen wollte, war, daß der Tower Foin das ganze Jahr hindurch seine Anziehungskraft ausübte durch seine Schönheit und seine Majestät, aber so ausführlich konnte er das nicht bringen. Also mußte es eben so stehenbleiben. Überhaupt vermittelte nichts von dem, was er schrieb, dem Leser voll und ganz, wie das Moorland wirklich war oder wie *er* es sah. Die Erhabenheit des Moors, seine Wildheit, seine Zeitlosigkeit und sein Friede, all das versickerte immer irgendwie zwischen seinen Zeilen. Er wußte selbst nicht, wie das kam, denn er gab sich große Mühe, und an seinem Schreibtalent war bestimmt nicht zu zweifeln. Dieses spezifische Erbe war ebenso verblüffend wie seine physische Ähnlichkeit mit Tace. Möglich, daß seine Artikel so schwach ausfielen, weil er nicht mit dem Herzen bei der Sache war, bei diesem Lokalblattgeschwätz. Wenn man ihn zum Beispiel seinen eigenen Bericht hätte schreiben lassen über das, was er bei den Foinmen entdeckt hatte, ja, das wäre etwas anderes gewesen!

Er klammerte die Seiten zusammen und steckte sie in einen Umschlag. Dann stülpte er die Schutzhülle über die Schreibmaschine und räumte auf, schichtete den Stapel Schreibmaschinenpapier DIN A4 und den Karton mit Kohlepapier exakt so, daß sie mit den Tischkanten übereinstimmten. Am besten stellte er auch das Buch über Schmetterlinge gleich wieder an seinen Platz zurück. Er hatte inzwischen mehr als dreihundert Bücher auf seinen Regalen stehen; erstens natürlich alles, was je über das Vangmoor geschrieben worden war, über seine Geschichte, Geologie, Geographie, Flora und Fauna, dann all seine alten Schulbücher und die Abenteuerbücher seiner Jungenzeit. Er wußte eigentlich nicht recht, weshalb er sie alle aufbewahrte, außer daß sie dazu beitrugen, die Regale voll zu machen. Einen Ehrenplatz hatten die BLEICHLAND-Romane:

Quenild Manor, Die Bergwelt, Elisabeth Nevil, Wrenwood, Lady Irene, Letzte Liebe. Stephen besaß sie einmal in der hübschen Lederbandausgabe der Internationalen Sammlergilde und ebenso auch in der Taschenbuchausgabe, die gleichzeitig mit der Fernsehserie erschienen war. Sein Arbeitszimmer – genaugenommen war es das zweite Schlafzimmer – bekam jedenfalls allmählich die gewichtige Atmosphäre eines Studierzimmers. An der einen Wand hing eine riesige Karte des Vangmoors, an der anderen ein Druck des einzigen Bildes, das Constable je vom Moor gemalt hatte – die Loomladekirche mit dem Big Allen im Hintergrund. Sein Briefbeschwerer und sein Türstopper waren aus glänzend geschliffenem Foinstone. Der Zufall wollte es, daß der vom ECHO-Verlag herausgebrachte Kalender namens »Moorlandansichten« gerade jetzt für April eine Fotografie der Foinmen bei Sonnenuntergang zeigte.

Auf einem kleinen runden Tischchen, das Vati für ihn aufgearbeitet und poliert hatte, stand eine Büste von Tace. Wenn man nicht allzu genau hinschaute, sah diese Büste wie Bronze aus. In Wirklichkeit aber war sie aus Papiermaché, die jemand außerordentlich geschickt bemalt hatte. Stephen erinnerte sich noch an sein Entzükken, als er über den Markt in Jackley geschlendert war und in einem Trödelstand die Büste entdeckt hatte. Es klang vielleicht albern, aber er hätte schwören können, daß es Taces Augen mit ihrem ironischen Blick unter halbgeschlossenen Lidern gewesen waren, die ihn buchstäblich gezwungen hatten, näher zu treten, ja, daß die lebhaft geschwungenen Lippen ihn beschworen hatten: »Kauf mich!« Bloß anderthalb Pfund, es war beinahe lachhaft. Obgleich sein Zimmer und überhaupt das ganze Haus voll war von wirklich guten Sachen, die Vati entweder selbst gemacht oder restauriert hatte, schätzte er insgeheim nichts höher als diese Büste. Dieses Gesicht, die hohe, intellektuelle Stirn, die gerade Nase, die lange Oberlippe und der feingeschnittene Mund, das waren so unverkennbar seine eigenen Züge . . . Er wunderte sich im stillen, daß nie jemand eine Bemerkung über diese Ähnlichkeit fallen ließ.

Er schloß die Tür seines Arbeitszimmers und ging über den Flur ins Badezimmer. Lyn hatte bereits ihr Bad genommen und lag schon im Bett. In einem Korb daneben auf dem Fußboden schlief ihre neue Katze, sein Geburtstagsgeschenk.

»Nur so lange, bis er sich an uns gewöhnt hat.«

»Großer Gott, Liebling, das macht mir doch nichts aus.«

Stephen badete immer morgens. Er wusch sich Hände und

Gesicht und putzte seine Zähne mit der neuen elektrischen Zahnbürste, die er von Vatis Weihnachtsgeld gekauft hatte. Es war schon nach elf, und er war müde, aber er konnte nie schlafen, ohne wenigstens noch ein paar Minuten gelesen zu haben. Zur Zeit las er gerade Taces Autobiographie, von der der Schriftsteller allerdings lediglich den ersten Teil vollendet hatte. Mitten über der Beschreibung seines dreißigsten Lebensjahres war er gestorben. Er las eine Viertelstunde, und Lyn las ebenfalls. Nach einer Weile legte Lyn ihr offenes Buch mit dem Gesicht nach unten auf den Boden neben das Katzenkörbchen. Da schob auch Stephen das lederne Lesezeichen mit dem eingeprägten Bild des Tower Foin zwischen die Seiten und knipste die Bettlampe aus.

»Gute Nacht, Liebling.«

»Gute Nacht, Stephen«, sagte Lyn. »Schlaf gut.«

Ein Pathologe namens Dr. Paul Fleisch erläuterte, wie Marianne Price gestorben war. Er benutzte eine Menge abstruser Termina wie »cricoid« und dergleichen, aber letztendlich lief das alles darauf hinaus, daß sie erdrosselt worden war. Und der Mörder hatte es mit bloßen Händen getan. Zuvor hatte Stephen seine Aussage machen müssen. Er war der erste Zeuge bei der Vernehmung gewesen. Nachdem er erst einmal begonnen hatte, fühlte er sich gar nicht mehr unsicher, sondern sprach langsam und gleichmäßig, und als seine Befragung beendet war, genoß er den Rest der Untersuchung geradezu.

Jan Stringer, der mit den Eltern des toten Mädchens zusammensaß, erkannte er sofort wieder. In der Schule war er als Rugbyspieler ein As gewesen, und jetzt war er ein großer, etwas vierschrötiger Mann geworden. Die gerichtliche Untersuchung wurde vertagt, und draußen vor dem Gerichtsgebäude trat Stringer auf Stephen zu.

»Ich weiß nicht, ob du dich noch an mich erinnerst. Hauptschule Byss. Ich glaube, ich war eine Klasse unter dir.«

Stephen nickte und nahm Stringers ausgestreckte Hand.

»Es ist nämlich . . . Also, ich dachte mir, ich könnte dich mal fragen, wie . . . wie sie ausgesehen hat, als . . . Ich meine, man sagt doch, manche Leute, die auf diese Weise sterben, die sehen aus, wie . . . ich meine, deren Gesichter . . .«

»Großer Gott, nein, da war absolut nichts von alledem. Sie sah einfach aus, als ob sie schliefe.«

Stringer glaubte ihm zwar nicht, aber er war dankbar für die

Schonung. Gemeinsam gingen sie die High Street entlang bis zum Marktplatz, wo sie sich trennten, Stephen, um in Whalbys Werkstatt, Stringer, um zu Cartwright-Cageby zurückzukehren, wo er Werkmeister war. Vati war unterwegs zu irgendeiner komplizierten Reparatur einer sehr alten, sehr besonderen, mit geschnitzten Tudorrosen verzierten Balkendecke in Jackley Manor. Stephen arbeitete bis zur Mittagspause an den Polstersesseln. Nachdem er im MARKET BURGER HOUSE ein Sandwich gegessen hatte, belud er den Lieferwagen mit fertiggestellten kleineren Sachen und begann seine Auslieferungstour. Ein Ofenschirm, frühes neunzehntes Jahrhundert, mußte in ein Haus in der Trinity Street gebracht werden. Gleich neben der Trinity-Kirche, wo Vati und Mutter getraut worden waren, lag das Altenheim SUNNINGDALE. Heimleiterin von SUNNINGDALE war eine gutmütige Frau, die Besucher einließ, wann immer sie wollten, was allerdings auch kaum Unbequemlichkeiten zur Folge hatte, da nur sehr wenige überhaupt wollten.

Helena Naulls saß im Tagesraum zusammen mit einem runden Dutzend anderer alter Frauen und den beiden alten Männern. Denn in den Three Towns starben, genau wie auch anderswo, die Männer zuerst, und die Frauen lebten weiter und immer weiter. Ein großer Farbfernseher war eingeschaltet, und ein oder zwei von den Alten guckten auch wirklich zu – bei einem Programm, das für Siebenjährige gedacht war –, die meisten aber dösten vor sich hin. Eine Frau strickte, und ein alter Mann las den DAILY MIRROR. Mrs. Naulls gehörte zu denen, die einfach nur dasaßen und ins Leere starrten.

Als Stephen sie dort so sah, mußte er sich fast gewaltsam ins Gedächtnis rufen – denn nichts an ihrer Erscheinung deutete noch darauf hin, nicht ein Hauch einstiger Schönheit war ihr erhalten geblieben –, daß sie einmal die Geliebte von Alfred Osborn Tace gewesen war. Jetzt war sie nichts als eine knochige, schlaffe Frau, die früher einmal dick gewesen war. Das Gesicht in die Breite gegangen, ausdruckslos und sinnentleert, mit tückisch lauernden Augen und einem verwaschenen Mund. Ihr volles, schlohweißes Haar war vom Hausfriseur erbärmlich schief und zottelig geschnitten worden. Heute trug sie – solch ein Durcheinander passierte oft – eine Strickjacke aus verfilzter grauer Wolle, die einer viel kleineren und schmächtigeren Heimbewohnerin gehörte, dazu einen langen braunen Rock, braune Strümpfe, die ihr in Falten um die immer noch schmalen Fesseln hingen, und karierte Filzpantoffeln.

Früher einmal war sie sprühend und hübsch gewesen, mit einer sechziger Taille. Zweites Hausmädchen in Chesney Hall war sie gewesen und Arthur Naulls einer der Gärtner. Sie hatten zusammen ziemlich viele Kinder gehabt, und von allen – mit Ausnahme des ältesten – war Arthur der Vater. Mrs. Naulls war hier in SUNNINGDALE untergebracht, weil ihr Sohn Stanley im Gemeinderat von Hilderbridge saß und seine Beziehungen hatte spielen lassen. Denn sonst hätte keinerlei Chance bestanden für jemanden mit einer so großen Familie, deren Mitglieder sie fast ausnahmslos hätten bei sich aufnehmen können. Die einzige aber, die das tatsächlich angeboten hatte, war Lyn gewesen. Aber Stephen hatte sich bereits dagegen verwahrt, noch ehe sie außer ihm noch anderen ihr Anerbieten mitteilte, und jetzt pflegte er den Leuten zu erzählen, er hätte seine Großmutter nicht zu sich nehmen können, weil das seiner Frau gegenüber nicht fair gewesen wäre.

Während seiner Kinderzeit hatte er Mrs. Naulls »Nanna« genannt, und bei ihr war es ihm später besser geglückt als bei Vati, diese kindliche Anrede zu ändern.

»Wie geht es dir, Großmutter?« fragte er. Er hatte ihr eine Schachtel Geleefrüchte mitgebracht; es war die einzige Leidenschaft, die sie noch hatte. Mit unsicheren, von Altersflecken übersäten Händen griff sie danach und linste argwöhnisch nach dem Namen des Herstellers. »Wie bist du so zurechtgekommen?«

»Na, immer dasselbe.«

»Hast du Besuch gehabt?«

Mrs. Naulls schüttelte den Kopf. »Mich besucht doch nie jemand.« Sie zog die Cellophanhülle von der Schachtel. »Keine Menschenseele.«

»Na, Mrs. Naulls, das stimmt aber nicht«, mischte sich die Frau auf dem nächsten Stuhl ein. Es war die mit dem Strickzeug. »Ihr Sohn Leslie war doch gerade gestern erst da.«

»Ich hab' ja überhaupt keinen Sohn, der Leslie heißt, nicht, Stanley?« entrüstete sich Mrs. Naulls und ließ das Cellophan auf den Boden fallen.

»Leonard. Und ich bin Stephen.«

»Sie kriegen es mit der Schwester zu tun«, erwiderte die Strickerin spitz, »so was wie Sie nennt man eine alte Schlampe!«

Mrs. Naulls aß als erstes eine grellrote Geleefrucht und dann eine grüne. Nicht, daß sie die Schachtel herumgereicht hätte. Animalische Zufriedenheit malte sich auf ihren Zügen, während sie kaute. Stephen hatte es nie fertiggebracht, mit ihr über ihre Beziehung zu dem großen Schriftsteller zu sprechen. Er war schon über zwanzig gewesen, bevor er es überhaupt herausgekriegt hatte, aber eben doch noch nicht alt genug, um seine Großmutter zu fragen, wie das alles gewesen sei, was sie empfunden und worüber sie gesprochen hätten . . . Jetzt, wo er es vielleicht wagen würde, war es zu spät. Nichtsdestoweniger suchte er immer noch nach Möglichkeiten, die Unterhaltung auf Tace zu bringen.

»Ich nehme an, du hast dir die BLEICHLAND-Serie angesehen, Großmutter?«

»Bitte?« fragte sie mit vollem Mund.

»Im Fernsehen, Samstag abends.«

Eine Frau, die auf den Bildschirm gestarrt hatte, wandte sich zu ihm um und sagte: »Ich hab' eine Fortsetzung davon gesehen, bei meiner Tochter. Ach, es war entzückend. So entzückende Kleider!«

»Warum können Sie es denn nicht hier sehen?«

»Sie scheuchen uns ins Bett«, sagte die Strickerin. »Schlag acht fangen sie an, uns zu Bett zu bringen.«

»Das ist ja zu schade«, Stephen ließ nicht locker, »es hätte dir bestimmte Freude gemacht, Großmutter.«

»Wie geht's Rosemary, Keith?« fragte Mrs. Naulls.

»Wenn du Lyn meinst, der geht es gut. Und ich bin Stephen.«

Hoffnungslos blickte er sie an. Das war nun aus ihr geworden, ein welker, fahler Haufen Mensch, der die Namen seiner engsten Familienangehörigen vergessen hatte. Wie hatte er sich früher bemüht, etwas aus ihr herauszukriegen, nicht bloß Details über ihre Affäre mit Tace; sie war der einzige Schlüssel zu einer Vergangenheit, die er unbedingt verstehen mußte! Und schließlich war Vatis Jähzorn, den er genauso geerbt hatte wie dessen Statur und das brünette Äußere, in ihm übermächtig geworden, und er hatte sie regelrecht attackiert, körperlich angegriffen. Aber das war ja jetzt eine Ewigkeit her. Er stand auf.

»Zeit, daß ich weiterkomme.«

Hellwach, als seien jetzt, da es zu spät war, die Schleier vor ihrem Verstand gefallen, sagte Mrs. Naulls: »Es war nett von dir, mich zu besuchen, Liebling. Und vielen Dank für die Süßigkeiten.«

Die Strickerin winkte mit der Hand. Stephen konnte sicher sein, seine Großmutter würde eingeschlafen sein, noch ehe er auch nur den Raum verlassen hatte. Draußen hatte es zu regnen begonnen. Bald regnete es, wie er mißmutig feststellte, so heftig, daß er auf seinen abendlichen Spaziergang im Moor würde verzichten müssen.

Genauso hatte er sich als kleiner Junge gefühlt, wenn wegen schlechten Wetters oder sonst einer Kalamität ein Picknick ausfallen mußte – genauso enttäuscht und ein klein wenig gekränkt.

Erst gegen Ende der Woche brachte Lyn den Katzenkorb zurück.

Auf dem Kaminsims lagen insgesamt zehn Geburtstagsglückwunschkarten, aber sie lagen da nun schon zwei Tage, und sie nahm sie fort. Zwei davon hatten ihr das Gefühl vermittelt, als sei sie – nein, nicht gerade alt, aber als ginge das Leben irgendwie an ihr vorbei, nämlich der Glückwunsch von Joanne, auf dem es hieß: »Jetzt hast du ein Vierteljahrhundert geschafft!« und der von Stephen: »Meiner lieben Frau.« Es war ihr unangenehm, wieder in die Tierhandlung gehen zu müssen. In ihrer Vorstellung war Nick Frazer lediglich eine jüngere Version seines Onkels, ein junger Wolf anstelle eines alten. Aber wenn sie das Ding nicht zurückbrächte, würde er höchstens noch selber kommen und danach fragen. Sie wunderte sich fast, daß er es nicht schon getan hatte. Peach saß auf dem Fensterbrett, beobachtete die Regentropfen, die an der Außenseite der Scheiben herabrannen, und versuchte, sie mit der Pfote zu fangen. Er benahm sich, als seien es Insekten. Lyn streichelte ihn und erklärte ihm, sie würde um die Mittagszeit wieder zurück sein.

Nick Frazer wollte gerade den Laden schließen, als sie um ein Uhr kam. Er sah ganz anders aus, als sie ihn in Erinnerung hatte. Mit etwas geistesabwesendem Ausdruck blickte er sie an, bis er sie erkannte, vielleicht weil sie – vorsorglich und für alle Fälle – ihr Haar zu einem strengen Knoten am Hinterkopf aufgesteckt hatte. Sein nettes, ernstes Gesicht und die ruhigen braunen Augen verwirrten sie. War dies der Wolf, der Typ, der anzügliche Bemerkungen machen, der zudringlich werden würde? Er nahm den Korb, dankte ihr gelassen und schloß die Ladentür erneut zu. Sie war überrascht durch die Wärme seines Lächelns, ja, daß er überhaupt so frei lächeln konnte, so wie ein Freund. Und als er beiläufig sagte, er ginge jetzt in die BLAUE LAGUNE zum Essen, ob sie nicht mitkommen wolle, da sagte sie »ja, gerne«, ohne überhaupt nachzudenken.

Sie gingen am Fluß entlang. Der Regen hatte fast aufgehört. Das Restaurant DIE BLAUE LAGUNE – früher hatte es ROTER LÖWE geheißen, und niemand wußte, warum es umgetauft worden war – lag an der Ecke Trinity Street und Uferweg. Ihr waren bereits Bedenken gekommen.

»Eigentlich müßte ich zu Peach zurück.« Sie hatte ihm erzählt, wie sie den Kater nannte.

Wieder lächelte er. »Das Schöne an der Katzenhaltung ist doch, daß man nicht so angebunden ist.«

Sie nahm an einem Tisch Platz, während er Lagerbier und eine kalte Platte für sie beide besorgte. Lyn zog ihre Handschuhe aus und sah, daß an ihrer Hand etwas fehlte. Zum Händewaschen nach dem Frühstück hatte sie ihren Ehering abgenommen und ihn wahrscheinlich am Waschbecken liegenlassen. Es war ein Ring, den man unbedingt beim Waschen abnehmen mußte, eine kunstvolle Ziselierarbeit aus Gold und Platin, die Stephen auf Vatis Rat hin extra hatte anfertigen lassen. Also nahm sie ihn ständig ab – und vergaß ihn ständig. Kevins Bruder, der sich einbildete, ein Amateurpsychologe zu sein, behauptete, solche Dinge vergäße man nicht einfach, dahinter stecke vielmehr Lyns unbewußter Wunsch, ihn nicht zu tragen, ergo – nicht verheiratet zu sein.

Nick brachte ihr Essen und Trinken auf einem Tablett.

»Und wie geht es Peach?«

»Er ist ganz glücklich, glaube ich. Jedenfalls zittert er nicht mehr.«

»Dafür tun Sie es«, sagte Nick.

Es stimmte. Ihre Hände zitterten, und sie konnte kaum ihr Glas halten. Es gelang ihr, leichthin zu lachen; dabei legte sie die Hände für eine Weile in den Schoß. »Das ist solche nervöse Sache.«

Er äußerte sich nicht dazu. Jetzt erst fiel ihr auf, wie tiefernst und interessiert er sie anblickte, sie die ganze Zeit schon angeblickt hatte, seit sie sich vor seinem Laden getroffen hatten, so, als nähme er zutiefst Anteil an allem, was sie als Mensch betraf. Aber als er nun sprach, drehte es sich nicht um sie, sondern um Peach, nämlich, wie er gefüttert werden, welche Zusätze er haben müßte und daß er zwar alle Routineimpfungen erhalten habe, trotzdem aber etwa mit einem Jahr eine Auffrischungsspritze bekommen sollte, ebenso eine Injektion gegen einen neuartigen Katzenvirus.

»Woher wissen Sie eigentlich so viel darüber, wo Sie doch erst vorige Woche das Geschäft übernommen haben?«

»Na ja –«, wieder dieses warme, offene Lächeln, »ich bin Tierarzt.«

»Ach, wirklich?« Ein Relikt aus Lyns Kindheit war – bei einer Mutter, die in Chesney Hall saubergemacht, einem Vater, der bei Cartwright-Cageby gearbeitet hatte – ein tief eingewurzelter Respekt vor gebildeten Menschen, der früher sogar bis zu einer ehrfürchtigen Scheu gegangen war. Aber ihr gesunder Menschenverstand gewann schnell wieder die Oberhand. »Aber warum arbeiten Sie dann nicht als Tierarzt?«

»Ich habe gerade erst das Examen gemacht.« Und fast entschuldigend fügte er hinzu: »Es dauert eben so lange. Ich hab' auch schon einen Job in London in Aussicht, aber ich kann dort erst im August anfangen, wenn mein Vorgänger sich zur Ruhe setzt. Tja, und so lange eben Hilderbridge und Onkel Jim.«

»Und Sie wohnen über dem Geschäft?«

»Ich glaube, Onkel Jim hat gehofft, ich würde mich mit den zwei Räumen hinter dem Laden begnügen, aber dort riecht es ein bißchen reichlich nach Affen und Papageien, also bin ich nach oben in seine Wohnung gezogen. Die ist sehr hübsch. Sie müssen mal kommen und sie sich ansehen.«

Diese Bemerkung wäre ihr noch vor drei Tagen gefährlich und wölfisch erschienen, jetzt klang sie lediglich freundschaftlich. Aber sie antwortete doch lieber nicht darauf. Sie hatte Angst, er würde anfangen, sie über ihre eigene Person auszufragen. Um das zu verhindern, bat sie ihn, ihr von seinem Studium zu erzählen und wie er sich seine Zukunft vorstellte. Und er erzählte. Sie aßen ihr Brot und ihren Käse, und Lyns Hände hatten aufgehört zu zittern.

»So, das ist aber genug über mich«, meinte er dann. »Jetzt erzählen Sie mir von sich.«

Ich bin fünfundzwanzig, bin verheiratet, kirchlich getraut, lebe seit vier Jahren mit meinem Mann zusammen, also muß ich ja verheiratet sein, ich habe keine Kinder, werde auch nie welche haben, aber ich warte, warte und warte . . . auf was, weiß ich selbst nicht . . . »Ach, da ist nichts zu erzählen«, sagte sie. Und es gab ja auch wirklich nichts – nichts, was sie erzählen *konnte*. Mr. Bale würde in zwei oder drei Wochen zurückkommen, und sie würde Nick Frazer niemals wiedersehen. »Ich muß jetzt wirklich gehen.«

Während sie im Restaurant gesessen hatten, in einer Ecke weit von den Fenstern entfernt, war ein Platzregen losgebrochen, eine Sturzflut, die einen binnen zwei Minuten bis auf die Haut durchnässen würde. Nick hielt sie an der Tür zurück.

»Würden Sie hier auf mich warten? Ich mache auch ganz schnell.«

Er machte ganz schnell, und als er durch die Schwingtür wieder hereingestürzt kam, riß er die Plastikumhüllung von einem Regenschirm.

»Sie haben ihn extra gekauft!«

»Ich mußte doch einen Schirm haben, um Sie nach Hause zu bringen.«

»Aber ich wohne in Chesney«, sagte sie. »Ich fahre mit dem Bus.«

»Dann bringe ich Sie zur Bushaltestelle.«

Sie hatte es nicht bedacht, und es brachte sie gewaltig aus der Fassung: unter dem Regenschirm mußten sie sehr eng nebeneinander gehen, und nach einer Weile nahm er ihre Hand und hängte sie in seinen Arm. Es war haargenau die Geste des Joseph Usher in DIE BERGWELT, und Isabella Thornhill hatte ihm dafür ins Gesicht geschlagen, bevor sie schutzlos durch das Unwetter davongerannt war. Lyn fühlte, wie ihr das Blut ins Gesicht schoß. Aber sie hielt Nicks Arm fest und fühlte ihn sehr warm und sehr nah an ihrer Seite. Er plauderte über die Stadt, daß er vorher noch nie in diesem Teil des Landes gewesen sei, daß er eines schönen Tages unbedingt auch das Hochmoor kennenlernen müsse . . . Halt! Hier bot sich die Chance, ihm reinen Wein einzuschenken: Mein Mann, übrigens ein richtiger Enkel von Alfred Osborn Tace, ist ein Kenner, was das Vangmoor betrifft . . . Sie ergriff die Chance nicht. Sie hätte es auch gar nicht geschafft, jetzt zu sprechen, sie brauchte ihre ganze Konzentration, um normal zu atmen und nicht wieder zu zittern, jetzt, wo ihre Arme ineinandergeschlungen und wo ihre Körper so dicht beieinander waren.

Der Bus rettete sie. Als sie in die River Street einbogen, kam er bereits den Hügel herunter, und erst in einer Stunde würde der nächste fahren.

»Der nächste Bus fährt erst in einer Stunde!« rief sie.

»Und wäre das denn so fürchterlich?«

»O doch, doch, das wäre es. Danke fürs Essen, vielen Dank! Auf Wiedersehen!«

Da stand er auf dem Pflaster, lächelte hilflos und fuchtelte winkend mit dem Schirm in der Luft herum. Ihre Wangen brannten, und sie wandte sich vom Fenster weg. Der Bus fuhr davon durch den Regen, die Straße hinauf gegen das Moor.

Eine ganze Woche war verstrichen, und es war bereits wieder Samstag geworden, ehe Stephen wieder ins Moor hinauskam. Weit und breit war keine Menschenseele zu sehen, obgleich es Wochenende war und die Sonne nach vielen Regentagen wieder schien. Noch vor zwei Wochen, als es doch viel kälter gewesen war, hatte er allenthalben Wandergruppen gesehen oder auch einen Angler, der von der Hilder kam, Radfahrer auf der Loomladestraße, Campingfreunde mit Zelt, Gaskocher und Schlafsäcken auf dem Rücken. Heute morgen aber lag das Vangmoor verlassen da. Man kam nicht um die Schlußfolgerung herum, daß der Mordfall es so leergefegt hatte.

Zuerst mißfiel ihm dieser Gedanke. Denn das bedeutete doch, daß das Moor während der letzten paar Tage seine Bedeutung als einzigartige und großartige Landschaft eingebüßt hatte und nur mehr als Schauplatz für den Mord an einem jungen Mädchen galt. Aber dann, als er die Loomladestraße überquert hatte und in das Vale of Allen hineinschritt, besann er sich anders. Gehörte denn das Moor nicht viel mehr ihm allein, wenn es nicht bevölkert war, kamen nicht seine Kindheitsträume der Wirklichkeit nahe: er, der Herr dieses wilden Landes?

Der Big Allen, der höchste Gipfel des Foinlandes, der so oft von Dunstwolken verschleiert oder nur als bläulich verschwommener Umriß zu sehen war, an diesem Morgen zeigte er prangend jede Erdspalte, jede Felsnase auf seinen Abhängen, jedes vom Wind gebeugte Blaubeergestrüpp, jedes Büschel Heidekraut. Die Luft war so klar, wie sie nur nach anhaltendem Regen sein konnte. Der Trampelpfad, der sich bergan schlängelte, glich einer leuchtenden braunen Haarnadel, eingewoben in einen grünvioletten und silbrigen Heideteppich. Heute konnte man selbst noch in den dahinterliegenden Tälern die Überreste der alten Bergwerksanlagen sehen. Seit hundert Jahren schon wurde im Vangmoor kein Blei mehr gefördert, aber die Maschinenhäuser und die Überbauten für die Wasserräder, einst als Verschandelung der Landschaft verachtet, hatten jetzt als Ruinen ihren ganz eigenen Reiz bekommen. Er kletterte die tiefer gelegenen Hänge des Big Allen hinan, blieb dann stehen und blickte nach Westen. Von hier aus waren die Foinmen verborgen hinter dem Buckel des Ringer Foin, auf dessen Kuppe wie eine Glocke ein mächtiger Felsbrocken lag. Um sie sehen zu können, hätte er noch ein gutes Stück höher klettern müssen. Die Hilder jedoch war weithin sichtbar; ein talwärts verlaufender Glitzerfaden, an einer Stelle aufgehalten durch Trittsteine, an anderer durch die massigen Steinpfeiler, die früher einmal ein Aquädukt getragen hatten, das die Gebäude der Gaughdale-Mine mit Wasser versorgte. Das unruhige Flüßchen flimmerte und sprühte auf seinem Wege zur Stadt, schäumte in hellen Funken, wo es über Felsbrocken und Geröllhindernisse sprang. Und dort unten lag Hilderbridge im

Sonnenschein, die Giebeldächer wie Silberspiegel, die Turmspitzen wie blitzende Nadeln, als hätte die Hand eines Silberschmieds das alles gefertigt und zwischen Wiesen und Moor verstreut.

Unter dem Boden, auf dem er stand, unter den westlichen Abhängen des Foin und der Wildnis von Goughdale befand sich ein Netzwerk aus unterirdischen Gängen, Galerien und Kammern. Die letzte der Minen war etwa zur Zeit von Taces Geburt stillgelegt worden, die Eingänge zu den Schächten hatte man verschlossen, oder sie waren durch Steinschlag blockiert. Stephen stieg wieder abwärts und ging zurück nach Loomlade. Eine Stunde später war er wieder in Chesney, ohne eine lebende Seele gesehen zu haben, außer zweier Hummeln und einer Saatkrähe. Das Pförtnerhaus von Chesney Hall, das die Polizei übernommen hatte, lag heute ebenfalls verlassen da. David Southworth, derzeitiger Besitzer der Chesney Hall und Neffe von Taces Witwe, hatte das Häuschen seinerzeit als Wohnung für die Mutter seiner Frau eingerichtet, aber seit ihrem Tode hatte es leergestanden. Stephen ging den Weg entlang und blickte in eins der Fenster. Er war nicht mehr in dem Pförtnerhaus gewesen, seit Helena Naulls es nach dem Tode ihres Mannes verlassen hatte. Die alten Tapeten, Kapuzinerkresse im Wohnzimmer, Streifen, Blumensträuße und Liebesknoten in der Diele, waren nicht mehr da. Alle Wände waren weiß gestrichen. Nirgends gab es mehr dunkle Ecken, kleine Schränke und halbverborgene Regale, die ein Junge nach Hinterlassenschaften, nach Lebenszeichen einer verlorenen Mutter durchstöbern konnte.

An einem Schreibtisch saß ein Mann und tippte, ein anderer stand vor einem Aktenschrank. Beide hatten ihm den Rücken zugewandt. Stephen zog sich zurück, bevor sie gewahr wurden, daß es sein Kopf war, der das Tageslicht verdunkelte.

4

Lyn kam zu spät zur Arbeit, weil der Keilriemen des Wagens gerissen war. Stephen hatte ihn geflickt, aber er war erneut kaputtgegangen, also mußte er den Wagen äußerst langsam und vorsichtig nach Hilderbridge fahren, um den Motor nicht zu überhitzen. Inzwischen hatte Mr. Gillman allein mit seinen Kunden zurechtkommen müssen. »Der junge Bursche von Bale war hier und hat nach Ihnen gefragt«, begrüßte er Lyn. »Genau gesagt, er hat nach Miss

Whalby gefragt, aber da hab' ich ihm gleich Bescheid gesagt.«

Lyn legte ihren Mantel ab und ging in den Laden zurück an ihren Schreibtisch mit der Schreibmaschine und den Terminkalendern. Zwei Frauen waren hereingekommen. Sie bat sie zu warten und gab ihnen Illustrierte zum Lesen. Innerlich kochte sie vor hilfloser Wut. Dabei war es lächerlich, auch nur im geringsten wütend zu sein, denn sie hatte ja selbst vorgehabt, Nick zu sagen, daß sie verheiratet sei, sobald sie ihn wiedersähe, oder doch wenigstens dafür zu sorgen, daß er ihre Hand sah, an dem sie heute wohlweislich ihren Ehering trug. Sie sah ihn förmlich vor sich, wie er, schockiert von Mr. Gillmans Eröffnung, wortlos den Laden verlassen und in die Tierhandlung zurückgegangen war. Und dort hockte er wohl nun einsam und allein und grübelte enttäuscht über ihren Betrug nach. Aber warum sollte er eigentlich so reagiert haben, woher wollte sie denn wissen, daß es so gewesen war? Mr. Gillman konnte sie kaum fragen. Genausogut hätte Nick auch lachen können, als Mr. Gillman es ihm erklärte, etwa: »Ach, ich wußte gar nicht, daß sie verheiratet ist«, oder sogar: »Verheiratet ist sie? Na, mein Glück!« Genaugenommen konnte er also sogar erleichtert gewesen sein. Vielleicht hatte er inzwischen schon gefunden, er habe am Freitag reichlich viel gesagt; und dann noch eigens einen Schirm zu kaufen und Arm in Arm mit ihr zu gehen . . . Vielleicht fürchtete er bereits, sie hätte sich bei alledem weit mehr gedacht, als er gemeint hatte? Warum konnte sie nicht einfach glauben, daß es so war, und aufhören, an ihn zu denken?

»Mr. Gillman erwartet Sie«, sagte sie zu der älteren der beiden Damen und führte sie höflich in den Untersuchungsraum. Nein, natürlich war Nick *nicht* erleichtert gewesen, das konnte gar nicht sein. Allein, daß er zu Gillman ins Geschäft gekommen war, hieß doch, daß er sie hatte bitten wollen, mit ihm auszugehen. Wie eine glückhafte Erleuchtung schoß es ihr durch den Kopf, sie könne ja mittags rasch zur Tierhandlung hinüberlaufen und sich entschuldigen, ihn bitten, ihr nicht böse zu sein und damit alles wieder in Ordnung bringen. Aber ebenso schnell sah sie ernüchtert ein, daß das absurd war. Wie konnte man sich bei einem Mann dafür entschuldigen, daß man mit einem anderen verheiratet war? Und angenommen, sie täte es wirklich, was dann? Konnte sie vielleicht ihre Heirat ungeschehen machen und Stephen sich in Luft auflösen lassen? Und wofür das Ganze? Um mit Nick Frazer ins Kino zu gehen?

O ja, sie *konnte* ihre Ehe ungeschehen machen. Sie hätte das jederzeit tun können während dieser ganzen vier vergangenen Jahre. Es hätte nur eines Wortes bedurft und eines einfachen, unwiderlegbaren Beweises. Sie hatte schon oft daran gedacht, aber jedesmal, wenn sie es tat, sah sie Stephens Gesicht vor sich, überdeutlich wie eine mystische Vision, das verwundbarste Gesicht, das sie kannte, das Gesicht eines zu groß geratenen Kindes.

Tagsüber war es zumeist bewölkt gewesen an diesem 30. April, aber am späten Nachmittag klärte es sich auf, und gegen fünf strahlte die Sonne vom Himmel. Etwa um halb sechs machte sich Stephen auf und ging denselben Zickzackweg hügelan, auf dem er vor drei Wochen die Polizisten hinaufgeführt hatte. Noch nie, seit er ein Kind war, hatte er versäumt, am Beltanetag zu den Foinmen hinaufzusteigen.

Natürlich, im Grunde gab es wenig zu sehen. Zwischen dem 29. April und dem 1. Mai verschoben sich die Strahlen der untergehenden Sonne kaum merklich, aber einer alten Überlieferung zufolge trafen an diesem Vorabend des Mai die letzten Strahlen, kurz bevor der rote Sonnenball hinter den Hängen des Ringer Foin versank, haargenau den Mittelpunkt des Altarsteins. Vor langer Zeit, vor Tausenden von Jahren vielleicht, waren Runen in die Mitte des breiten, flachen Steines gegraben worden, und die schwachen, immer noch sichtbaren Spuren zeigten, daß diese Linien exakt mit den Schatten übereinstimmten, die die Foinmen bei Sonnenuntergang warfen. Kein Zweifel, einstmals hatte am Beltanetag hier eine sehr heilige Zeremonie stattgefunden. Stephen liebte es, einfach dazustehen, dem kriechenden Gang der Sonne zuzuschauen, sich auszumalen, wie druidische Gestalten, keltische Priester, hier ihr Ritual vollzogen hatten, und in gebanntem Schweigen abzuwarten, bis die letzten Strahlen präzise ihre Funktion erfüllten.

Es war ihm nicht immer möglich gewesen, das Phänomen für sich allein zu erleben. Oftmals kamen auch andere, um es zu beobachten. Einmal war sogar eine ganze Touristengruppe dagewesen, die den Frieden mit ihrem Stöhnen und Kichern gestört hatten, während sie sich den steilen Weg von ihrem Bus heraufkämpften. An wolkenverhangenen Beltaneabenden aber war er unfehlbar immer allein hier oben gewesen, jedoch noch niemals an einem so strahlenden Abend wie dem heutigen. Nichtsdestoweniger war er niemandem begegnet, und auch auf dem ganzen weiten Foinmen-Plateau sah er niemanden. In den letzten Tagen hatten die Leute zwar zaghaft wieder begonnen, durchs Moor zu gehen, aber nicht am heutigen Abend und nicht hierher.

Es war viel wärmer als bei seinem letzten Besuch hier oben, und auch wärmer als letztes Jahr. Kaum ein Windhauch war zu spüren. Die hochaufragenden Steine warfen scharfe Schatten wie die Umrisse einer altertümlichen Harfe, die sich unmerklich in die Länge reckte, je flacher der Einfallswinkel der Sonnenstrahlen wurde. Schwere Wolkenmassen ballten sich hinter dem Big Allen zusammen, gegen Westen jedoch war der Himmel klar und schimmernd wie die perlmuttglänzende Innenseite einer Muschel, ein blasses, zartes, rosa geflecktes Azurblau. Hoch über dem Ringer Foin flog ein Vogelschwarm heimwärts. Federwolken lagen in dünnen Streifen parallel zum Horizont, und zwischen ihnen hatte sich die Sonne zu einer fest umrissenen, tiefroten Kugel geformt. Es war fünf Minuten vor acht.

Stephen fühlte weder Abscheu noch Schrecken bei dem Gedanken, daß Marianne Price dort drüben tot gelegen hatte. Er fühlte sich so, wie er sich immer im Moor fühlte, ganz besonders aber an diesem Platz oder auf dem Big Allen – friedvoll, sorgenlos, selbstvergessen, vollkommen eins mit der Natur und ihrer Vergangenheit, so als ob nichts, was hier auf Erden geschah, ihn jemals noch würde verletzen oder auch nur beunruhigen können.

Unaufhaltsam krochen die Strahlen über die Steinplatte mit ihrem Pelz aus gelblichen Flechten, verfärbten den Granit nach und nach zu tiefem Karminrot. Und jetzt – Stephen blickte auf seine Uhr –, jetzt kroch die Woge glutroten Lichtes voran und berührte jenen zentralen Punkt, an dem die Rune war. Einen kurzen Augenblick lang flammte das Zeichen auf in einem Tümpel lodernder Glut. Die Schatten der Steine reckten sich zu ihrer äußersten Länge, und die Sonne schien am Horizont zu verharren, als ruhe er dort aus, der purpurne Ball. Dann aber begann er hinter der äußersten Kante des Landes wegzutauchen. Unten in Chesney verkündete St. Michael im Moor mit schweren Glockenschlägen die Stunde – sechs, sieben, acht. Beim letzten Schlag flackerte der rote Schein und verlosch, die Harfenschatten zergingen, und der Altar war wiederum nichts als ein flacher, halb versunkener Findling. Und wieder würde ein Jahr vergehen bis zur nächsten heiligen Begegnung zwischen Rune und

Sonnenuntergang.

Mit dem Verschwinden der Sonne war Wind aufgekommen. Er zeichnete Wellen ins Gras und drückte das Heidekraut zu Boden. Stephen begann den Abstieg und überquerte etwas südlich von Chesney die Hilderbridge Road. Diese Straße schnitt das Vangmoor mitten entzwei und kreuzte nördlich des Dorfes die Loomlade Road, so daß die Region in vier etwa gleiche Viertel zerteilt wurde. Dieses südöstliche Viertel war eigentlich in Stephens Augen das am wenigsten schöne, aber es war schon ein paar Wochen her, seit er dort gewesen war, und er legte Wert darauf, das Moor in seiner Gesamtheit unter Kontrolle zu behalten. Es bestand im wesentlichen aus weitläufigem, zumeist flachem Heideland, war stellenweise aber auch sumpfig, und in seiner Mitte erhob sich der einzige Hügel der Gegend, der breit hingekauerte Knamber Foin, der von Ferne eher wie ein wuchtiger Steinhaufen aussah. Hinter dem Foin begann das Land fruchtbar zu werden, dort erstreckten sich Felder, durch rohe Steinwälle eingegrenzt.

Zuerst ging Stephen zur Knamber Hole, wo man Marianne Prices Fahrrad gefunden hatte. Nichts deutete hier auf eine Suchaktion oder auf den genauen Fundort hin, wenigstens, soweit er feststellen konnte. Schnell senkte sich die Dämmerung herab. Die Landschaft hatte jegliche Farbe verloren, der Boden war ein einziges diffuses Grau, vor dem sich jeder Busch und jeder verkrüppelte Baum als schwarze Silhouette abhob. Klar und fahl stand der Himmel zwischen den rasch heraufziehenden Wolkenbänken, Wolken von einer Farbe – Grau konnte man sie nicht nennen –, für die es noch keinen Namen gab, eine Farbe, die in sich schimmerte, als seien Mond und Sterne unter ihrer Haut verborgen und warteten nur darauf, hindurchzubrechen. Aber was immer diesen unbeschreiblichen Schimmer auslöste, der Mond war es nicht, denn der schob sich soeben schwerfällig aus den Wolkenknäueln am Rande des Hochmoors hervor, eine fleckige, rötliche Kugel wie ein Trugbild der versunkenen Sonne. Er schien sogar größer als die Sonne, und er segelte mit eigentümlicher Schnelligkeit den Himmel hinauf, wobei er immer bleicher und heller wurde, bis er die ganze Hochebene mit seinem fahlen gelben Licht erfüllte. Stephen war froh über den Mond, denn er war weit von der Straße abgekommen und querfeldein gelaufen bis dicht an die Geröllhalden am Fuße des Foins.

Hier entschloß er sich, umzukehren, denn selbst jetzt würde es elf werden, bis er daheim wäre, und es kam selten vor, daß er so lange ausblieb. Lyn würde sich Sorgen machen. Nach Norden und Westen zu, in dem rechten Winkel, den die Straßen bildeten, erstreckte sich eine von kleinen Bäumen bestandene Ebene, die sich die Banks of Knamber nannte. Sie war übersät von Tausenden kleinen Birken, zart und fragil, kaum eine von ihnen höher als ein Mann. Auch Stechginster wuchs dort und natürlich die allgegenwärtigen Blaubeeren. Stephen brauchte eine gute halbe Stunde, bis er an dem Birkendickicht heran war und anfing, sich in Richtung Chesney hindurchzuwinden.

In dem fahlen Mondlicht, das die Landschaft eher phosphoreszieren ließ, als daß es sie erhellte, wirkte die Landschaft wie ein bleicher, von zerrissenen Wolken übersäter Himmel. Von Zeit zu Zeit verdunkelte sich der Mond, Wolkenfetzen zuerst, dann aber immer dichtere Schleier zogen über sein Gesicht hinweg. Einmal verschwand er vollends, und wenn auch eine feine Helligkeit über den Himmel gebreitet blieb, so wurde das Land doch sehr dunkel, und hier in dieser unwegsamen Wildnis war es gar nicht einfach für Stephen, voranzukommen.

Dann kam der Mond mit seiner blassen Lichtflut wieder zum Vorschein, und in diesem Moment sah Stephen den Mann. Er war ein ziemliches Stück entfernt, diesseits der Straße, und er stand ganz still, so als warte er auf jemanden oder als beobachte er etwas. Es gab eigentlich keinen Grund, weshalb dieser Mann nicht auch an einem schönen Frühlingsabend draußen im Hochmoor sein sollte, bis auf den einen, daß nämlich außer Stephen hier fast nie jemand war. Und was noch auffälliger war – dieser Mann ging nicht, er stand still. Vollkommen unbeweglich verharrte die Gestalt zwischen den kleinen Birken, genau auf dem Pfad, den Stephen entlangging. Entschlossen schritt er weiter. Auch wenn er höchstens als dunkle Silhouette sichtbar sein konnte, wußte Stephen, daß der Mann ihn ansah; daß er herausfordernd und unverschämt dem anderen entgegenblickte, der da durch das Tundragestrüpp auf ihn zukam. Ihm fiel auf, daß der Mann keine Taschenlampe hatte oder daß er es, falls er eine bei sich hatte, nicht für nötig hielt, sie zu benutzen. Also mußte er sich im Moor gut auskennen, vielleicht ebensogut wie Stephen. Feindseliges Unbehagen stieg in ihm auf. Er konnte zwar nur die dunklen Umrisse des Mannes erkennen, aber er spürte es deutlich, hier war ein Rivale, auf den er sich zubewegte, einer, der sich Rechte anmaßte in diesem Moor, mehr als das, Besitzrechte!

Stephen hatte keine klare Vorstellung, genau gesagt überhaupt keine Vorstellung, was er tun würde, wenn er und der Mann einander gegenüberständen. Kaum hundert Meter trennten sie jetzt noch voneinander. Nicht, daß er Angst hatte, obwohl der Mann ganz offensichtlich auf ihn wartete, unbeweglich, wie er dort stand. Um ihn einzuschüchtern, ihn herauszufordern, begann Stephen, die letzte Strecke zu laufen. Aber der Mann rührte sich nicht, gerade so, als mache er sich über Stephen lustig; und als er sich schließlich bewegte, geschah es urplötzlich, ein unverhoffter, tänzelnder Sprung, mit dem er, so schien es Stephen, seitlich zwischen die Bäume flüchtete.

Wieder verschwand der Mond. Noch eben hatte er die Banks of Knamber in sein fahles Licht getaucht, schon verdunkelte ein Wolkenballen sein fleckiges, gelbes Gesicht. Und als sein Licht sich in den Schleiern der Dunkelheit verfing, da stolperte Stephen über eine Wurzel und schlug der Länge nach hin.

Er hatte sich nichts getan. Trotzdem zitterte er in der Finsternis, nachdem er sich wieder aufgerichtet hatte. Ob der Mann verschwunden war oder hinter dem nächsten Baum auf ihn wartete, er wußte es nicht. Man konnte im Augenblick kaum ein paar Meter weit sehen, aber er wußte ungefähr, wo er sich befand, jedenfalls theoretisch, also schleppte er sich langsam in westlicher Richtung weiter, wobei er mitunter an einem Birkenstamm Halt suchte. Einmal glaubte er zwischen den Bäumen zu seiner Linken eine Bewegung wahrzunehmen, Füße, die durchs Gras raschelten. Er blieb stehen und lauschte, aber das Geräusch wiederholte sich nicht. Später dann – eine Ewigkeit mußte inzwischen vergangen sein –, als er spürte oder roch oder sonst irgendwie ahnte, daß er die Straße fast erreicht hatte, da ertönte – höchstwahrscheinlich aus den Tiefen seiner eigenen Einbildung – das seufzende Stöhnen eines tiefen Atemzuges.

Es war Mitternacht, als er im Tace Way ankam. Lyn war schon im Bett, aber sie schlief nicht. Sie kam in die Küche herunter, machte ihm etwas Warmes zum Trinken und fühlte ihm die Stirn, die sehr heiß und von Schweißtropfen bedeckt war.

Schon manchmal in der Vergangenheit war Stephen, wenn er sich bis spät abends im Moor herumgetrieben hatte, in einem solchen Zustand gewesen, fieberheiß und benommen. Lyn ließ ihn im Bett und fuhr mit dem Wagen zur Arbeit, nachdem sie ihm versprochen hatte, mittags rechtzeitig zurück zu sein und ihm sein Essen zu machen. Sie tat es, um ihr eigenes Gewissen zu beruhigen, gestand sie sich ein, als tätige Reue für ihre Unfähigkeit, Nick Frazer aus ihren Gedanken zu verbannen.

Obgleich sie ihn nicht mehr wiedergesehen hatte, mußte sie unentwegt an ihn denken. Im Geiste redete sie mit ihm, erzählte ihm ihr ganzes Leben oder auch nur die alltäglichsten Dinge, es war ein nicht endender, vertrauter Dialog. Sinnlos, daß sie sich sagte, er sei schließlich ein Fremder, ein Mann, der sie wahrscheinlich inzwischen längst vergessen hätte. Und immer wieder endete ihr Denken, das sich allein um ihn drehte, an demselben Punkt – bei der Angst, daß er aus Hilderbridge fortgehen könnte, ohne sie noch einmal gesehen zu haben, und daß sie ihn dann nie im Leben wiedersehen würde.

Als sie ihre Vormittagsarbeit beendet hatte, überlegte sie, wie sie es schon alle Tage getan hatte, ob sie nicht den Mootwalk entlangschlendern sollte zu Bales Tierhandlung, um endlich innerlich zur Ruhe zu kommen. Aber wieder tat sie es nicht, sondern fuhr nach Hause. Sie hatte Angst, Nick könnte sie kühl und gleichgültig behandeln und so tun, als habe er vergessen, wer sie sei.

Stephen war noch im Bett, aber er saß aufrecht in den Kissen, und seine Steppdecke war übersät mit Büchern über das Vangmoor. Lyn breitete eine Serviette über ein Tablett und deckte es. Einem Impuls folgend, pflückte sie eine kleine blaue Iris und tat sie in eine Vase, die sie ebenfalls auf das Tablett stellte. Stephens dunkelblaue Augen waren sehr hell, und auf seinen Wangen lag eine leichte Röte, sonst aber schien es ihm viel besser zu gehen, und er aß seinen Lunch wie ein hungriger Schuljunge.

»Sag mal, Lyn, hab ich dir eigentlich je erzählt, wie ich mal allen Ernstes in einen der alten Bergwerksschächte gestiegen bin, als ich ein Kind war?«

Sie schüttelte den Kopf. Das Vangmoor langweilte sie. Manchmal fand sie es richtig bedrückend, mitten darin leben zu müssen. Für Stephen war es sicherlich ein Glückszufall, daß man von ihrem Schlafzimmerfenster aus, verglichen mit allen anderen Häusern des Tace Way, die schönste Aussicht über das Moor hatte. Die Vorhänge waren so weit aufgezogen, wie es nur irgend ging, und jedesmal, wenn sie aufblickte, sah sie sich dem grünbraunen Panorama und dem bleichen Himmelsgewölbe gegenüber. Sie mußte sich zusammennehmen, um zurückzufragen: »Sind die nicht sehr gefährlich?«

»Darum scheren Kinder sich doch nicht. Wir hatten gehört, daß es irgendwo an den Hängen des Big Allen noch einen Zugang zur

Goughdale Mine gäbe. Tatsächlich wird der auch in einem der BLEICHLAND-Romane erwähnt, aber damals hatte ich sie noch nicht gelesen. Ich muß so zwölf gewesen sein, und mit meinem Vetter Peter machte ich mich auf die Suche.«

»Peter Naulls?«

Stephen nickte. »Onkel Leonards Sohn. Und in den großen Ferien im Sommer fingen wir an, danach zu suchen. Ganz schön methodisch gingen wir dabei vor, kann ich dir sagen. Jeden Tag nahmen wir uns ein bestimmtes Gebiet vor, das wir sorgfältig mit Stöcken absteckten. Trotzdem brauchten wir Wochen und Wochen, ehe wir den Einstieg schließlich fanden.« Er hielt inne. Er hatte seinen Bericht in der Absicht begonnen, Lyn alles zu erzählen, aber jetzt, da er an den Punkt gekommen war, die genaue Lage des Loches zu verraten, das in den alten Schacht führte und alles preiszugeben, was dort geschehen war, da wurde er plötzlich unsicher. Vati hatte er es zwar erzählt, aber selbst ihm hatte er nur eine vage Ortsbeschreibung gegeben. Seiner Großmutter gegenüber jedoch hatte er es mit keinem Sterbenswörtchen erwähnt, und er war überzeugt, auch Peter hatte weder Onkel Leonard noch Tante Midge etwas gesagt. Weshalb also das Geheimnis jetzt lüften? »Ja, wir haben das Loch gefunden«, sagte er deshalb, und er log, als er fortfuhr: »Aber reingegangen sind wir nicht. Das war uns zu unheimlich.«

»Bloß gut«, meinte sie.

»Trotzdem war's 'ne tolle Sache, daß wir es damals tatsächlich gefunden haben, was? Vati fand das jedenfalls. Zuerst hat er zwar geschimpft über die verdammte Zeitvergeudung, aber dann hat er mir eine Fünfpfundnote geschenkt.«

»Das ist typisch Vati.« Sie glättete seine Kissen und nahm das Tablett fort. Überflüssig, ihn zu fragen, ob er die Vorhänge lieber zugezogen haben wollte. Er würde ohnehin bald unten erscheinen und erklären, er sei wieder in Ordnung. Und dann würde er wieder ins Moor gehen. Vielleicht sollte sie Nick schreiben und ihm alles erklären? Aber was erklären? Selbst wenn sie es fertigbrächte, ihm zu schreiben, einstecken würde sie den Brief ja doch nicht.

»Du hast dich ganz schön geirrt, Mutti, von wegen in ein paar Wochen würde bestimmt wieder jemand ermordet«, sagte Joanne an einem Sonntagnachmittag. »Inzwischen ist es schon sechs Wochen her.«

»Mal nicht den Teufel an die Wand«, sagte Kevin. »Gott sei Dank hättest du lieber sagen sollen.«

»Na schön, das tue ich ja auch. Ich tue es wirklich. Ich meine nur, es sieht nicht so aus, als ob noch mal so was passieren würde.«

»Freuen wir uns nicht zu früh«, unkte Mrs. Newman. »Könnte ja auch sein, daß er bloß noch niemand erwischt hat.«

Joanne kreischte auf. Sie war jetzt sehr rund und das Baby sehr lebhaft. Die Frauen hatte es höchlich amüsiert – die Männer dagegen, vor allem Vati, eher befremdet –, als durch seine Bewegungen, wie Joanne behauptete, ihr ein Teller vom Schoß geflogen war. Stephen berichtete, er habe heute morgen im Moor ein Mädchen ganz allein spazierengehen sehen.

»Manche Leute müssen eben immer Kopf und Kragen riskieren«, meinte Mrs. Newman. »Ich kann nur hoffen, ihr zwei Mädchen habt Verstand genug, auch nicht einen einzigen Schritt dorthin zu tun.«

Hier steuerte Vati, der von Tag zu Tag weiter auf das schwarze Meer seiner Depressionen hinaussegelte, seinen einzigen Beitrag zur Unterhaltung bei: »Das ist richtig. Bleibt gefälligst mit euren Füßen unter eurem eigenen Tisch.«

Joanne stand schwerfällig auf. Ihr Bauch schwankte, und ihre Fußgelenke sahen aus, als hätte sie Wassersucht. »Na, *ich* klettere natürlich jeden Tag auf die Berge, flink wie eine Bergziege, stimmt's, Kevin?«

Gelächter ertönte, in das sogar Mr. Newman verlegen einstimmte. Joanne holte mehr Kekse, auf die sie einen ständigen Heißhunger hatte. Stephen wußte nicht viel zu sagen. Das erste, woran er an diesem Morgen gedacht hatte, als er aufwachte, war, daß heute, am 25. Mai, der Geburtstag seiner Mutter war, und wie immer an diesem Tag hatte er seither an nichts anderes denken können. Irgendwo auf der anderen Seite der Welt feierte sie ihn jetzt, sie und ihr Mann und Barnabas und Barbara . . .

»Du hast mir ja gar nichts von dem alten Mr. Bale erzählt, Lyn«, sagte Mrs. Newman. »Du hast mir nicht erzählt, daß er einen Herzanfall erlitten hat, als er aus der Narkose aufgewacht ist. Das mußte ich nun erst von Kevins Mutter erfahren.«

»Wie hätte ich es dir denn erzählen können, wenn ich es doch gar nicht wußte?«

»Nun, ich dächte doch, so was erfährt man, wenn man ein Haus weiter arbeitet – oder vier oder fünf, oder wieviele es nun sind. Und du brauchst auch nicht gleich rot zu werden, so wichtig ist es nun auch wieder nicht.«

»Willst du damit sagen, er ist tot?« fragte Lyn.

»Nein, natürlich ist er nicht tot. Das hätte ich ja gesagt, wenn er dabei gestorben wäre. Bloß, Kevins Mutti sagt, er stünde auf der Gefahrenliste.«

Von nun an drehte sich die Unterhaltung, an der weder Stephen noch Vati teilnahmen, darum, ob diese »Gefahrenliste« mehr einbildlich gemeinter Terminus sei, oder ob die Krankenhäuser tatsächlich solche hausinternen Listen unterhielten. Stephen fragte sich, ob wohl auch Vati wußte, welcher Tag heute war. Wahrscheinlich wußte er es, denn er vergaß nie etwas, sein Gedächtnis funktionierte einwandfrei. Trotzdem, es war schwer zu sagen, was vor sich ging hinter jener schweren, zerquälten Stirn, die mehr und mehr gleichsam verkrustete wie unter einem beständigen Grauen, einem schrittweisen Rückzug aus dem Leben.

Es war bei einem anderen Familientreffen gewesen, sehr anders als das hier und jetzt im Tace Way, als Stephen erstmals den wahren Gründen seines Verfalls auf die Spur gekommen war.

5

Arthur und Helena Naulls hatten damals im November, etwa gleichzeitig mit Stephens einundzwanzigstem Geburtstag, ihre goldene Hochzeit gefeiert. Vorher hatte er Helenas Hochzeitsdatum gar nicht gewußt. Wer, außer vielleicht ein Genealoge, kannte schon das Hochzeitsdatum seiner Großmutter? Den Geburtstag seiner Mutter aber hatte er immer gewußt, und in der ersten Klasse der Grundschule hatte er ihr einmal eine Geburtstagskarte malen dürfen. Er wußte noch, auf dem Bild war ein Haus gewesen, ein Baum und eine Sonne mit Strahlen wie ein Seestern. Drei Wochen später war sie mit einem Fernfahrer auf und davon gegangen.

Ihr Geburtstag war der 25. Mai, und ihre Eltern hatten also im November geheiratet. Aber vielleicht nicht im November davor? Die beiden waren fünfzig Jahre verheiratet, aber war seine Mutter nun neunundvierzig oder erst achtundvierzig? Es gab niemanden, den er hätte fragen können. Allein der Gedanke, Vati danach zu fragen! Was er schließlich tat, war, in die Holy Trinity Church zu gehen und dort im Kirchenbuch nachzulesen, wobei er herausfand, daß die Hochzeit seiner Eltern ebenfalls im Mai stattgefunden hatte, und zwar am 27. Geburtsdaten waren in den Heiratsregistern nicht vermerkt, lediglich das Alter, und das seiner Mutter war dort mit 25 angegeben. Das bedeutete, daß sie im Jahre 1926 geboren und demzufolge 27 Jahre alt gewesen sein mußte, als er geboren wurde. Stephen war fast sicher, daß das nicht stimmte, sondern daß sie bei seiner Geburt 28 gewesen war und somit 34, als sie weglief. Vielleicht war diese Ungenauigkeit passiert, weil ihr Geburts- und ihr Hochzeitsdatum so dicht beieinander lagen.

Er versuchte, sich aus den Daten auf den Rückseiten alter Fotos, die anscheinend größtenteils im Mai aufgenommen waren, einen Reim zu machen, und er bemühte sich hartnäckig, aus seinen Tanten den genauen Altersunterschied zwischen seinen Eltern und den zwischen seiner Mutter und Onkel Stanley herauszubekommen. Aber ihre Antwort lautete immer: »Ach, ein paar Jahre« oder: »Na, so drei oder vier Jahre.«

Die Wahrheit kam auf höchst simple Weise ans Licht und in einem Augenblick, als er nicht einmal danach fahndete. Als er für seine eigene Eheschließung nach seiner Geburtsurkunde suchte, fand er in einem Schreibtisch im Hause in der King Street auch die seiner Mutter. Die Eintragung im Kirchenregister war falsch. Brenda war im Mai 1925 geboren, demnach also im vorangegangenen August gezeugt worden, als Helena noch zweites Hausmädchen in Chesney Hall gewesen war.

Weitere Aufklärung erfolgte bald darauf durch ein Foto von Tace, das er in einem Zeitungsbericht entdeckte. Das war ein paar Wochen nach seiner Hochzeit gewesen, als Stephen in einer Phase tiefer Zweifel an sich selbst und am Leben überhaupt gesteckt hatte, und diese Entdeckung gab ihm neuen Auftrieb: Als er das Bild von Tace ansah, hätte er ebensogut in einen Spiegel blicken können!

Natürlich, so mußte es gewesen sein! Immer schon hatte er das Gefühl gehabt, er könne unmöglich ein Nachkomme dieser Naulls-Sippe sein. Die Whalby-Verwandtschaft war ja noch tragbar, das waren gute, ehrbare Handwerker, angesehen wegen ihrer Geschicklichkeit. Aber ein Naulls zu sein, den gleichen Genen zu entstammen wie Onkel Stanley, der im Gemeinderat seine großmäuligen Platitüden von sich gab, oder wie der kümmerliche, triefäugige Onkel Leonard, das war unerträglich. Aber es stimmte ja auch nicht. Seine Mutter war nicht die Tochter von Arthur Naulls, sondern das Unterpfand einer Sommerromanze zwischen einem hübschen Hausmädchen und einem der größten Romanciers des zwanzigsten Jahrhunderts.

Tace war verheiratet gewesen, es war also gar nicht in Frage gekommen, daß er Helena heiratete. Aber er hatte sie nicht im Stich gelassen, er hatte eine wohlanständige Heirat mit seinem Gärtnergehilfen arrangiert, hatte dem jungen Paar das Pförtnerhaus der Hall als Wohnung zur Verfügung gestellt und dafür gesorgt, daß das Kind nach einer seiner entzückendsten Romanheldinnen benannt wurde, nach Brenda Nevil aus *Wrenwood*.

Stephen hatte nie viel über Sex nachgedacht. In seiner Jugend, als er, wie das bei Heranwachsenden üblich ist, anfing, sich in Gedanken damit zu beschäftigen, da war sein Körper seinen Gedanken nicht gefolgt. Und immer war er bei der bedrückenden Vorstellung steckengeblieben, wie seine Mutter, so zart und blond, erst von Vati bestiegen worden war und dann von dem Fernfahrer. Es war deshalb nicht der sexuelle Aspekt, der ihn an Helenas Affäre mit Tace interessierte, sondern der romantische. Er malte sich aus, wie Helena an einem Sommerabend zu einem verschwiegenen Stelldichein gegangen war, vielleicht zu den Banks of Knamber, oder wie Lady Irene und Alastair Thornhill zu einem einsamen Pfad, dem Reeves Way, der sich durch das Vale of Allen schlängelte, und wie Tace dort im Dämmerlicht auf sie gewartet hatte. Kinder der Liebe, so hatte er gelesen, waren schöner, liebenswerter und vom Schicksal begünstigter als die im Ehebett gezeugten. So war seine Mutter, und so mußte sie immer noch sein! Ihren Verlust hatte er kompensiert, so gut er konnte, zuerst durch einen eingebildeten Freund, den er Rip nannte, und dann durch das Moor selbst. Im Mai aber mußte er immer an sie denken, und das mit einer seltsam nagenden Sehnsucht.

Es dauerte viele Wochen, nachdem Peach in Chesney Einzug gehalten hatte, ehe er begann, draußen herumzustrolchen. Seine Lieblingsplätze waren das Kastanientischchen oder die Mahagonykommode unter dem Fenster des Treppenpodestes. Dort saß er oft stundenlang und blickte unverwandt auf die Kuppen und Plateaus des Hochmoores.

Er wurde groß und kräftig und geradezu pausbäckig, aber er hatte nichts katzenhaft Verspieltes an sich, es war, als hätten seine traurigen Erfahrungen ihn schon vor der Geburt seiner Jugend beraubt. Nur wenn er abends auf Lyns Schoß saß, ließ er sich zu einem schläfrig-zufriedenen Schnurren herab. Seine erste Entdekkungstour ging nicht über den Garten hinaus. Beim nächsten Mal aber war er auf und davon. Als zwei Stunden vergangen waren und er noch nicht zurück war, begann Lyn sich auszumalen, er habe den Weg zu Bales Tierhandlung zurückgefunden und zwänge sie gleichsam auf diese Weise, dort nach ihm zu suchen. Sie sah sich im Geiste bereits durch die Vermittlung der Katze wieder mit Nick vereint, so wie es Liebenden in manchen Märchen geschah.

Aber Peach lief weder zu Bale noch zu seiner vorigen Besitzerin in Hilderbridge. Er kam am Abend zurück und brachte Lyn eine Feldmaus mit. Ihre Mutter war gerade herübergekommen, um ihr zu erzählen, daß man Joanne wegen zu hohen Blutdrucks und drohender Eklampsie im Krankenhaus behalten habe. Sie war zur Untersuchung in die Entbindungsklinik St. Ebba gegangen, und sie hatten sie gleich dabehalten. Als Mrs. Newman das Mäuschen sah, sprang sie, obwohl es doch tot war, auf einen Küchenstuhl und schrie gellend. Peach nahm sein Geschenk, das er Lyn zu Füßen gelegt hatte, indigniert zurück. Er saß da, hielt es im Maul und ließ ein merkwürdiges, aufgeregtes Knurren hören.

Stephen schrieb für die STIMME DES VANGMOOR: »Alle, die da behaupten, um unser Moorland sei es kläglich bestellt, was Fauna und Flora betrifft, sollten sich nur einmal die Beutestücke meines fuchsroten Katers ansehen: Feldmäuse, eine Spitzmaus und sogar eine Wasserratte.« Dichterische Freiheit, sagte er sich, obwohl er bei der Wasserratte denn doch ein wenig gezögert hatte. »Auch wild wachsende Blumen sind in Hülle und Fülle zu finden. Nicht nur die Heidelbeere treibt in diesem Frühling ihre kugelrunden, grünrosa Blüten, man kann sogar ein paar Orchideenarten entdecken. Ich selbst hatte das Glück, in der vorigen Woche ein schönes Exemplar der Lesser Twayblade ausfindig zu machen und ein ebensolches der kleinen Weißblattorchidee, beides seltene Erscheinungen so weit im Süden und zu dieser Jahreszeit. Die Leser unseres großen Vangmoor-Romanciers, Alfred Osborn Tace (oder die Zuschauer, wie man heutzutage wohl eher sagen muß) werden sich an die Szene in *Wrenwood* erinnern, in der Brenda Nevil für ihr Brautbouquet nach Exemplaren dieser Orchideenart sucht.«

Es stimmte, er hatte die Orchideen wirklich gefunden. In einem kleinen Büschel wuchsen sie inmitten feuchter Felsüberhänge zwischen dem Big Allen und dem Mottle Foin, dort, wo die Hilder talwärts floß. Rein zufällig war er auf die Blumen gestoßen, nachdem er den Pfad verlassen hatte und querfeldein über den unebenen, sumpfigen Boden schritt.

Der Himmel war so, wie er ihn am meisten liebte, so, wie er nach seiner Meinung am besten zu der Landschaft paßte, die er überspannte – voller Wolken, aufgetürmt zu Säulen, Wällen, Pfeilern und Wehrtürmen, die mancherorts nicht aussahen wie Gebilde aus flüchtigem Wasserdampf, sondern wie massive Steinmetzarbeit. Das Hochmoor prangte in frischem Gras, sprießenden Blütenknospen und unzähligen winzigen Kletterpflanzen, und der Duft neuerwachten Lebens lag in der Luft. Die Orchideen wuchsen zwischen hellgrünen Moospolstern und hoben sich mit ihren zarten, dreiblättrigen weißen Blüten frisch und makellos gegen die feuchten Felsen ab. Stephen hatte seinen Augen kaum getraut.

Tace hatte die Orchidee in seinem Roman nicht nur geschildert, sondern auch beschrieben, wo sie zu finden war, und innerhalb weniger Jahre waren sämtliche Exemplare der »leuchorchis albida« mit Stumpf und Stil aus dem Moor verschwunden. Aber hier an der Hilder, das war weit westlich des Standortes, der in *Wrenwood* erwähnt wurde. Stephen beschloß, klüger zu sein als sein Großvater und seinen Lesern zwar seine Entdeckung zu schildern, nicht jedoch den Fundort zu verraten.

Er erzählte es nicht einmal Lyn. Sie liebte Blumen, pflanzte Blumen in ihren Garten, aber er hatte oft das Gefühl, daß sie sich aus dem Moor nicht eigentlich etwas machte. Als sie ihn fragte, ob er mit ihr käme, Joanne besuchen, da verschanzte er sich hinter der Entschuldigung, er hätte noch seinen Artikel zu schreiben. Also ging Lyn mit Kevin.

»Ich glaube, man tut gut daran, nicht auf diesen Blödsinn reinzufallen«, sagte Joanne und wälzte unter den Bettüchern schwerfällig die wuchtige Masse ihres Leibes auf die andere Seite. »Laß dich bloß nicht beschwatzen, Kev, sonst kriegst du's mit mir zu tun. Begreifst du, die kriegen es fertig und behalten mich hier, bis das Baby kommt.«

»Nein, das tun sie schon nicht«, beschwichtigte Lyn sie. »Dazu haben sie gar nicht die nötigen Betten.«

»Das hat sie sich selbst eingebrockt durch ihre ewige Fresserei«, meinte Kevin.

Ausnahmsweise fiel Joanne nicht wütend über ihn her. Sie seufzte bloß. »Es ist alles Gewebeflüssigkeit, sagen sie. Das Baby ist nicht mal sehr groß. Ich bin wie so ein Wasserbett; man piekt eine Nadel hinein, und es schrumpft zu einem Nichts zusammen. Schade, daß man es nicht wirklich tun kann.«

Lyn ließ die beiden miteinander allein. Die Entbindungsklinik St. Ebba war ein Stück vom Allgemeinen Krankenhaus Hilderbridge entfernt, die North River Street hinunter, aber der Parkplatz von St. Ebba war besetzt gewesen, deshalb hatte sie den Parkplatz des langgestreckten, mit Türmchen bestückten Foinstonegebäudes benutzt, das früher einmal das Three Towns Armenhaus gewesen war. Es war ein sonniger Abend, kurz vor acht Uhr, aber noch ganz hell, hell wie ein Nachmittag, lediglich kühl, wie es Anfang Juni häufig war. Die Parkbäume standen in vollem, frischen Grün, und hinter ihnen senkte sich die Sonne gegen den Hochmoorhorizont. Mit gleißendem Silbergold brachen ihre Strahlen durch das Blattwerk der Bäume. Lyn spazierte auf einem der kiesbestreuten Wege in den Park des Allgemeinen Krankenhauses hinein. Sie ging genau auf die Sonne zu, so daß sie geblendet die Augen zusammenkneifen mußte. Sie hatte ein blau-weiß gestreiftes Baumwollkleid an und dazu die Strickjacke, die ihre Mutter ihr zum Geburtstag geschenkt hatte. Ihr Haar trug sie heute offen. Sie besaß zwar mehrere Sonnenbrillen – Zuwendungen der Firma Gillman –, aber sie hatte vergessen, eine davon mitzunehmen.

Zwar sah sie den Mann, nicht sehr groß, dünn, mit Jeans und T-Shirt bekleidet, der ihr dort auf dem Weg entgegenkam, aber die Sonne blendete sie, und sie erkannte ihn nicht. Er sah sie und blieb stehen. Sie schloß die Augen, fuhr sich mit der Hand darüber hin und öffnete sie wieder. Als sie erkannte, daß es Nick Frazer war, geschah etwas sehr Merkwürdiges. Sie benahm sich, wie sie es nie auch nur im Traum für möglich gehalten hatte. Ihr Denken setzte aus. Es war ein Reflex, das Resultat jener Wochen des Grübelns, des Hangens und Bangens. Sie rannte auf ihn los, genau in seine Arme. Und er breitete die Arme aus, fing sie auf und hielt sie fest. Und da standen sie nun auf dem Kiesweg im Park des Allgemeinen Krankenhauses von Hilderbridge, engumschlungen, als seien sie ein Liebespaar, einander seit langem in seelischen und körperlichen Freuden zutiefst vertraut und getrennt einzig zu dem Zweck, sich hier und jetzt wieder so stürmisch zu begegnen.

»Ich habe jeden Tag an dich gedacht, die ganze Zeit«, sagte er.

»Oh, ich weiß, ich weiß«, erwiderte sie.

»Ich wußte genau, weshalb du nicht gekommen bist, und ich dachte mir, du wüßtest auch, weshalb ich nicht zu dir gekommen bin. Aber das war eine Sackgasse ohne Ausweg. Ich habe sogar gehofft, daß die verdammte Katze zurückfinden würde, damit ich einen

Grund fände, dich anzurufen.«

»Und ich hatte mir schon ausgemalt, er würde zu Mrs. Afrika zurücklaufen, und ich würde ihn suchen, und auf diese Weise würden wir uns wiedersehen.«

»Wirklich? All so was habe ich auch gedacht. Ach Lyn, wie verrückt sind wir gewesen! Lyn – Lyn, es ist das erste Mal, daß ich deinen Namen sage. Außer zu mir selbst. Zu mir selbst habe ich ihn wohl hundertmal gesagt.«

Mit möglichst ruhiger Stimme, obwohl ihre Hände flatterten wie Marionetten an ihren Fäden,erzählte sie: »Ich habe meine Schwester besucht. Mein Schwager ist jetzt bei ihr, aber um acht ist die Besuchszeit zu Ende, und ich muß ihn nach Hause bringen. Ich hab ihn im Wagen mitgenommen, also muß ich ihn auch wieder zurückbringen.«

»Laß ihn doch deinen Wagen nehmen, und du bleibst bei mir«, sagte Nick.

»Das kann ich nicht tun.« Sie standen unter einer Zeder. Nick nahm sie in die Arme und küßte sie, aber als er seine Lippen öffnete und sie seinen Mund schmecken konnte, zog sie sich zurück. Sie spürte in ihrem Körper Regungen, die sie erschreckten. Mit einer Stimme, die gar nicht mehr ruhig war, wiederholte sie: »Ich muß Kevin jetzt nach Hause fahren. Wollen – wollen wir uns morgen treffen?«

»Lunch in der BLAUEN LAGUNE?«

Sie nickte.

»Ich würde dich am liebsten gar nicht fortlassen. Aber weißt du, ich fühle mich so lächerlich glücklich. Ich bin doch wohl wach, oder? Ich bin doch wohl nicht da an Onkel Jims Krankenbett vor Langeweile schläfrig geworden und eingepennt? Natürlich nicht, ich träume nicht, das habe ich nie getan. Morgen ist schon mittags Ladenschluß, da haben wir den ganzen Nachmittag für uns.«

Sie lächelte ihn an. Dann ging sie schnell den Weg zum Parkplatz hinunter. Kevin wartete schon am Auto, lehnte die Arme auf das Wagendach und rauchte gelangweilt eine Zigarette.

»Na, was hältst du von ihr?«

Lyn blinzelte ihn verständnislos an. Er wirkte so seltsam unwirklich. »Wie bitte?« fragte sie.

»Jo. Ich hab gefragt, was du von ihr hältst.«

»Sie scheint ganz in Ordnung. Wie kann *ich* das wissen?«

Er stieg neben ihr ins Auto, raumgreifend, langbeinig, mit großen

Händen und Füßen. Zum ersten Mal wurde ihr klar bewußt, daß die Gegenwart sehr großer Männer sie bedrängte, ja, daß sie sie sogar fürchtete. Nick und sie dagegen stimmten in ihren Proportionen überein, sie schienen zu ein und demselben Stamm zu gehören.

»Ist es okay, wenn wir Trev abholen?«

Kevins Zwillingsbruder arbeitete in einer Fabrik oder einer Mühle in Nordhilderbridge, wo er so viele Überstunden wie möglich ableistete. Er wartete bereits in der Jackley Road vor einem Pub, das sich VOGEL STRAUSS nannte, jeder Zoll Kevins Ebenbild, bloß hatte er sich einen Bart stehen lassen.

»Wo steckt denn der alte Steve wieder, Lyn?«

»Na, wo denn wohl«, spöttelte Kevin. »Ich sag ja immer, sie ist eine Moorwitwe.«

»Na schön, aber wovor läuft er eigentlich davon, Lyn? Was ist los mit ihm, daß er mit der Wirklichkeit nicht zurechtkommt?«

»Das Moor ist doch wohl wirklich genug, sollte man denken.« Sie wünschte keine Unterhaltung über Stephen.

»Entweder handelt es sich um einen akuten Fall von Klaustrophobie, oder aber sein Über-Ich zwingt ihn dazu, sich der Agoraphobie zu stellen.«

»Warum bewirbst du dich eigentlich nicht um ein Stipendium und studierst am Polytechnikum Psychologie?« fragte Lyn zurück.

Trevor holte zu einer Erklärung aus, warum er das nicht täte, sprach von der Sinnlosigkeit einer formalen Ausbildung auf einem Gebiet, wo Wissen doch so weitgehend aus der Intuition komme, und wieviel er ja schließlich auch durch seine Überstunden bei Batsby Ball Bearings verdiente. Sie hörte ihm gar nicht zu. Sie dachte an Nick und dann an Stephen. Aber was konnte es Stephen schon ausmachen? Sie betrog ihn ja nicht, sie nahm ihm ja nichts, das er besitzen wollte oder konnte.

Eine Schafherde weidete im Goughdale, jene schwarzwollige, langgehörnte Rasse, die man Big Allen Black nannte. Die Übertageruinen des stillgelegten Bergwerkes, die alte Förderwinde, die Grenzsteine, die verfallenen Hütten ragten aus der flachen Ebene hervor und hoben sich schwarz gegen die untergehende Sonne ab.

Würde es ihm nach siebzehn Jahren gelingen, das Loch wiederzufinden, das in die Schächte der Goughdale-Mine hinunterführte?

Er glaubte sich ungefähr zu erinnern, wo es war – an dem ihm zugewandten Abhang des Big Allen, am Nordabhang, fast an seinem

Fuße, und ein wenig rechts von der Mitte. Irgendwo zwischen den Brocken rostfleckigen Kalkgesteins, das sich als breites Schelf über einen Teil der niedersten Hänge des Foins hinzog.

Das Loch wurde von Tace als das »Apsley Sough« erwähnt, obwohl »Sough« in dieser Gegend eher Fließ oder Kanal bedeutete. Und er hatte es weitab von dem Ort plaziert, wo das Loch wirklich war, einen guten halben Kilometer weiter abwärts. Ganz offensichtlich hatte er es nie selbst gesehen. Auch konnte es weder ein Fließ noch ein Kanal gewesen sein, denn es hatte wohl schwerlich einen Grund gegeben, Wasser in einen Bergwerkschacht *hineinzuleiten*. Joseph Usher, Taces Held, hatte sich in einer Höhle der Mine versteckt, aber Hunger und Durst trieben ihn wieder hinaus, nachdem er sich selbst aufgegeben hatte. Er wurde gefangen, verurteilt und hingerichtet. Stephen durchquerte die Talsohle gegen den Berghang zu auf einem Pfad, der westlich an dem halbverfallenen Maschinenhaus entlanglief. Es begann kühl zu werden, sogar kalt, als die Sonne untergegangen war. Die Schafe hoben die Köpfe und blickten sich nach ihm um, als er vorüberging, aber sie gaben keinen Ton von sich.

Es war sehr heiß gewesen damals im August, als er zwölf Jahre alt war. Peter Naulls und er waren auf ihrer Suche nach dem Eingang zur Mine so braun gebrannt, als seien sie auf einer jener Ferienreisen gewesen, wie sie sie nie gekannt hatten – an den Stränden Spaniens oder Italiens. Peter war buchstäblich über den Schachteingang gestolpert. Bei einem wilden Lauf inmitten eines Spieles oder Zeitvertreibs – denn sie verbrachten ja nicht tagtäglich jede Minute damit, auf allen vieren den Boden abzusuchen – hatte er sich mit dem Fuß in einer Wurzel verfangen und war der Länge nach hingefallen. Da hatte er gelegen, vor seinen Augen das dichte Gewirr aus Stengeln, Gräsern, Blättern, Ranken und dünnen Zweigen, das wie ein dickes, federndes Polster über dem Moorboden lag. Aber hinter und neben alledem blickte er in eine klare, schwarze Dunkelheit. Hier, direkt unter seinem Gesicht, halb verborgen unter Kalksteinauswüchsen, die aussahen wie wuchernde Pilze auf einem Baumstamm, hier, total verborgen durch die üppige Vegetation, solange man nicht mit der Nase darauf stieß, war der Spalt im Gestein, nach dem sie seit dreißig Tagen umsonst gesucht hatten! Er war auf die Füße gesprungen, hatte wild mit den Armen gefuchtelt und, da sie in der Schule gerade Archimedes durchgenommen hatten, »Heureka!« geschrien.

Wo Peter wohl jetzt war? Seine Onkel und Tanten wußten es wahrscheinlich, aber Stephen selbst hatte nie wieder etwas von ihm gehört, seit er mit achtzehn nach London aufs College gegangen war. Der Übergang zur Universität bei einem Jungen, der weit weniger intelligent war, als er selbst, das war damals ein harter Schlag für Stephen gewesen. Und Vatis Kommentar – gelegentlich ließ er sich herab, die Existenz des Naullsschen Klans zur Kenntnis zu nehmen –, war auch nicht dazu angetan, seine neidische Enttäuschung zu mildern. »So ein lausiger akademischer Titel wird dem Burschen kaum helfen, seinen Lebensunterhalt in Naulls Laden zu verdienen.« Man hatte von Peter nie erwartet, daß er in dem Naullsschen Herrenausstattergeschäft arbeiten würde.

Aber selbst bei ihrer Suche war es genaugenommen wieder einmal Peter gewesen, der Erfolg hatte, nicht er. Peter hatte, wenn auch zufällig, das Apsley Sough gefunden. *Er* war es gewesen, der völlig zu recht geschrien hatte: »Ich hab's gefunden!«

Am nächsten Tag waren sie wiedergekommen mit Seilen und mit einem Buch über Bergsteigetechnik aus der Bücherei, aus dem sie die verschiedenen Knoten lernen wollten. Vati hätte Stephen eingesperrt, wenn er gewußt hätte, was da vor sich ging. Onkel Leonard und Tante Midge hätten, ihrem Charakter gemäß, Nervenzusammenbrüche gekriegt.

Der Einstieg war kein vertikaler Schacht. Wäre es so gewesen, dann hätten sie sich wohl nicht getraut, weit hinunterzusteigen. Der Stollen verlief in einem Neigungswinkel von etwa dreißig Grad, war vielleicht auch von selbst entstanden, so daß ihre Füße während des ganzen Weges bis zur Schachtsohle hinunter Halt fanden, während sie sich an ihrem Seil hielten, daß sie sozusagen fast abwärts *gehen* konnten, auch wenn eine solche Beschreibung dieses große Abenteuer ihrer Jungenzeit zu einem langweiligen, alltäglichen Unternehmen herabminderte.

Nach einem längeren Abstieg erweiterte sich der Schacht ein wenig, und im Schein ihrer Taschenlampen sahen sie das Innere der Mine, den südlichen Endpunkt der verschiedenen Stollen. Sie landeten in einer Kammer, deren Decke über zwei Meter hoch schien und in der die Luft ziemlich frisch war. Im Gegensatz zu der Hitze draußen wenigstens war es hier kalt, es herrschte ein kühler, feuchter, ein wenig metallischer Geruch. Sie zündeten die Kerzen an, die sie mitgebracht hatten, und drangen in einen der Stollen ein, die von der Kammer abgingen. Stumm – er konnte sich nicht erinnern, daß sie während der ganzen Zeit dort unten auch nur ein einziges Wort gewechselt hätten – starrten sie auf die gewölbten Kalksteinwände, in die Stollen, die hin und wieder von dieser Hauptader abzweigten, einmal auch in eine weite Galerie, deren Ausgang durch herabgefallenes Gestein blockiert war. Und dann waren plötzlich die Flammen ihrer Kerzen erloschen. Ihnen war keine Veränderung der Atmosphäre aufgefallen, aber ihre Kerzenflammen waren einfach ausgegangen.

Auch dann hatten sie nicht gesprochen, sondern waren einfach im Dunkeln stehengeblieben, bis Peter seine Taschenlampe eingeschaltet hatte. Und dann hatten sie kehrtgemacht und waren doch ziemlich erleichtert gewesen, als sie wieder ein Streichholz anreißen konnten. Stephen war als erster den Ausgangsschacht hinaufgeklettert, wobei er sich diesmal mit seinem ganzen Gewicht an das Seil hängte und überlegte, ob man sie wohl lebend finden würde, falls das Seil sich von der Gesteinsnase löste, an der sie es befestigt hatten. Nicht daß er richtige Angst gehabt hätte, davor bewahrte ihn der unbesiegbare Mut der Kindheit, ein Mut, der in dem Glauben an die Unsterblichkeit wurzelt.

Als er aber wieder an das helle weiße Tageslicht gelangte, erwartete ihn ein Schock. Denn da stand ein fremder Junge am Ausgang des Schachtes und blickte hinunter auf das zuckende Seil. Erwachsene hätten unter solchen Umständen wohl miteinander gesprochen, nicht jedoch Kinder. Stephen wußte nicht, wer der Junge war, noch, was er hier am Big Allen zu suchen hatte, deshalb sprach er auch nicht mit ihm. Ebensowenig redete der Junge ihn oder Peter an. Er stand einfach da, ein wenig abseits von ihnen, stieß mit dem Fuß im Geröll herum und ging dann wortlos fort, zurück durch das Goughdale. Stephen wußte noch, wie heiß es gewesen war, der Himmel ein blendendes Weißblau, und die Hitze ließ die Luft über dem dürren gelben Boden zittern und flimmern.

Die Dämmerung brachte Stille mit sich und ihre eigentümliche, durchsichtige graue Beleuchtung. Er schritt an dem Kalksteinschelf entlang und versuchte sich an die Stelle zu erinnern, an der Peter beim Laufen hingefallen war. Einmal kniete er sich hin und bog das Heidekraut mit den Händen auseinander, so sicher war er, sie gefunden zu haben, aber er stieß lediglich auf feines Geröll und winzige Kriechpflanzen, die dazwischen wuchsen. Es war zu dunkel geworden, um noch weiter zu suchen, und kalt war es auch. Er fröstelte ein wenig, als er sich auf den Heimweg machte.

6

Eigentlich hatten sie zum Lunch gehen wollen, oder vielmehr, Nick hatte es gewollt. Sie solle nur schnell mit hinaufkommen in die Wohnung, sein Jackett holen, hatte er gemeint, und dann wollten sie Essen gehen, erzählen und vielleicht ein bißchen am Fluß sitzen. Es war der erste wirklich warme Tag des Sommers. Lyn ging als erste die Stiege hinauf in die Flucht aus großen, ein wenig schäbigen Zimmern mit Bogenfenstern, die voller Himmel waren.

Sie wandte sich zu Nick um, als er hinter ihr eintrat. Er sah aus wie ein dünner großer Junge, viel jünger, als er wirklich war, mit dem runden Haarschnitt eines Mönches, bloß ohne Tonsur. Seine Haut war braun, die Augen von heller Haselnußfarbe. Seine eine Hand lag auf dem Türgriff, die andere streckte er nach ihr aus. Sie blickte auf seine schmalen Hände, auf die fein geformten Handgelenke, auf deren brauner Haut helle Härchen sichtbar waren. Dann hob sie ihm das Gesicht entgegen.

Er küßte sie. Er strich ihr Haar zurück, vergrub seine Hand darin, und küßte sie wieder, sehr zart, dann härter, und diesmal wehrte sie sich nicht, als sein Mund mit dem ihren verschmolz. Ihr Herz schlug heftig, und ihre Hände zitterten, aber wie er sie so küßte und sein Körper sich in seiner ganzen sehnigen Länge gegen den ihren preßte, da verebbten nach und nach diese Signale der Furcht; sie wurde in seinen Armen seltsam weich, gleichsam als zerflösse sie. Als er seine Hände auf ihre Brust legte, gab sie einen kleinen Laut von sich.

Vom Fluß her fielen Sonnenlichtreflexe über Decke und Wände des Schlafzimmers, ein immerwährendes Flimmern rieselnder Wellen. Es tanzte über Lyns Körper, als sie sich auszog, über den schlanken braunen Nick, der auf sie wartete.

Ihre Arme waren voller Sehnsucht, ihr Fleisch so sanft und entspannt, als sei sie eben aus dem Schlaf erwacht. Er fuhr mit seinen Händen über dies glatte, schläfrige Fleisch, und sie nahm seinen Mund in den ihren, nahm ihn selbst in sich auf.

Unter Schmerzen. Sie drehte das Gewicht weg und hielt an sich, um nicht zu schreien. Ihr Körper zog sich zusammen, wurde straff wie eine Bogensaite, und als sie die Augen aufschlug und in sein Gesicht blickte, sah sie dort ungläubig scheues Erstaunen. Er verharrte still in ihr. Und da tat sie um seinetwillen, was man, wie sie gelesen hatte, tun mußte. Sie zog die Beine an, wölbte den Rücken, hielt ihn umschlungen und hob ihm ihren Mund entgegen . . . und begann zu genießen, was sie da tat, zu genießen, so sehr das bei diesem Mal möglich war, das wußte sie. Sie lächelte, sie hielt ihn fest, und sie küßte ihn, als sie die Konvulsion spürte und sein erlöstes Atmen hörte. Es schien, als habe das wabernde Lichtnetz vom Fluß das ganze Zimmer in zitternde Bewegung versetzt. Unten auf dem Mootwalk lachte eine Frau, und vom Wasser her ertönte der harsche Trompetenton eines Schwans.

Nick hielt sie umschlungen und sagte leise: »Das war das erste Mal für dich.«

»Ja.«

»Das verstehe ich nicht.«

»Ich habe es auch nie verstanden«, sagte sie, »aber so ist es nun mal. Ärzte sind da nur von Nutzen, wenn ein Mensch geheilt werden möchte.« Sie war den Tränen nahe, setzte sich auf und schlang die Arme um ihre Knie. Wie ein dichtes Cape fiel ihr Haar um sie herum. Er sagte nichts. Wenn er jetzt etwas Falsches sagte, dachte sie, dann war alles aus für sie und für ihn. Sie war nur allzusehr an falsche Worte im falschen Augenblick gewöhnt, an ihre taktlose Familie, eine Mutter und eine Schwester, die laut herausplatzten, wo Engel sich gescheut hätten zu flüstern, an Stephen mit seinen ungeschickten, kindischen Äußerungen. Wenn Nick sich auch nur den leisesten Scherz erlaubte über ihre Jungfräulichkeit, über sein Glück, über Impotenz, oder daß sie jetzt aber schleunigst was essen müßten nach diesen Anstrengungen – sie würde sich anziehen und wegrennen, und alles wäre aus und vorbei. Voller Verzweiflung wandte sie sich ihm zu, und die Tränen liefen ihr übers Gesicht.

Aber er bemerkte sie nicht. Seine Augen waren halb geschlossen, und er lächelte leicht.

»Geh eine Weile mit mir schlafen«, sagte er und nahm sie zart in die Arme. Er sagte nicht, daß er sie liebe, sondern: »Ich glaube, wir werden einander lieben, Lyn.«

Aus den ausgebeulten Taschen seines Jacketts, seines Sonntagnachmittag-Ausgehjacketts, seines einzigen Anzugs, förderte Vati einen silbernen Ring mit einem Rauchtopas für Lyn zutage und ein Stiltonmesser mit Perlmuttgriff für Stephen. Auch wenn die beiden vielleicht vergessen hatten, daß morgen der sechste Jahrestag ihrer Verlobung war, er mit seinem großartigen Gedächtnis hatte es jedenfalls nicht vergessen.

»Schließlich war *ich* es ja, der euch zusammengebracht hat«, meinte er, als sie sich bei ihm bedankte. »Ich glaube, wenn ich nicht gewesen wäre, ihr hättet nie ein Auge aufeinander geworfen.«

Das war wahr. Mehr oder weniger hatte er ihre Ehe arrangiert, dachte Lyn manchmal. Ihre erste Stellung, nachdem sie die Schule verlassen hatte, war bei Whalby gewesen. Sie war dort Sekretärin, Kundenbetreuerin, Telefonfräulein und Teeköchin gewesen. Bekommen hatte sie den Job durch Onkel Bob, der – soweit das überhaupt möglich war – in etwa ein Freund von Thomas Whalby war. Niemals vorher oder nachher hatte er ein Mädchen eingestellt, so daß es Lyn jetzt vorkam, als habe Vati sie höchstpersönlich für Stephen ausgewählt, ohne daß die beiden das ahnten. Mit ihrer Jugend und ihrer Unerfahrenheit waren sie Wachs gewesen in diesen Händen, die so geschickt darin waren, aus rohem oder ramponiertem Material etwas Gutes und Wertvolles zu machen.

Vati untersuchte argwöhnisch sein voriges Geschenk, das Kastanienblatt-Tischchen, nach weißen Ringen, Zigarettenbrandflecken oder Staubablagerungen in der Schnitzerei, dann schlurfte er weiter durchs Zimmer und begutachtete die Beine der übrigen Möbel. Er sagte es zwar nicht, aber Lyn wußte, er suchte nach Spuren von Peachs Krallen. Peach, der oft auf dem Kastanientischchen saß und dabei nicht mehr Kratzer hinterließ als ein Daunenkissen oder eine Stoffkatze, unter der man sein Nachthemd verwahrte, folgte ihm mit ernsten Blicken von seinem Korb aus, in den er sich an Sonntagen immer wohlweislich zurückzog, wenn er zu Hause war. Lyn setzte den Ring auf und meinte, er passe vorzüglich.

»Tja, ich weiß eben die Maße deiner schönen Finger auswendig«, sagte Vati, der sich auskannte mit Schmeicheleien.

Später kam noch Trevor Simpson dazu und schließlich, um die Runde vollzumachen, auch noch Lyns Onkel Bob. Es waren kaum genug Stühle für alle da. Vati verkroch sich in eine Ecke und zog seine langen Spinnenbeine an sich. Onkel Bob erzählte, er könne sich noch erinnern, auch schon, als sie Jungen gewesen waren, hätte Tom sich nie viel aus Katzen gemacht.

»Aha, milde Form von Ailurophobie«, konstatierte Trevor.

»Hör mal zu, Bürschchen«, sagte Vati, »ich habe nichts Mildes. Ich habe verdammt noch mal überhaupt nichts Mildes, klar?«

Joanne, schwer und unförmig, am Tag zuvor aus dem Krankenhaus entlassen, saß da und aß Schokoladenkekse.

»Wenn du so weitermachst«, warnte Kevin, »dann bist du wieder da drin, noch bevor die Woche um ist.«

»Es ist ja gar nicht das Essen, es ist Flüssigkeit. Wie oft soll ich dir das denn noch sagen: das ist alles *Flüssigkeit*!«

»Schokolade ist übrigens Gift für Pferde, wußtet ihr das? Da ist irgendeine Substanz drin, Theo . . . sowieso. Rennpferde sollen glatt gestorben sein vom Schokoladeessen.«

»Und findest du, daß ich mit einem Rennpferd etwas gemeinsam habe?«

»Als ihr Mädchen klein wart«, mischte sich Mrs. Newman ein, »da gab es hier mal eine Frau, die wohnte in den Gesindehäusern von Chesney Hall, und die gab ihrer Familie immer Katzenfutter zu essen. Manchmal war es auch PEDIGREE CHUM, aber meistens Katzenfutter. Sie mochte den Fischgeschmack.«

»Nein danke, Lyn«, sagte ihr Vater, »ich möchte kein Sandwich mehr.«

»Ja, und dann kriegte sie ein Baby, und das hatte ein Muttermal wie ein Katzenkopf auf dem Bauch.«

»Bei unserem wird es bestimmt ein MARS-Riegel.«

»Ich bezweifle das überhaupt nicht«, meldete sich Trevor wieder zu Wort, »so was kann eine seltene Form der Prägung sein, ja, es könnte sogar ein Stigma sein.«

Peach sprang auf Lyns Schoß. Da lag er und schnurrte. Sein blaßgoldener Schwanz hing herab, und manchmal zuckte die Spitze ein wenig. Vati brach als erster auf. Er war diesmal nicht mit dem Lieferwagen gekommen. Bob Newman bot ihm an, ihn mitzunehmen, aber er lehnte ab und meinte, er werde den Bus nehmen. Joanne und ihre Mutter blieben vor ihren nebeneinanderliegenden Haustüren stehen und schwatzten, als ob sie sich ein halbes Jahr lang nicht wiedersähen. Lyn machte den Abwasch. Dann holte sie den Rasenmäher hervor, um den hinteren Rasen zu schneiden.

»Hör mal, Liebling«, sagte Stephen, »ich glaube, ich geh mal ein bißchen spazieren, Luft schnappen.«

»Möchtest du, daß ich mitkomme?«

Sein Blick wurde verschwommen. Sie sah daran, daß er sie nicht mithaben wollte. »Das wäre bestimmt kein großes Vergnügen für dich. Ruh dich lieber aus und leg die Füße hoch.«

Versuchte sie eigentlich noch, irgend etwas zu retten? Wartete sie immer noch darauf, daß irgend etwas von ihm käme? »Ich bin fünfundzwanzig«, sagte sie, und in ihrer Stimme lag das Äußerste an Ungehaltenheit, dessen sie fähig war.

»Entschuldige, ich hätte das nicht sagen sollen. Ich wollte nur sagen, du siehst müde aus. Warum gehst du nicht aus – irgendwohin. Nimm doch den Wagen.«

»Vielleicht tue ich das auch.« Ihr war, als hörte sie Nicks Stimme sagen: »Wir werden einander lieben.«

»Und es macht nichts, wenn ich erst spät zurückkomme?« fragte Stephen in kindlichem Bettelton.

»Natürlich macht es nichts. Natürlich.«

Munter pfeifend ging er von dannen. Goldene Augen blickten ihm nach aus dem Blattwerk des gelben Ahornbaumes, den Peach sich schlau als Tarnversteck ausgesucht hatte. Stephen ging die Jackley Road entlang, über die Querstraßen hinaus und weiter hinauf ins Vale of Allen. Es war ein weißer Tag gewesen, weiß der leere Himmel, weiß die schwächliche Sonne, lauwarm und verschleiert. Noch immer war der Himmel weiß, ohne einen Tupfen Blau, ohne Wolken.

Ein geparkter Wagen stand an der Straße, am linken Rand und in nördlicher Richtung. Stephen fand es reichlich merkwürdig, an diesem Platz seinen Wagen abzustellen, wo er mindestens teilweise die nach Norden führende Straße blockierte, während der Fahrer keine zehn Meter weiter in einen Reitweg hätte einbiegen können, der das Tal bis zum Reeves Way durchquerte. Es war ein kleiner gelber Volkswagen. Von dem Besitzer konnte Stephen nirgends eine Spur erblicken. Die Gegend hier war übersät von Ginsterbüschen, und halbwegs war er darauf gefaßt, daß jeden Augenblick ein Hund zwischen ihnen hervorgestürmt käme. Aber abgesehen von dem leisen, nahezu hypnotisierenden Summen der Bienen war alles ruhig und still.

Er wanderte bergan bis zum Reeves Way und folgte ihm nordwärts ins Goughdale. Der Eigner des Wagens war nirgends zu sehen in den umliegenden weiten Ebenen, aber das Auto stand noch immer da, ein leuchtendgelber Punkt auf der weit entfernten Straße. Der aufwärts führende Pfad bot einen weiten Ausblick über die ganze diesseitige Region des Moors, kaum aber neigte er sich hinter der Kuppe wieder talwärts in die flache Mulde des Goughdales, so sah man nichts mehr als die Übrigbleibsel der stillgelegten Minen und die unheimlich wirkenden Abhänge des Big Allen.

Er brauchte nahezu zwei Stunden, um den Einstieg zur Mine zu finden. Sein Gedächtnis hatte ihm einen Streich gespielt. Er meinte sich zu erinnern, daß er und Peter das Seil an einem Zacken, einer vorspringenden Nase im Gestein befestigt hatten, und folglich war es dieses auffallende Merkmal, nach dem er gesucht hatte. Aber in dem Bericht, in dem er nach seiner Überzeugung suchen mußte, bot der Kalkstein nirgends derart schroffe Formen, alles war weich und gerundet. Immerhin fand er den einzig in Frage kommenden Vorsprung, an dem sie damals ihr Seil sicher verknotet haben konnten. Er ragte oberhalb des Kalksteinschelfs aus dem Hang und unterhalb des Geröllfeldes, auf welchem Peter ausgerutscht war. Er kroch an dem Kalksteinsims entlang, suchte mit den Augen, tastete mit den Händen, und da – da war es, das Loch, weit entfernt von dem Platz, an den er sich erinnerte, und auch ganz anders gelegen. Aber es war da, ganz ohne Zweifel, ein breiter Spalt, der in die Tiefe des Berges führte, verborgen unter einem überhängenden Felsbrocken.

Er legte sich hin und blickte hinein. Es gab nichts Aufregenderes zu sehen, als wenn es der Eingang zu einem Kaninchenbau gewesen wäre, nichts als ein Tunnel, der ins Dunkel hinunterlief. Es roch nach Erde. Er stand wieder auf und wanderte zurück über das Goughdale, hielt bei jeder Ruine der alten Bergwerksbauten an, um festzustellen, ob noch andere, nicht blockierte Einstiege zu den Schächten existierten. Da war die George-Crane-Mine, die Duke of Kelsey und die Goughdale-Mine. Natürlich hatte er schon früher nachgesehen, er und Peter hatten es gemeinsam getan, und Jahre später dann hatte er allein noch einmal das unübersichtliche, hügelige Gelände durchforstet, aber damals wie heute war nichts zu finden gewesen. Die Minen waren schließlich gefährlich, man konnte die Schächte nicht einfach offenlassen als förmliche Einladung für jeden waghalsigen Dummkopf. Was er gefunden und wiederentdeckt hatte, war also höchstwahrscheinlich der einzig verbliebene Eingang zu jenem Netzwerk unterirdischer Stollen, Galerien und Kammern, zu jener anderen Welt unter dem Moor.

Die Sonne war gesunken, und die Dämmerung brach herein. Stephen wäre gern durch das Vale of Allen und über das Foinmen-Plateau zurückgewandert, aber er hatte keine Taschenlampe bei sich, und heute würde nur ein schmaler Neumond scheinen. Also schritt er aus in Richtung auf die Jackley Road, auf der mittlerweile so gut wie gar kein Verkehr mehr herrschte.

Es überraschte ihn, daß das gelbe Auto immer noch dort stand. Es parkte nun seit mindestens drei Stunden an dieser Stelle, wahrscheinlich aber viel länger, denn wer auch immer es dort abgestellt hatte, war sicherlich vor dem abendlichen Stoßverkehr hier herausgekommen. Manchmal ließen Leute, die ihre alten Wagen loswerden wollten, sie einfach irgendwo im Moor liegen, eine Unverschämtheit, die Stephen verrückt machte. Aber dies hier war nicht so ein Wagen. Dieses Modell war höchstens drei Jahre alt, es sah wohlgepflegt aus, und die Vorderreifen waren brandneu. Er blickte durch die Windschutzscheibe und dann durch das Fenster des Fahrersitzes hinein. Ein gestrickter Sweater aus cremefarbener Wolle hing über der Rückenlehne des Beifahrersitzes, und auf der Ablage unter dem Armaturenbrett lag ein gestreifter Seidenschal – beige, rot und schwarz. Das Fenster am Fahrersitz war einen Spalt offen. Er faßte nach dem Türgriff. Der Wagen war nicht verschlossen. Als er jedoch die Tür aufgemacht hatte, da gab es für ihn eigentlich nichts weiter zu tun, als sie wieder zuzumachen.

Der Besitzer mußte irgendwo in der Nähe sein. Es konnte höchstens jemand sein, der eine Marathonwanderung gemacht hatte, oder ein einsamer Picknicker, der im Gras eingeschlafen war. Aber als er die Kreuzungen hinter sich hatte und den Teil der Straße erreichte, der sich nach Chesney hinunterwand, da mußte er doch an den Mann denken, den er zwischen den Bäumen hatte verschwinden sehen. Lange und angestrengt blickte er zu den Banks of Knamber hinüber, die jetzt genauso aussahen wie damals, bevor der Mond aufgegangen war – grau und fahl, wie ein von winzigen schwarzen Wolken übersäter Himmel. Aber heute abend bewegte sich niemand zwischen den kleinen Birken.

Am nächsten Morgen stieg er in Hilderbridge in den Lieferwagen und fuhr nach Jackley hinaus. Dabei machte er einen weiten Umweg über Byss, wo er eine frisch aufgepolsterte Chaiselongue abliefern mußte, bevor er auftragsgemäß die Sachen in Jackley abholte. Der letzte Auftrag, den er zu erledigen hatte, war dann in der Trinity Road in Hilderbridge, deshalb hielt er vor einem Konfitürenladen an und kaufte eine Schachtel Geleefrüchte. Es war ein Tag mit weißem Himmel, feuchtkalt und voller Bodennebeln, ein erwartungsvoller Tag, der darauf wartete, daß die Sonne durchbräche.

Der zarte Dunstschleier verlieh den Foins eine geheimnisvolle Atmosphäre. Die Hügel schienen über der Erde zu schwimmen. Stephen fuhr auf der Hauptstraße nach Süden, und als er durch das Goughdale kam, überlegte er, ob womöglich der gelbe Volkswagen noch immer dort stände. Und tatsächlich, er war noch da. Als er um die letzte Kurve vor den Kreuzungen fuhr, sah er den Fleck hellen Butterblumengelbs. Aber der Wagen war nicht mehr der einzige, der dort parkte, er hatte hier draußen am Rande des Vale of Allen im weißlichen Frühnebel ein halbes Dutzend anderer Wagen um sich versammelt, darunter einen großen Laster. Stephen verringerte das Tempo. Zwei davon waren Polizeiwagen, wie die Aufschrift und die blauen Blinkleuchten zeigten. Ein Mann im Regenmantel stand am Heck des Volkswagens, während ein anderer auf dem Boden hockte und darunterschaute.

Stephen stoppte am gegenüberliegenden Straßenrand und stieg aus der Fahrerkabine. Jetzt sah er, daß in jedem der Einsatzwagen ein Fahrer saß. Er ging über die Straße. Und sofort rief der Mann im Regenmantel ihm zu: »Bemühen Sie sich nicht, mein Herr, vielen Dank. Aber dies hier ist eine Angelegenheit für die Polizei.«

Es war Inspektor Troth. Er schien Stephen ebenso rasch wiederzuerkennen wie Stephen ihn, aber der Mann mit dem dunklen Dreiecksgesicht gab das lediglich zu erkennen, indem er den Mund zusammenkniff und das Kinn ruckartig vorstreckte. Erst der andere Mann, der sich jetzt aus seiner kauernden Stellung aufrichtete und sich als Inspektor Manciple entpuppte, sprach mit ihm.

»Guten Morgen. Sie sind Mr. Whalby, nicht wahr?«

Stephen nickte. »Es hat doch wohl nicht wieder einen . . . ich meine, ein Unglück gegeben, oder?«

Troth knurrte: »Was meinen Sie damit – ein Unglück?«

»Sagen wir's Ihnen ehrlich«, lenkte Manciple ein, »in Jackley wird eine junge Frau vermißt, eine verheiratete Frau. Und dies ist ihr Wagen.«

»Und Sie denken . . .?«

»Wir denken überhaupt nicht«, mischte sich Troth mit seinem breiten Three-Towns-Tonfall ein. Sein Gesicht, bemerkte Stephen, war schwer von Akne entstellt, als ob er ein Teenager sei; dabei war er wesentlich älter. »Wenigstens vorerst nicht«, setzte er schnell hinzu. »Wir ziehen keine voreiligen Schlüsse.«

»Unter normalen Umständen würden wir solchen Fall von Verschwinden nicht weiter ernst nehmen.« Manciple klang, als wolle er sich für die Schroffheit des anderen entschuldigen. Er war betont verbindlich, und als Troth sich abrupt abwandte, blickte er etwas verlegen drein. »Nur nach dem, was wir damals im April hier gefunden haben, sind die Umstände eben nicht normal. Es sind zwei freiwillige Suchtrupps unterwegs. Ich glaube, einen davon kann man dort drüben, da oben im Vale, sogar erkennen.«

Stephen kletterte wieder in seinen Lieferwagen und fuhr nach Hilderbridge hinein. In SUNNINGDALE saß die gleiche Versammlung alter Leute in fast derselben Anordnung im Tagesraum vor dem Fernseher. Auf dem Bildschirm instruierte eine Frau mit hellblondem Haar und rotgeränderter Brille ihre Zuschauer, wie sie Börsengewinne erzielen könnten. Einer der alten Männer las den DAILY MIRROR, die Strickerin strickte und Helena Naulls schlief. Ihr Mund stand offen, und ihr Gebiß war verrutscht. Sie trug ein rosa Baumwollkleid, das ganz offensichtlich nicht ihr, sondern der dicksten Heimbewohnerin gehörte, einem Koloß von einer Frau, die ebenfalls schlief und die Stephen bei seinen Besuchen auch noch nie anders als schlafend gesehen hatte.

Mrs. Naulls erwachte ebenso leicht, wie sie einnickte. Die Strickerin stieß gegen ihre Schulter, und sie setzte sich auf und öffnete die Augen. Stephen gab ihr einen Kuß.

»Na, was macht die Kunst, Großmutter?«

»Immer dasselbe«, erwiderte Mrs. Naulls. »Hast du mir meine Fruchtgummis mitgebracht?«

»Na, was glaubst du wohl!« Er legte ihr die Schachtel auf den Schoß. »Hier hast du sie, kannst gleich loslegen.« Sie grunzte ungeduldig, während ihre Finger mit der Cellophanumhüllung kämpften. »Aber heute möchte ich eins abhaben, ich bin hungrig. Und wie steht es mit dieser Dame?«

»Nun hören Sie schon auf!« sagte die Strickerin. »Es ist gemein, sich über sie lustig zu machen.«

»Leonard hat sich schon immer über alles lustig gemacht«, meinte Mrs. Naulls und schob sich eine purpurne Geleefrucht in den Mund. »Sein Vater hat zwar versucht, ihm das auszuprügeln, aber es hat nichts genützt.«

»Ja, ja, den Teufel mit Beelzebub austreiben, sag ich immer«, nickte die Strickerin.

»Wie geht es Midge, Peter?«

»Wenn du Lyn meinst, der geht es gut, und ich bin Stephen.« Er senkte die Stimme. »Scheint so, als ob es einen neuen Mordfall im Moor gegeben hat.«

»Bitte?« fragte Mrs. Naulls mit vollem Mund.

»Wir sind hier fast alle ein bißchen schwerhörig, mein Guter«, erläuterte die Strickerin.

»Ein neuer Mordfall im Moor«, wiederholte Stephen lauter.

Der alte Mann ließ seine Zeitung sinken. Die fette Frau öffnete die Augen und schloß sie wieder. Helena Naulls zögerte zwischen einer roten und einer gelben Geleefrucht und entschied sich schließlich für die gelbe.

Mit angstvollen Augen meinte die Strickerin: »Man kriegt Gänsehaut, wenn man bloß dran denkt. War es wieder ein junges Mädchen?«

»Scheint so.« Stephen stand auf. »Ja, ich werde jetzt mal mit dem Suchtrupp gehen. Sie suchen nämlich nach der Leiche.« Ganz plötzlich hatte er seinen Entschluß gefaßt. Es war genau das, wonach er sich unbewußt bereits gesehnt hatte, seit er aus seinem Lieferwagen gestiegen war und mit Manciple gesprochen hatte. Aber zuerst mußte er gehen und es Vati erklären. Vati schuldete ihm sowieso noch einen freien Tag, weil er bei Frühlingsbeginn einen Feiertag durchgearbeitet hatte, um die Polstersitze dieser Chippendalesessel fertig zu bekommen. »Sie brauchen nämlich jemanden wie mich, einen, der das Moor in- und auswendig kennt.«

»Mr. Tace«, meinte Mrs. Naulls plötzlich und lächelte versonnen, »der hatte es auch so mit dem Moor. Und *wie* er es geliebt hat! Ach, das war ein entzückender Mann, so was gibt's nur einmal unter Millionen. Also, Wiedersehen, Stephen. Grüß Lyn von mir.«

Die Sonne hob sich von dem milchigweißen Himmel als ein verschwommener, noch weißerer Fleck ab, und der Dunst begann sich aufzulösen. Von einem Suchtrupp war nichts zu sehen. Stephen hatte immer einen Anorak und ein Paar Wanderstiefel im Wagen. Er parkte in Loomlade und nahm den Weg, der zwischen dem Loomlade Foin und dem Big Allen hindurchlief. Er ging in die Richtung, in die Manciple gedeutet hatte, wo mit Sicherheit einer der Suchtrupps die Gegend durchkämmte. Hier in der Nähe hatte er damals übrigens auch die kleine weiße Orchidee entdeckt. Er gelangte an dem Punkt an die Hilder, wo die Säulen des alten Aquäduktes sie kreuzten.

Von hier aus konnte man erkennen, wie der Fluß sich von seiner Quelle in den Gesteinsspalten des Pierce Foin her talwärts wand. Der Boden war hier sumpfig, dichte Schilfgrasbüschel wuchsen allenthalben, und durch das Heidekraut schimmerte der schwarze Torf hindurch. Das Goughdale lag einsam und verlassen in der Ferne. Er überquerte den Fluß, indem er über die Trittsteine sprang, und er fragte sich, ob sie wohl schon die verfallenen Bergwerksanlagen abgesucht hätten. Mottle Foin, der einzige Höhenzug, auf dem Bäume wuchsen – kleine Krüppelkiefern, die ihm ein schwarzgeflecktes Aussehen verliehen –, war nach dem Big Allen die höchste Erhebung des Moors, und jetzt verstellte sein felsiger Kegel den Blick auf die nordwärts verlaufenden Windungen der Hilder, auf Pierce Foin und das ganze Lustley Dale. Stephen mußte noch gute zwei Kilometer wandern, ehe er wieder einen freien Ausblick hatte. Und da sah er in der Ferne die Männer, wie sie über das Gelände am rechten Flußufer ausschwärmten.

Es mußten vierzig oder fünfzig Leute sein. Ein einziger Mann hatte das bewerkstelligt, ein einziger Mann hatte die Macht besessen, sie alle hier ins Moor zu zitieren, fort von ihrem Zuhause, fort von ihrer Arbeit. Er hatte ein Mädchen getötet, und jetzt, da ein anderes vermißt wurde, waren sie alle gekommen, als habe er sie gerufen, als ob sie seine Sklaven wären. Stephen überquerte erneut den Fluß, indem er über Felsbrocken turnte. Zwei oder drei der Männer wandten sich nach ihm um, aber keiner winkte. Eine vierschrötige Gestalt trat auf ihn zu. Es war Jan Stringer.

»Kein Glück gehabt bisher?« rief Stephen ihm entgegen.

»Glück nennst du das?«

»Großer Gott, nein, du weißt ja, was ich meine. Ich hab' mir gedacht, ich könnte mal hier herauskommen und vielleicht irgendwie von Nutzen sein. Ich bin von Natur aus so was wie ein Spezialist, was dieses Moor betrifft, weißt du.«

Stringer zuckte die Achseln. Sein blaues, am Hals aufgeknöpftes Hemd, unter dem eine Matte schwarzer Haare hervorsah, klebte ihm schweißnaß in den Achselhöhlen und am Rücken. »Siehst du da drüben zwischen dem Gestrüpp den Burschen, den kleinen dunklen? Das ist ihr Mann, das ist Roger Morgan. Wir klammern uns noch an die letzte Hoffnung, nämlich, daß sie ihren Wagen abgestellt hat, um wilde Blumen zu pflücken. Sie war ganz versessen auf wilde Blumen, sagt er, und – na ja, sie könnte sich ja verirrt haben oder ohnmächtig geworden sein oder so was.«

»In dem Falle wäre sie wohl kaum so weit hier drüben, oder?«

»Wir haben ein paar Polizisten bei uns«, erklärte Stringer und deutete hinüber, »die dirigieren das Unternehmen sozusagen.«

Stephen hatte eigentlich gedacht, das werde *er* übernehmen. Aber er schloß sich dem Trupp trotzdem an, der jetzt in Richtung Lustley Dale abschwenkte.

»Was hatte sie an?« fragte er den Ehemann.

»Ich weiß es nicht ganz genau.« Er sprach in dem gebildeten Tonfall der Mittelklasse. »Ein rotes T-Shirt, glaube ich. Und Jeans.« Sein Gesicht war ganz grau vor Erschöpfung.

»Wir suchen hier schon seit fünf Uhr nach ihr«, mischte sich ein anderer ein.

»Sie war nach Hilderbridge gefahren, um ihre Eltern zu besuchen, während ich bei meinen Eltern in Jackley war.« Morgan brachte in schiefes Lächeln zuwege. »Wir kamen mit unseren gegenseitigen Schwiegereltern nicht zurecht.«

Als Morgan außer Hörweite war, sagte Stringer mit gesenkter Stimme: »Wir haben drüben bei den Foinmen angefangen.«

»Natürlich habt ihr das. Großer Gott, natürlich.«

»Wir sind jetzt seit . . .«, er blickte auf die Uhr an seinem kräftigen Handgelenk mit dem Pelz aus schwarzen Haaren, »na, so an die neun Stunden unterwegs. Es sind noch zwei andere Suchtrupps ausgeschwärmt, einer drüben im Südosten und einer auf der Pertsey-Seite.«

Gegen Mitte des Nachmittags hatten sie die tieferen Ausläufer des Lustley Foin erreicht. Stephen war nicht hungrig. Er fühlte sich durch die Suchaktion geradezu animiert und gestärkt. Es kam nicht oft vor, daß er einen ganzen Tag draußen im Moor zubringen konnte. Wie er so über Felsen kletterte, Buschwerk und Ranken auseinanderbog und in Risse und Spalten lugte, hörte er über sich ein dröhnendes Röcheln. Er blickte hinauf und sah einen Hubschrauber, der langsam und in sehr geringer Höhe kreiste. Einmal schien es fast so, als berühre er die Kuppe des Big Allen.

Stringer wies mit dem Daumen in Morgans Richtung. »Das Ding gehört einem Geschäftsfreund seines Schwiegervaters. Ganz nützlich, falls sie irgendwo im Freien ist.«

Eine Dornenranke schlug zurück und fuhr Stephen über den Nacken. Er griff mit der Hand hin und sah Blut an seinen Fingern. Es hatte keinen Sinn, das Foin hochzuklettern, dort oben würde sie bestimmt nicht sein. Sie verteilten sich jetzt über ein sich öffnendes Tal, das Jackley Plain genannt wurde, und hier konnte Roger Morgan nicht mehr weiter. Nicht daß er völlig zusammenbrach. Er setzte sich einfach auf einen Stein und nahm den Kopf zwischen die Hände. Von allen Mitgliedern des freiwilligen Suchtrupps war er derjenige, von dem das größte Durchhaltevermögen erwartet wurde, aber von allen Mitgliedern des Trupps war er vielleicht auch derjenige, der am wenigsten an Gewaltmärsche und körperliche Anstrengungen gewöhnt war; auch war er der Kleinste. Stephen fühlte einen Anflug von Verachtung für ihn.

»Tut mir leid«, sagte Morgan heiser, »ich bin völlig kaputt. Ich hab' seit vorgestern nacht nicht mehr geschlafen.« Er blickte Stephen an und erkannte ihn. »Sie sind doch einer von den Whalbys, nicht wahr? Sie und Ihr Vater waren mal bei uns zu Hause, um ein Sofa neu zu beziehen.«

Stephen mochte es nicht besonders, in aller Öffentlichkeit an so etwas erinnert zu werden. »Ach ja. Jackley, St. Edmunds Avenue.«

Morgan nickte. »Wir machen wohl besser weiter.«

»Bleiben Sie ruhig noch ein bißchen da sitzen«, sagte einer der Polizisten. »Dann bringen wir Sie runter zur Straße. Wir haben unsere Einsatzwagen in Abständen von dreihundert Metern stehen, die ganze Strecke von Hilderbridge bis Jackley.«

Stephen machte sich erneut auf, und die anderen begannen ihm zu folgen. Er dachte nicht daran, zurückzubleiben und für Morgan zu sorgen. Über ihnen zog wieder der Hubschrauber seine Kreise und warf seinen schwarzen Heuschreckenschatten über das sonnenbeschienene Grasland des Tals.

Sie standen voreinander und blickten sich bewundernd an.

»Du bist so schön«, sagte Nick.

»Du auch.«

»Ich habe dich glücklich gemacht, oder?«

»Das weißt du doch. Hast du's denn nicht gemerkt?« Sie wurde rot, denn an diese Art Gespräche war sie nicht gewöhnt. »Ich hab' nie gewußt, daß es so sein würde.«

»Mir wird ganz komisch zumute, wenn du so redest. Wirklich eine sonderbare Situation, nicht wahr? Dadurch gehörst du nun viel mehr mir, als wenn es schon andere gegeben hätte oder als wenn deine Ehe normal gewesen wäre.«

»Und du gehörst dadurch auch mehr mir.«

»Bleib bei mir, Lyn. Ich meine nicht die ganze Nacht, ich weiß, das kannst du nicht, aber bleib doch den Abend über bei mir.«

»Nein.« Sie schlüpfte in ihre blauen Jeans und streifte das weiße T-Shirt über die zarten, knochigen Schultern. »Es ist schon sieben. Ich hätte schon seit zwei Stunden zu Hause sein müssen.«

Sehr sanft, um den Worten ihren Stachel zu nehmen, sagte Nick: »Du bist doch nicht seine Mutter.«

»Für wen sollte ich wohl sonst eine sein.« Sie suchte im Bett nach dem Band, das sich aus ihrem Haar gelöst hatte, während sie sich liebten.

Nick kämmte ihr das Haar und befestigte eigenhändig das Band darin – ungeschickt und viel zu lose. Sie mußte es noch einmal machen. Er zog sich an und ging mit ihr hinunter. Wo im Schaufenster Peachs Box gewesen war, stand jetzt ein Käfig mit einer Schlange, die zusammengerollt im Stroh lag. Im Dämmerlicht des Ladens warf sie sich noch einmal in Nicks Arme und küßte ihn. Die Haut der Schlange zitterte unter der Bewegung, die in der Luft entstand.

Sie bekam den Bus um sieben Uhr fünfzehn, und ihr war zumute wie einer Mutter, die nicht rechtzeitig daheim ist, wenn ihr kleiner Junge aus der Schule kommt. Die Leute im Bus unterhielten sich über die Menge Polizeiwagen auf der Straße, und einige behaupteten, es werde wieder ein Mädchen vermißt.

Als sie in das Haus im Tace Way hastete, war Stephen nicht einmal da. Es sah aus, als sei überhaupt niemand dagewesen, seit sie am Nachmittag fortgegangen war, um sich mit Nick zu treffen. Lediglich Peach war zu Hause. Er war durch die Klappe hereingekommen, die Stephen für ihn im unteren Paneel der Hintertür angebracht hatte. Er saß mit übereinandergelegten Pfoten und eingezogenem Schwanz auf dem Küchenbüfett und blickte voll stoischer Ausdauer auf die Speisekammertür. Lyn fütterte ihn. Dann machte sie für sich selbst eine Tasse Tee, schnitt Weißbrotscheiben zum Toasten ab und schlug ein paar Eier mit geriebenem Käse in die Pfanne. Um neun schaltete sie wegen der Nachrichten den Fernseher ein.

Die erste Meldung besagte, daß man die Leiche von Ann Morgan gefunden hätte. Gegen zwei Uhr hatte der Suchtrupp, der Pertsey und die nordwestliche Region des Vangmoors durchkämmt hatte, sie entdeckt. In einer Steinhütte, dem ehemaligen Pulvermagazin der seit langem stillgelegten Duke-of-Kelsey-Mine hatte sie gelegen. Sie war erwürgt worden, und ihr langes blondes Haar war ihr dicht über der Kopfhaut abgeschoren worden. Lyn schaltete das Gerät aus, als Stephen zur Hintertür hereinkam.

7

Von allen Männern der Three Towns über sechzehn und unter sechzig Jahren wurden Fingerabdrücke genommen. Danach entnahm ein Mann im weißen Kittel Blutproben aus ihren Daumen. Troth war damit beschäftigt, auf einem Verzeichnis, wahrscheinlich einer Kopie der Wählerliste, die Namen abzuhaken. Er bedachte Stephen mit dem gleichen kalten, durchdringenden Blick wie Lyns

Vater oder Trevor Simpson, so, als habe er sie nie zuvor gesehen.

Stephen war schon seit Jahren nicht mehr in dem Pförtnerhäuschen gewesen. Als Kind hatte er die Hälfte seiner Zeit dort zugebracht, denn nachdem seine Mutter sich davongemacht hatte, war es wohl oder übel Mrs. Naulls zugefallen, sich um ihn zu kümmern, wie sehr auch Vati immer auf die Naulls-Sippe geschimpft hatte und es jetzt erst recht tat. Er war damals schon ein Jahr in der Schule gewesen, aber sie nahmen ihn einfach heraus und steckten ihn in die Grundschule von Chesney. So konnte Helena ihn abholen und mit nach Hause nehmen, bis Vati um sechs kam und ihn mit dem Lieferwagen abholte.

Die Naulls hatten es sich zur Gewohnheit gemacht, hartnäckig jede Auskunft schuldig zu bleiben, wenn er von seiner Mutter anfing. Bloß Helena hielt nicht ganz dicht. Sie neckte ihn. Wenn Onkel Leonard sich über alles und jedes lustig machte, so war es nicht schwer zu erraten, woher er das hatte.

»Auf dem Mond ist sie, da oben!« antwortete Helena wohl auf seine Fragen, oder: »Vielleicht ist sie am Nordpol bei den Polarbären?«

Wenn Helena zum Laden hinunterging und Arthur Naulls vor sich hin döste in dem alten, verschlissenen Lehnstuhl, der so unerklärlich nach nassem Hund roch, dann suchte Stephen fieberhaft nach Briefen, nach einer Fotografie oder einer Adresse. Er fand nichts, er fand nie etwas. Helena zeigte ihm nur das, was sie für richtig hielt, Fotos von Brenda als junges Mädchen, eine Strähne ihres hellblonden, welligen Haares, zu einer Locke zusammengebunden.

»Wo ist sie, Nanna?«

»Neugier tötet die Katze«, sagte Helena nur.

Sie nahmen soeben Stephens Fingerabdrücke und zapften ihm eine Blutprobe ab. Es ging alles sehr unpersönlich zu, eine Routineuntersuchung, die alle Männer betraf. Jetzt hingen zwar mit grünem Filz bespannte Anschlagtafeln und mit Steckfähnchen versehene Landkarten dort, wo früher die Kapuzinerkressetapete gewesen war, aber Stephen glaubte doch, immer noch entfernt den alten vertrauten Geruch wahrnehmen zu können, jene Mischung aus gekochtem Gemüse, Bienenwachs und ungewaschener wollener Kleidung. Dann trat er wieder hinaus in den Sonnenschein und den Duft nach frisch gemähtem Gras.

Vor einer Stunde war Lyn mit dem Bus zur Arbeit gefahren. Stephen hatte sie zur Haltestelle begleitet und dort mit ihr gewartet.

Keine Frau mochte mehr allein sein auf dem Moor oder in den umliegenden Ortschaften, nicht einmal bei hellem Tageslicht. Er war noch hundert Meter entfernt, da sah er schon den Polizeiwagen vor seinem Hause stehen; darin saß Manciple mit einem etwas jüngeren Kollegen und dem Fahrer. Als Stephen herankam, stieg er aus.

Sein verlegener, etwas hündischer Ausdruck war heute morgen noch ausgeprägter als sonst. Mit seinem ewig roten Gesicht sah Manciple immer aus, als erröte er vor Scham. Auf seine typische, fast entschuldigende Art sagte er: »Würden Sie wohl mit aufs Revier kommen, Mr. Whalby? Zu einer Unterhaltung?«

»Eine Unterhaltung worüber?«

»Über die Situation hier in der Gegend. Miss Price, Mrs. Morgan – reine Routinefragen auf völlig informeller Basis, Mr. Whalby.«

Was blieb ihm anderes übrig, als in den Wagen zu steigen und mit ihnen zu fahren. Er saß hinten neben dem anderen Mann. Manciple, der auf dem Beifahrersitz saß, meinte, es sei ein schöner Tag heute und es würde sicher warm werden. Sonst sagte niemand auch nur ein Wort während der ganzen Fahrt nach Hilderbridge.

Diesmal führten sie ihn in einen anderen Raum, klein, kahl, im Erdgeschoß gelegen. Ein Metalltisch stand darin, drei Rohrstühle, zwei Bänke. An einer Wand hing ein Kalender und an der gegenüberliegenden ein gerahmter Stadtplan. Man ließ ihn dort allein, und er wartete eine halbe Stunde. Gegen Ende der halben Stunde öffnete er einmal die Tür, um nach irgendeinem menschlichen Wesen Ausschau zu halten, und er hatte ein sonderbares Gefühl in der Magengrube, als er direkt neben der Tür einen Uniformierten sitzen sah, wie ein Wärter in einem Film, der im Gefängnis spielte.

Da betrat geschäftig und unter vielen Entschuldigungen Chefinspektor Malm den Raum wie ein gewissenhafter Präsident, der zu spät zu einer Aufsichtsratssitzung kommt. Entschuldigungen, keine Erklärungen. Er hatte kaum Stephen gegenüber an der anderen Seite des Tisches Platz genommen, da kam Manciple herein und setzte sich auf den dritten der Rohrstühle. Es wurde bereits sehr warm in dem Raum, denn auf das große Fenster mit dem Metallrahmen, dessen Scheiben noch von Winter- und Frühjahrsschmutz verschmiert waren, prallte mit voller Wucht die Sonne. Malm trug einen grauen Anzug, Manciple ein dünnes, billig wirkendes Sportjackett.

Stephen hatte zwar von vornherein nicht so recht an die

»informelle Unterhaltung« geglaubt, aber Malm begann doch sehr verbindlich. Er fragte ihn, um welche Zeit er am Sonntag ins Moor gegangen sei, warum er es getan habe und wann er wieder nach Hause gekommen sei. Sein Ton war höflich und nett, aber dennoch leicht befremdet, so als ob Stephens Ausflug eine höchst ungewöhnliche Freizeitbeschäftigung darstelle. Erst jetzt begriff Stephen, daß sie ihn verdächtigten. Sie hatten ihn nicht hergeholt, um ihn wegen jemand anderem auszufragen, sondern weil sie *ihn* selbst verdächtigten! Als damals Marianne Price ermordet worden war, da hatte er der versammelten Familie scherzhaft erklärt, *er* sei der Hauptverdächtige der Polizei. Jetzt war er es wirklich.

»Ich war ja nicht mal in *dem* Teil des Moors. Ich bin durchs Goughdale gewandert.«

»Wo ist das denn?«

Stephen war sicher, Manciple wußte es ganz genau, aber er sagte es nicht. Stephen erklärte es. Malm fragte ihn nach den Bergwerksanlagen. Ob er wisse, wo die Duke-of-Kelsey-Mine sei und das alte Pulvermagazin? Stephen erwiderte, er kenne jeden Fußbreit des Moores, jede Senke, jede Spalte, auch die inzwischen verschlossenen Pferderampen der Minen. Manciple blickte ihn scharf an aus blauen Augen, die einen harten, unangenehmen Kontrast bildeten zu seinem krebsroten Gesicht und dem faden, kupferfarbenen Haar.

»Sie kannten Mrs. Ann Morgan«, stellte Malm sachlich fest.

»Ich habe sie einmal gesehen, vor Monaten.«

»Laut Mr. Morgans Aussage sind Sie im Februar einmal in seinem Haus gewesen, und später sind Sie dann noch einmal dagewesen, während er nicht dort war – Ende März.«

Es klang, als sei Stephen extra hingegangen, weil er wußte, daß der Ehemann abwesend war. Stephen erwiderte nichts. Er hob nur die Schultern. Die Sonne in seinem Rücken machte ihn schwitzen, aber er dachte sich, auf der anderen Seite des Tisches wäre es auch nicht besser gewesen. Dort kriegten Malm und Manciple die Sonne direkt in die Augen. Bald danach ging Manciple hinaus, und Troth kam herein in Begleitung eines Mannes, der ein Tablett mit drei Tassen Kaffee und einem Teller trockener Kekse trug. Troth sagte mit verhaltener Stimme etwas zu Malm. Die beiden verschwanden und ließen Stephen mit seinem Kaffee allein. Während ihrer Abwesenheit zog Stephen sein Jackett aus, hängte es über die Lehne seines Stuhles und rollte seine Hemdsärmel auf.

Troth kam zurück, blickte auf Stephens Arme, als habe er etwas

Unanständiges getan, sich sonstwie entblößt vielleicht, und machte das Fenster auf. Malm setzte sich wieder.

»Mrs. Morgan hatte einen Volkswagen«, begann er, »einen kleinen gelben Volkswagen, den sie an der Jackley Road abstellte. Haben Sie diesen Wagen gesehen, während Sie dort draußen waren?«

»Ja.«

»Und Sie haben ihn berührt. Ihre Fingerabdrücke waren an der Tür der Fahrerseite.«

Malm nickte Troth zu, und Troth fiel mit einer Frage über ihn her. Wie er Ann Morgan zum Anhalten gebracht hätte? Hatte er gewinkt, oder hatte sie ihn von sich aus erkannt? Stephen wußte zwar inzwischen, daß sie ihn verdächtigten, aber er war doch schockiert, daß sie ihn derartig direkt und unverschämt beschuldigten.

»Ich habe sie überhaupt nicht gesehen. Ich habe sie nicht angehalten.«

»Sie ist doch wegen irgend jemand ausgestiegen, den sie kannte.«

»Sie hielt an, und Sie haben mit ihr gesprochen, und dann haben Sie ihr die Wagentür aufgehalten«, fuhr Malm fort.

»Der Wagen war leer, als ich die Tür aufgemacht habe«, sagte Stephen.

»Sie laufen also herum und machen Autotüren auf, wenn es Ihnen in den Sinn kommt, wie?«

Immer und immer wieder hackten sie darauf herum. Der Raum wurde brütend heiß, trotz des offenen Fensters. Schweiß lief ihm aus den Achselhöhlen an den Seiten herunter. Wieder kam der Mann herein mit neuem Kaffee und Käse und Picalilli-Sandwiches. Stephen beobachtete, wie langsam ein Schatten über den Boden kroch, während die Sonne den Zenit überschritt, und er fand, es gäbe eigentlich keinen Grund, weshalb man den Tisch und die Stühle nicht in den Schatten rückte. Aber keiner schlug es vor.

Als sie die Sandwiches gegessen hatten, meinte Malm, er dächte, Stephen würde sich wohl gern ein bißchen die Beine vertreten. Stephen dachte, er meinte, er müsse vielleicht mal auf die Toilette, was auch stimmte, aber Malm und Troth nahmen ihn mit nach draußen und zeigten ihm ein Auto, einen Volkswagen desselben Modells wie der gelbe, obwohl dieser grün war, und sie ließen ihn vormachen, wie er Ann Morgans Tür aufgemacht und was er sonst noch getan hatte. Er merkte, daß sie ihm nicht glaubten, und er hatte das Gefühl, als wollten sie ihn unmerklich zu etwas ganz Bestimmten bringen.

Dann waren sie wieder in dem Raum mit dem Tisch und den Rohrstühlen, und nun fing Malm von Marianne Price an. Was für ein Zufall es doch sei, daß Stephen mit dem Tod beider Frauen in Verbindung geraten sei. Erst hatte er Mariannes Leiche und dann Ann Morgans Wagen gefunden. Stephen erklärte, das sei überhaupt nicht merkwürdig, wenn man bedächte, wie oft er durch das Moor wanderte.

»Vielleicht zu oft«, meinte Malm.

Stephen war versteckten Anspielungen noch nie gewachsen gewesen und jetzt auch nicht. Hilflos brütete er vor sich hin, während Troth wieder hinausging und ein Mann hereinkam, den er noch nie gesehen hatte, ein dünner, schweigsamer Mensch, der ihn bloß unverwandt und aufmerksam ansah. Malm fragte ihn, warum er einen ganzen Arbeitstag geopfert hätte, um an der Suchaktion teilzunehmen? Was hatte er dabei zu suchen, die ging ihn doch gar nichts an? Hatte er erwartet, Ann Morgans Leiche zu finden?

»Es war, weil ich das Moor *kenne*«, versetzte er. »Ich dachte, ich wäre nützlicher als Leute, die nie einen Schritt aus Hilderbridge herauskommen.« In seinem Inneren, tief unten, erhob sich eine kleine Stimme, die wisperte: weil es meins ist, weil ich wissen muß, was dort vorgeht, weil ich es unter Kontrolle haben muß, deshalb!

»Haben Sie oft im MARKET BURGER HOUSE Mittag gegessen?«

»Ein- oder zweimal bin ich dort gewesen.«

»Dann wußten Sie also, daß Marianne Price dort arbeitete?«

»Großer Gott! Jeder weiß doch, daß sie dort gearbeitet hat.«

Der andere Mann fragte leise und wie nebenbei: »Was haben Sie mit ihrem Haar gemacht?«

Stephen sprang auf und stieß seinen Stuhl so heftig zurück, daß er umkippte und klappernd zu Boden fiel. »Wenn das hier so weitergeht, dann will ich meinen Anwalt sprechen!«

»Haben Sie denn einen?« fragte Malm trocken, aber selbst er fand wohl, daß der andere zu weit gegangen war, und bevor noch ein weiteres Wort fiel, war auch Manciple wieder da, und wieder drehte es sich um den Wagen und um die genaue Zeit, zu der Stephen weggegangen und zurückgekommen sei.

Er wußte, daß er jedesmal ganz gleichlautende Erklärungen abgab, wenn er berichtete, was er am Sonntagabend getan hatte.

Nachdem er viermal das gleiche erzählt hatte, schienen sie es aufzugeben, ihm ein Geständnis entlocken zu wollen. Es wurden drei Tassen Tee und eine Platte mit Biskuits hereingebracht. Der Raum lag jetzt voll im Schatten, trotzdem war es heiß und stickig. Zum fünften Male wiederholte Stephen, wie er den Wagen mit dem spaltbreit geöffneten Fenster und dem Sweater und dem Schal darin gesehen, wie er die Tür geöffnet und wieder geschlossen hatte.

Manciple fragte, wie er zu dem Kratzer seitlich am Nacken gekommen sei.

»Dornenranken, als ich mit dem Suchtrupp unterwegs war«, erklärte Stephen, drehte den Kopf zur Seite und klappte den Hemdkragen herunter, damit sie es sehen konnten.

»Oder die Fingernägel einer Frau«, sagte Malm.

Stephen hob erschöpft die Schultern. Es war einfach zu lächerlich. Sie sagten nichts mehr über den Kratzer, sondern redeten erneut über den Wagen. Um fünf erklärten sie ihm, für heute sei es genug, er könne jetzt nach Hause gehen, sie wollten ihn nicht länger aufhalten. Wenn es ihm nichts ausmache, fünf Minuten zu warten, dann würden sie ihn mit dem Wagen nach Hause fahren. Stephen sagte wütend, es mache ihm sehr wohl etwas aus, er würde nicht warten, er würde zu Fuß nach Hause gehen.

»Vom Moor würde ich mich an Ihrer Stelle fernhalten«, sagte Malm. »Wenn Sie darauf bestehen, acht bis neun Kilometer zu laufen, obwohl wir durchaus bereit sind, Sie zu fahren, dann bleiben Sie aber bitte strikt auf der Straße. Und um das Moor machen Sie in Zukunft einen weiten Bogen, klar?«

Am Schreibtisch des Beamten vom Dienst stand, in ein Gespräch vertieft, das Mädchen vom THREE TOWNS ECHO, das Stephen im April interviewt hatte. Sie sah heute sehr anders aus, viel hübscher in ihrem Sommerkleid und der hellblauen Strickjacke. Einen Chiffonschal, blau, grün und weiß, hatte sie sich um den Kopf geschlungen und hinten im Nacken verknotet. Als er auf die Schwingtür zuging, trat sie ihm in den Weg.

»Sie sind es also, der der Polizei schon den ganzen Tag bei ihren Nachforschungen hilft?«

Stephen bemühte sich um ein beiläufiges Lachen. »Großer Gott, ja, ich nehme es an.«

»Ich habe es bereits der P. A. durchtelefoniert.«

»Und was, bitteschön, ist die P. A. in normaler Sprache?«

Sie war verdutzt. »Na, die Press Association. Ich dachte, das wüßte jeder. Es wird in allen Zeitungen des Landes stehen – ein Einheimischer, der die Polizei bei der Aufklärung der Moormorde unterstützt.«

»Aber nicht mein Name, wie?«

Sie schüttelte den Kopf. Sie gingen zusammen hinaus auf die Straße. Es war warm und sonnig, der Himmel wolkenlos. »Die von der Polizei müssen auf der Hut sein vor juristischen Schritten«, sagte sie bedeutsam. »Sie könnten sie verklagen.«

»Das sollte ich eigentlich auch tun.«

»Würde es Ihnen was ausmachen, mir zu erzählen, was man sie gefragt hat?«

Es war köstlich, wieder draußen an der frischen Luft und im Sonnenschein zu sein. Da drinnen hatte er sich gefühlt wie im Gefängnis oder doch so, als ob sie ihn aus diesem stickigen Raum höchstens ins Gefängnis entlassen würden. Ihm fiel ein einschlägiger Ausdruck aus dem Journalistenjargon ein, den er irgendwo gelesen hatte, und übermütig sagte er: »Na klar, Sie kriegen eine Exklusivstory!«

Sie kamen auf den Marktplatz. Eigentlich wäre jetzt das MARKET BURGER HOUSE der richtige Platz gewesen für eine Tasse Kaffee oder sonstwas und ein paar Biskuits, aber Stephen fand, er hätte für sein ganzes Leben genug Tassen mit sonstwas und Biskuits gehabt. Die KELSEY ARMS öffnete soeben, und in seiner geradezu verwegenen Stimmung hielt Stephen ihr die Tür zu der Bar auf.

Es waren außer ihnen zwei Gäste dort, ein Mann und eine Frau, sonst aber niemand. Stephen besorgte für sich und das Mädchen je ein großes Bier. Sie sagte, ihr Name sei Harriet Crozier. Es schmeichelte ihm, daß sie sich an ihn als einen Spezialkenner des Vangmoors erinnerte, andererseits aber anscheinend vergessen hatte, durch welches Gewerbe er seinen Lebensunterhalt verdiente. Hauptsächlich betrachtete sie ihn als einen Naturschriftsteller. Einem Impuls folgend, erzählte er ihr ein wenig atemlos, wessen Enkelsohn er war.

»Kann ich das verwenden?«

»Großer Gott, vielleicht sollte man lieber sagen ›Nachkomme‹.« Er dachte daran, daß Onkel Stanley Ärger machen würde. Onkel Stanley las nämlich das THREE TOWNS ECHO immer äußerst gewissenhaft, weil oft etwas über ihn selbst darinstand. »Ja, sagen Sie lieber ›Nachkomme‹. Und Sie könnten ja auch sagen, daß ein wenig von seinem – nun ja, von seinem Talent auf mich vererbt worden sei, oder so was.« Stephen erzählte ihr von den beiden Gelegenheiten, bei denen er mit Ann Morgan gesprochen hatte – die Sache mit dem frisch bezogenen Sofa allerdings ließ er aus –, und wie ihn sein Gemeinsinn dazu getrieben hätte, sich dem Suchtrupp anzuschließen.

Harriet notierte das alles in ihrer sogenannten Schnellschrift, die in Stephens Augen allerdings aussah wie gewöhnliche Worte, bei denen die Selbstlaute ausgelassen waren. Sie hatte ihr Lagerbier sehr hastig getrunken, und plötzlich, weil ihr entsetzlich heiß sei, wie sie sagte, konnte sie wohl das Ding auf ihrem Kopf nicht mehr ertragen, und was immer sie damit riskierte, sie riß den Schal herunter.

Ihr Haar war genauso lang, so golden und fast auch so dick wie Lyns. Es fiel ihr über die Schultern hinunter, und sie schüttelte es sich aus dem Gesicht. Sie lachte über seinen konsternierten Gesichtsausdruck. Es war ganz und gar nicht Lyns Gesicht, es war hart und wissend, mit grünen Katzenaugen, und die Nase von Sommersprossen gesprenkelt.

»Ich kann mir schließlich nicht für den Rest meines Lebens den Kopf einwickeln«, stöhnte sie.

Sie hielt ihr leeres Glas in der Hand. Stephen hatte wenig Neigung, ihr noch einen Drink zu spendieren. Ihm war mittlerweile unbehaglich zumute, daß er mit einer fremden Frau in den Pub ging, sie zum Trinken einlud und womöglich hier mit ihr gesehen wurde. Das war ihm sonst noch niemals passiert, und er fand, er verhielte sich damit Lyn gegenüber nicht fair.

»Zeit, daß ich weiterkomme . . .«, murmelte er.

Sie schien überrascht. »Darf ich Ihnen nicht eins spendieren?«

»Nein, nein, natürlich nicht«, wehrte er ab. »Ich hab' noch einen langen Weg vor mir.«

Es wäre einfacher für ihn gewesen, sich zu drücken, wenn der Sechs-Uhr-fünfzehn-Bus nicht soeben weggewesen wäre. So machte er sich denn zu Fuß auf den Weg. Aber es war verdrießlich, sich an die Straße halten zu müssen. Was hatte Malm mit seiner letzten Warnung eigentlich gemeint? Daß ihm das Moor grundsätzlich verboten war? Und für wie lange? Welches Recht hatte die Polizei denn, einem unschuldigen Mann derartige Einschränkungen aufzuerlegen? Stephen hegte ähnlich ohnmächtig gekränkte und nach Rache durstende Gefühle wie ein Liebhaber, der höheren Orts vor einem Mädchen gewarnt wird. Und wie ein stolzer Liebender war er der Überzeugung, daß sein Leben nicht lebenswert sei, wenn er sich unterwürfe. Es hatte seit dem Verschwinden seiner Mutter keinen Augenblick gegeben, da nicht das Moor sein Refugium, seine Domäne und auf seltsame Weise ein engerer Freund gewesen war, als jedes menschliche Wesen. Der Gedanke, daraus verwiesen worden zu sein, verursachte in ihm ein Gefühl der Leere, ja, fast eine leichte Übelkeit.

Er sollte sich also an die Straße halten. Links von ihm waren jetzt die Foinmen, rechts die Banks of Knamber, und er durfte weder zwischen die aufrecht stehenden Steinkolosse treten noch unter die kleinen Birken. Es war, als sei zwischen alledem und ihm ein unsichtbarer Wall errichtet worden. Und alles das hatte der Mörder dieser beiden Mädchen zuwege gebracht, dieser Mann, der das Vangmoor usurpiert und sich zu einem größeren Machthaber aufgeschwungen hatte, als er selber es war.

Es war ein schöner Abend, die Luft war lau und still, die fernen Hügel schwammen in bläulichem Dunst. Aber Stephen hielt seine Augen stur auf die weiße Straße vor sich gerichtet, als sei er ein Pferd mit Scheuklappen oder als zögen sich zu beiden Seiten eintönige Häuserreihen hin. An der Haltestelle kurz hinter dem Knamber Hole blieb er stehen und wartete auf den Sieben-Uhr-fünfzehn-Bus.

8

Am nächsten Tag ließ der CID ihn erneut holen.

Dieses Mal war es wie eine psychotherapeutische Sitzung oder so, wie Stephen sich eine derartige Sitzung vorstellte, bloß mit drei Psychiatern und einem einzigen Patientenopfer. Manciple war nicht dabei. An seiner Stelle war ein Chefinspektor Haken anwesend. Haken war derjenige, der am meisten redete. Es war leicht zu erkennen, daß man ihn gerufen hatte, weil er sich mit diesen Dingen auskannte, daß er geübt war, Fragen zu stellen, die bis auf die Knochen gingen – um sie vielleicht sogar zu brechen. Nur daß es nichts zu brechen oder zu gestehen gab, wenn man nichts getan hatte.

Haken wollte, daß Stephen ihm sein tägliches Leben beschrieb. Er wollte ganz genau von ihm hören, was er an diesem oder jenem Tage getan hätte. Und was dem Moor denn so Besonderes anhaftete, daß er derartig besessen davon sei? Stimmte es wirklich, daß er an Zehnbis Zwanzigkilometermärsche gewöhnt war? Wie lange er schon verheiratet sei? Und warum hatte er keine Kinder?

»Ich verstehe nicht, was das damit zu tun hat.«

»Sie schämen sich doch wohl nicht, es uns zu sagen, Mr. Whalby? Es gibt doch gar keinen Grund, sich deshalb zu schämen. Manche Leute sagen eben, es gibt sowieso schon zu viele Menschen auf der Welt, auch ohne daß man noch welche hinzufügt.«

»Na gut, lassen wir das also als Antwort gelten.«

Dann meinte Haken, man habe ihm berichtet, Stephen sei ein Enkelsohn von Tace, dem Vangmoor-Romancier? Wie das denn wohl möglich sei, da Tace doch allem Anschein nach kinderlos geblieben sei? Ach, durch ein illegitimes Kind ? Demnach sei er ein illegitimer Enkelsohn von Tace?

Kaffee und Biskuits kamen um zehn. Es war ein dunstiger Morgen, und zu Stephens Erleichterung tat sich die Sonne heute schwer mit dem Erscheinen. Der Raum war kühl und roch nach irgendeinem antiseptischen Mittel, das man wohl dem Wasser beigemischt hatte, mit dem der Boden gewischt worden war. Troth hatte einen Pickel am Kinn, der ihn irritierte. Er kratzte zwar nicht gerade daran herum, brachte jedoch beständig seine Finger in seine Höhe, betastete unaufhörlich die fettige, geschwollene Haut der Umgebung. Haken war ein großer Mann, den man als gut aussehend hätte bezeichnen können, wenn nicht seine breite, unförmige Boxernase gewesen wäre. Er trank auf sehr ungewöhnliche Weise, nämlich, indem er seine Kaffeetasse mit beiden Händen umschloß. Inmitten einer Serie von Fragen hielt er plötzlich inne. »Apropos . . .«, sagte er zu Stephen, und ohne daß es im geringsten mit dem Vorangegangenen zu tun gehabt hätte, fragte er mit starr verengten Augen und über den Tisch ausgestrecktem Zeigefinger: »Wir suchen also nach einem Psychopathen, stimmen Sie mir zu? Finden Sie nicht auch, daß ein Mann, der auf diese Weise tötet, aus keinem anderen Grunde, als daß ein Mädchen jung ist und lange blonde Haare hat, daß ein Mann, der von irgendeinem Impuls dazu getrieben wird, auf diese Weise zu töten, ein Psychopath sein muß?«

»Ich nehme an, ja.«

»Ein Mann also, der nach außen hin ein Konformist ist, jung und körperlich sehr kräftig, ein Mann, der sich in die Routine flüchtet, weil er mit anderen Existenzformen nicht zurechtkommt, ein Mann, der ein heimliches Phantasieleben führt, vielleicht voll trügerischer Größe und Macht, ein Mann mit einem morbiden Interesse am Tod.

Ich beschreibe hier einen ganz bestimmten Psychopathentypus. Beschreibe ich damit nicht eigentlich zugleich auch Sie, Whalby?«

Stephen erwiderte nichts. Was hätte er auch sagen sollen?

»Wir haben hier also ein theoretisches Schema, und wir haben hier auch einen Mann, der genau in dieses Schema paßt – so scheint es mir jedenfalls. Glauben Sie nicht, daß jeder exakte Beobachter des Falles es genauso sehen würde? Unser Mann kennt sich aus im Vangmoor. Er kennt es so gut, daß er sich selbst im Dunkeln sicher darin zurechtfindet. Er ist so stark und er kennt das Moor so genau, daß er darin einen toten Körper auch bei Nacht kilometerweit tragen kann.«

»Ich habe kein morbides Interesse am Tod.« Stephen versuchte, verächtlich zu lachen, und er fand, es sei ihm gelungen. »Was hätte ich denn wohl tun sollen, als ich Marianne Prices Leiche fand? Ihnen nichts sagen? Nach Hause gehen, als ob nichts geschehen sei?«

»*Wir* stellen hier die Fragen, Whalby«, wies Malm ihn zurecht.

Stephen hatte noch nie gesehen, daß Troth lächelte oder auch nur zufrieden aussah, aber wie er jetzt dasaß, ein wenig abseits und voll sichtbarer Hochachtung für die anderen, mit der Hand beständig diesen roten Fleck mit dem gelben Dotter umkreisend, da lag etwas auf seinem Geischt, das Stephen nur als hämische Freude deuten konnte. Es war kein Lächeln, nicht einmal ein Lockern seiner straff gebündelten Gesichtsmuskeln, als vielmehr ein inneres Leuchten seiner Augen. Troth war höchlich amüsiert, großartig unterhalten durch das Schauspiel, wie hier ein wehrloser Mensch in die Enge getrieben wurde.

Seinem Wort getreu überschwemmte Malm ihn mit einer wahren Sturzflut von Fragen. Sie drehten sich diesmal alle um die Geographie des Moors, und Manciple, der sich darin besser auskannte als er, mußte zur Unterstützung herbeigeholt werden. Es kam Stephen vor, als habe er nun schon dutzendemal die Wanderungen und Kletterpartien beschrieben, die er unternahm, aber sie wollten alles immer noch einmal hören. Wieder ging die Tür auf, und ein Mann kam herein. Stephen blickte nicht einmal auf, so überzeugt war er, daß hier wieder Sandwiches gebracht wurden. Aber da kam kein Tablett, keine Sandwiches, dafür aber wieder eine jener geflüsterten Mitteilungen, durch die er zweifellos gestern zu einem Psychopathen und Mörder abgestempelt worden war. Malm, Haken und Manicple, alle verließen sie den Raum, Stephen wurde mit Troth allein zurückgelassen.

Troth tat, als sei er Luft. Und dann tat er etwas, das nach Stephens Gefühl kein Mensch in Anwesenheit eines anderen tun würde, es sei denn, der andere sei in seinen Augen nichtiger als Dreck. Einen Spiegel gab es nicht in dem Raum, aber der Straßenplan war mit einer Glasscheibe gerahmt. Troth stand auf, und nachdem er eine leidliche Spiegelung herausgefunden hatte, drückte er den Pickel auf seinem Kinn mit den beiden Zeigefingern aus. Er grunzte leise vor Schmerz, Blut und Eiter spritzten, und ein kleiner Tropfen davon blieb auf dem Rahmen des Straßenplans kleben.

Stephen saß und wartete. Es machte ihn höllisch nervös, als Troth hinter ihn trat und dort stehenblieb. Vermutlich schaute er einfach nur aus dem Fenster. Stephen war fest entschlossen, was auch passierte, selbst wenn sie ihn stundenlang, vielleicht sogar den ganzen Tag hier festhielten, er würde kein Wort mit Troth sprechen! Er streckte die Beine aus und reckte sich in seinem Stuhl zurecht. Er fühlte sich am ganzen Körper verspannt. Sie *konnten* ihm ja gar nichts tun, sie blufften doch nur, oder? Sie konnten doch nicht einfach einen unschuldigen Mann belasten.

Stunden schienen verstrichen zu sein – tatsächlich waren es aber wenig mehr als zwanzig Minuten –, als Haken zurückkam. Er kam allein. Troth saß mittlerweile wieder am Tisch und wischte mit einem schmutzigen, blutverschmierten Taschentuch an seinem Kinn herum.

»Gut, Mr. Whalby, Sie können jetzt gehen. Vielen Dank für Ihre Kooperation.«

»Sie meinen, für heute ist es genug?«

Haken sah alles andere als glücklich aus, sondern wirkte verärgert, als hätte er eine Niederlage erlitten. »Nein, ich meine, wir sind fertig.«

»Wieso? Was ist denn passiert? Ist das alles, was Sie mir zu sagen haben, nachdem Sie mich hier fast zwei Tage lang einem scharfen Verhör unterzogen haben?«

»Wir haben Sie keinerlei scharfem Verhör unterzogen.«

»Wenigstens können Sie mir wohl erklären, weshalb Sie mich jetzt so mir nichts, dir nichts vom Haken lassen?«

Troth lachte wiehernd wie ein Schuljunge, anscheinend über Stephens unbewußtes Wortspiel. Dann verließ er den Raum. Haken murmelte etwas von neuen Erkenntnissen, aber Stephen war so wütend und gekränkt, daß er ihm gar nicht zuhörte. Wenn er jetzt Troth begegnet wäre draußen im Korridor, er hätte ihm Prügel verpaßt, die es in sich hatten, und auf die Konsequenzen hätte er gepfiffen! Aber Troth war nirgends zu sehen. Es war Inspektor Manciple, der auf ihn zutrat und sagte, er würde ihm gern dies »kleine Mißverständnis« erklären.

Sie hatten soeben das Ergebnis einer komplizierten Analyse des Blutes erhalten, das man unter Ann Morgans Fingernägeln gefunden hatte. Sofort wurde sich Stephen wieder des Kratzers an seinem Hals bewußt. Er fühlte ihn förmlich brennen und jucken, während Manciple redete. Das Blut gehörte zur Gruppe B, zu Stephens eigener Blutgruppe, der jedoch nur sechs Prozent der Bevölkerung angehörten. Durch hochentwickelte forensische Techniken, erklärte Manciple, konnte man jetzt jedoch Blutgruppen noch entscheidend weiter differenzieren, und eine genauere Analyse hatte in dem Blut, das man an den Fingernägeln der Leiche gefunden hatte, Bestandteile nachgewiesen, die in Stephens Blut fehlten.

»Schade, daß Sie das nicht früher haben machen können«, knurrte Stephen. »Ich muß sagen, ich habe wenig Neigung, mich hier aus irgendeinem weither geholten Grund wie ein Verbrecher behandeln zu lassen!«

Aber es war vorüber. Er hatte sich nicht lächerlich gemacht, und jetzt war er frei. Es hing nicht einmal die bedrohliche Aussicht über ihm, daß sie morgen wieder von vorn anfangen würden, weil sie jetzt wußten, er war nicht ihr Mann, er konnte es gar nicht sein. Seine Erleichterung war unermeßlich viel größer als die, die er am Vortag verspürt hatte, als er mit Harriet Crozier hier herausgegangen war. Es war fast, als ob – aber das war ja lächerlich –, als ob er es *getan* hätte, als ob er die beiden Mädchen getötet hätte und nun halb verrückt sei vor Freude, der Justiz entwischt zu sein.

Die Sonne war durchgekommen, und es würde ein heißer Tag werden. Sonnenlicht und Dunst lagen über den fernen Kuppen des Hochmoors wie ein schimmernder goldener Schleier. Jetzt konnte er wieder dorthin gehen, mit seiner Freilassung war der Bann von ihm genommen; er konnte wieder hinauswandern, klettern, wann immer er wollte.

Er ging in das Haushaltswarengeschäft, das dem KELSEY ARMS PUB gegenüber am Marktplatz lag, und kaufte ein Seil. Es war ein Selbstbedienungsladen, und in der Elektroabteilung gab es eine große Auswahl von Taschen- und Campinglampen. Stephen wählte eine große, schwere Stablampe mit einem Handgriff wie bei einem Krug und einen Batteriensatz, der laut Garantie für mehrere Stunden ausreichte. Da es als Billigangebot gerade große Jutesäcke gab, erstand er zwei Stück in dem vagen Gedanken, sie könnten ihm irgendwann nützlich sein.

Als nächstes ging er in die Biblitoehk wegen eines Buches über alte Bergwerksanlagen. Sie hätten eins, versicherte man ihm, aber es war im Moment nicht vorrätig. Ob er es bestellen wolle? Nein, das wollte Stephen nicht. Es war bestimmt auch gar nicht notwendig. Wenn es ihm gelungen war, in die Goughdale-Mine zu gelangen, als er zwölf war, weshalb sollte er dann wohl jetzt ein Buch brauchen?

Vati saß im Untergeschoß der Whalby-Werkstatt und zündete eine seiner kleinen Zigaretten an der anderen an. Mit wunderbarer Geschicklichkeit und Exaktheit befestigte er an den Türen einer Vitrine, deren Scheiben er erneuert hatte, wieder die Perlstabverzierungen. Er befand sich zur Zeit in einem Stimmungshoch, im Zenit seiner positiven oder manischen Phase, und er legte sogar eine Art Witz an den Tag, etwas, das sonst nur etwa einmal im Jahr vorkam. Er sah das aufgerollte Seil, und sein Gesicht verzog sich zu einem Nußknackergrinsen.

»Vom Erhängen hat man, denk ich, in diesem Land Abstand genommen?«

Stephen lachte herzhaft. Er lachte, wie man über die Späße eines Menschen lacht, der es dringend nötig hat zu spaßen und es meistens nicht fertigbringt.

»Großer Gott, Vati, für diesmal komme ich wirklich nicht an den Galgen, ich bin heilfroh, das sagen zu können. Sie haben mich laufen lassen ohne den geringsten Flecken auf meinem Persönlichkeitsbild.«

»Das hatte ich aber auch verdammt noch mal erwartet!« Vati tupfte ein Tröpfchen Leim auf und fügte ein weiteres Stückchen der feingeschnitzten Rosenholzverzierung in die Umrandung der Glasscheibe. Dann blickte er auf und sah Stephen an. »Diese Tante von dir ist dagewesen und hat nach dir gefragt.« Ob Vati die Mitglieder seiner Schwiegerfamilie anredete oder ob er nur von ihnen sprach – nie benutzte er ihre richtigen Namen. »Na, diese eine da, Mrs. Pettitt nennen sie sie ja wohl«, als habe sie sich einen Namen zugelegt, auf den sie kein Recht hatte. »Sie wollte dir sagen, deine Großmutter ist mit einem Schlaganfall ins Allgemeine Krankenhaus von Hilderbridge eingeliefert worden.« Er machte eine gedankenvolle Pause und wischte sich einen Leimfleck vom Finger. »Die alte Naulls!«, murmelte er, und dann fügte er böse hinzu: »Das alte Saustück, verdammte Hure!«

Dieser Kriminalbeamte hatte ihn also mehr oder weniger offen einen Psychopathen genannt. Jetzt, wo die erste Erleichterung verflogen war, wurmte es ihn, wenn er an diese Beleidigungen zurückdachte. Er hätte gerne Schritte dagegen unternommen, juristische Schritte, um eine öffentliche Entschuldigung von dem Mann zu erzwingen, aber sein Gefühl sagte ihm, daß er dabei den kürzeren ziehen würde. Während eines Verhörs auf einem Polizeirevier konnten sie zu einem sagen, was sie wollten, ohne daß man ihnen etwas anhaben konnte. Was sie wohl erst zu ihm gesagt hätten, wenn sie gewußt hätten, daß er einmal seiner Großmutter gegenüber gewalttätig geworden war!

Ihr Leben war nun fast zu Ende. Wahrscheinlich hatte man sie zum Sterben ins Krankenhaus geschafft. Wie alt sie wohl war? Bestimmt um die achtzig. Sie war ihm schon immer alt vorgekommen, steinalt, selbst damals schon, als er sie wegen seiner Mutter ausgequetscht hatte.

»Warum willst du mir nicht sagen, wo sie ist?«

»Weil ich es nicht will, und damit basta. Sie hat jetzt eine eigene Familie, sie hat einen Jungen und ein Mädchen, und sie will dich nicht haben, weil du da stören würdest. Und jetzt Schluß damit!«

»Aber *verheiratet* ist sie doch mit . . .«,fast hätte er gesagt: »mit *uns*.«

»Nein, das ist sie nicht. Sie ist mit Mr. Evans verheiratet, und sie hat jetzt Barnabas und Barbara.«

»Das glaube ich dir nicht!«

»Untersteh dich, mich eine Lügnerin zu nennen, mein kleiner Stephen!«

Ja, er war damals der kleine Stephen gewesen, der Knirps, der ihr kaum bis zur Schulter reichte. Im Jahr darauf aber war er fünfzehn Zentimeter gewachsen, und im folgenden Jahr dann . . .

»Der wird mir bald über den Kopf gewachsen sein«, brummte Arthur Naulls, »sogar *mir*!«

»Du kannst mir doch ihre Adresse sagen. Dann könnte ich ihr schreiben.«

»Von mir kriegst du sie nicht, Stephen, das wäre nicht fair. Du mußt Vergangenes vergangen sein lassen.«

Damit wandte sie ihm den Rücken zu. Und in diesem Moment war er plötzlich zu einem Tier geworden, ohne Macht der Vernunft, des

Verstandes. Und sie . . . was war sie geworden? Das hatte er nie ganz begriffen, er verstand es bis heute nicht. Die Quintessenz alles Weiblichen vielleicht. Aber nein, es gab ja in seinem Leben auch Frauen, die er liebte. Lyn zum Beispiel oder die Erinnerung an seine Mutter. Das Erbe des Bösen also eher, das in den Frauen steckte – oder doch in einigen. Damals hatte er nur noch die Umrisse einer Frau vor sich gesehen, das weiche, weibliche Haar, und dann verlor sich selbst das in dem glühenden Blast seines Zorns. Er warf sich auf sie und packte sie beim Hals . . .

Stephen dachte jetzt nur noch selten daran zurück. Seither war nichts dergleichen mehr passiert. Aber die Polizei hätte das natürlich aufgebauscht mit ihrer billigen Hausmannspsychologie. Das Verhör mußte ihm einen untergründigen Schock versetzt haben, denn selbst das Gefühl der Erleichterung hielt nicht lange vor, und ein paar Nächte lang schlief er sehr unruhig und träumte schlecht, etwas, das ihm sonst kaum passierte. Ann Morgans Mutter erschien in einer Fernsehsendung und bat alle Welt um Hinweise auf die Identität des Vangmoor-Killers. Irgend jemand mußte ihn doch kennen, irgendwer mußte doch bemerkt haben, daß ein Mann, ein Freund, ein Mieter oder ein Nachbar sich verdächtig benahm. Sie bat diesen Jemand inständig, sich zu melden. Stephen träumte von ihr. Er träumte, sie und er stünden gemeinsam in der Foinmen-Passage, und sie weigere sich, der Polizei zu sagen, daß sie beide zu der Zeit, als ihre Tochter ermordet wurde, gemeinsam im KELSEY ARMS PUB gesessen hätten. Stephen warf sich gerade blindwütig auf sie, packte sie an der Kehle und schüttelte sie, als Lyn ihn aufweckte und sagte, er habe im Schlaf geschrien und um sich geschlagen.

Durchs Moor zu streifen, das würde die beste Medizin dagegen sein. Er hatte sein Seil, seine starke Taschenlampe und ein Paket Kerzen parat, und am Wochenende würde er es versuchen mit dem Apsley Sough. Aber die lange Trockenperiode war plötzlich zu Ende, und am Sonnabend goß es den ganzen Tag. Es war der typische, stürmische Dauerregen der Mittsommerzeit. Am nächsten Tag lag ein Nieselschleier über den Foins, mehr ein Dunst als Regen.

Stephen schrieb für die STIMME DES VANGMOOR: »Jetzt, da der Sommer voll und ganz bei uns eingezogen ist, sind verschiedene historisch interessante Plätze der Öffentlichkeit zugänglich gemacht worden. Die historischen Gärten von Jackley Manor können ab sofort bis zum 30. September jeden Sonntag von 14 bis 17 Uhr besichtigt werden. Ebenso macht, einem öffentlichen Bedürfnis

Rechnung tragend, Mr. David Southworth erstmals die Gartenanlagen sowie einige Räume von Chesney Hall – ebenfalls sonntags von 14 bis 17 Uhr – dem Publikum zugänglich. Der interessierte Besucher kann das Arbeitszimmer besichtigen, in dem Tace seine berühmte CHRONIK DES BLEICHLANDS schrieb. Sogar eine der Schreibfedern, die er benutzt hat, ist dort zu sehen . . .«

»Und warum eilt mein Aschenputtel heute abend nicht zurück an seinen Herd?« fragte Nick.

»Stephen ist unterwegs und besucht seine Großmutter. Er kommt erst spät nach Hause.«

»Hättest du das doch rechtzeitig gesagt, dann hätten wir irgendwohin ausgehen können. So wie die Dinge jetzt liegen, tun wir nie etwas anderes als dies.«

Lyn setzte sich im Bett auf. Sie fing an zu lachen. »Ich kann zwar nicht behaupten, daß ich von diesen Dingen viel verstehe, aber soviel ich weiß, ist das nun etwas, das Männer sonst nie, aber auch niemals sagen.«

Sein Gesicht blieb ernst. Er nahm eine ihrer Hände und hielt sie fest. »Wohn' ich denn nur in der Vorstadt Eurer Zuneigung?«

Sie blickte ihn fragend an. »Das kommt in JULIUS CÄSAR vor«, erklärte er. »Portia sagt es, glaube ich, zu ihrem Gatten, zu Brutus. ›Wohn' ich denn nur in der Vorstadt Eurer Zuneigung?‹ Das ist genau das Gefühl, das du mir allmählich vermittelst, Lyn. Ich dachte, ich könnte für dich mehr bedeuten als das; ich dachte, wir könnten uns *gegenseitig* mehr bedeuten. Hier ist gleich noch etwas, was deiner Meinung nach Männer niemals sagen: Ich sehe nicht viel Sinn in belanglosen Affären.«

Ihr Herz schlug schwer vor Angst und Verwunderung. Das Lachen war ihr längst vergangen. »Aber wenn es deinem Onkel wieder besser geht, dann wirst du fortgehen. Und im August gehst du ja sowieso nach London.«

»Und du meinst, damit hat sich's? Ich werde mich mit anderen Frauen einlassen, und du wirst mit anderen Männern schlafen?«

Diese Antwort hatte sie am wenigsten erwartet. »Das werde ich nicht tun«, erwiderte sie nur. »Ich habe es ja auch vorher nicht getan. Ich sehe nämlich auch nicht viel Sinn in belanglosen Affären.«

Er stand auf, zog sich seine Jeans und ein Hemd über und ging hinaus in die Küche, wo sie ihn Kaffee machen hörte. Als er zurückkam, setzte er sich neben sie aufs Bett, zog sie in seine Arme und drückte sie an sich. Und wieder überraschten sie seine Worte.

»Du wirst niemals allein ins Moor gehen, Lyn, ja? Versprich mir, daß du es nie und nimmer tun wirst.«

»Ich verspreche es«, sagte sie.

Ohne die Strickerin und den alten Mann als Unterstützung und als Zuhörer wußte Stephen partout nicht, was er mit seiner Großmutter reden sollte. Es war Abendbesuchszeit in der Lady-Clara-Stillwood-Station. Sie lag im Bett und wirkte bei weitem schlaffer und insgesamt reduzierter als im SUNNINGDALESTIFT. Der Schlaganfall hatte ihre eine Gesichtshälfte abwärts gezogen, wodurch der Mund zu einem hämischen Grinsen verzerrt schien. Ihre Haut hatte die fahle, gummiähnliche Beschaffenheit mancher Pilze angenommen. Sie bewegte eine ihrer Hände und gab einen unartikulierten Laut von sich, als sie ihn erblickte.

Stephen legte die Schachtel mit Geleefrüchten neben sie auf das weiße Laken. Eine Hand der alten Frau war gelähmt. Auch wenn er sie nie geliebt oder auch nur gemocht hatte, auch wenn er sie sogar gehaßt und gefürchtet und deswegen tiefe Schuldgefühle gehegt hatte – jetzt ging es Stephen doch zu Herzen, die gesunde Hand hilflos mit der Zellophanverpackung herumfummeln zu sehen, während die andere nutzlos dalag und sich auf dem Gesicht der Großmutter, mindestens auf der gesunden Hälfte, mitleiderregende Enttäuschung spiegelte. Er wickelte die Packung aus, fütterte sie mit einem orangefarbenen Fruchtgummi, dann mit einem grünen und wischte die farbige Spucke ab, die aus ihrem Mundwinkel quoll.

»Wie geht es Midge, Leonard?« fragte Mrs. Naulls mühsam mit ganz veränderter, zungenschwerer Stimme.

»Ich bin Stephen.«

Was gab es sonst noch zu sagen? Er gab ihr ein rotes Fruchtgummi, und diesmal schaffte sie es sogar, ihn ohne herabfließenden Speichel zu essen. Er mußte daran denken, wie er damals ihre Kehle umklammert gehalten, sie geschüttelt hatte, wie ein Tier seine Beute schüttelt, in dem Wunsch, ihr das Genick zu brechen. Sie hatte sich gewehrt, hatte sich in seine Hände gekrallt, um seine Finger aufzubiegen. Und dann hatte sie stoßweise röchelnd eine Adresse genannt. Da hatten seine Hände nachgegeben. Eine Art Schluchzen war aus ihm herausgebrochen, und sie hatte sie, nach Atem ringend, noch einmal gesagt, die Adresse in Vancouver.

Er war zu jeder Entschuldigung bereit gewesen, ja, notfalls wäre er vor ihr niedergekniet. Es war Vatis Temperament, Vatis Gewaltsamkeit, die da in ihm gewütet und sich wie mit einer Stichflamme entladen hatte. Sie war voll verkniffener Entrüstung aufgestanden, hatte sich den Nacken gerieben und Kleid und Schürze glattgestrichen. Dann war die Hintertür aufgegangen und Arthur Naulls war zurückgekommen von dem, was er sein »natürliches Bedürfnis« zu nennen pflegte. Ohne ein Wort zu sagen, fing sie an, Tee zu machen. Sie erwähnte es niemals wieder, erzählte keinem Menschen davon.

Damals war er halb so alt gewesen wie jetzt. Seine starke Abneigung gegen sie war seither nicht geringer geworden, dennoch hatte er sie immer regelmäßig besucht, viel regelmäßiger als ihre Kinder es taten. Das hatte ihm innerhalb der Familie den Ruf eingetragen, er »sei gut zu ihr«. Warum kam er eigentlich? Warum sollte er auch weiterhin kommen, an ihrem Bett sitzen und sie mit Geleefrüchten füttern, bis sie starb? Weil sie die einzige Verbindung zu seiner Mutter und jenem illustren Vorfahren war? Hoffte er – selbst jetzt noch – auf irgendwelche Offenbarungen oder ein überraschendes Geschenk? Eine lange zurückgehaltene Nachricht aus Kanada vielleicht? Oder eine Enthüllung über Tace?

»Arthur ist kein einziges Mal hiergewesen«, greinte Mrs. Naulls.

Stephen brachte es nicht fertig, ihr zu sagen, daß ihr Mann seit acht Jahren tot war. »Ach, dem geht's nicht so gut.« Das stimmte ja auch in gewisser Weise. Aber wie es schien, hatte sie ihren Kummer um ihren Mann bereits wieder vergessen, denn sie sah ihn ausdruckslos an mit ihren verschwommenen blauen Augen und den pilzbleichen Wangen. Er küßte sie, schob ihr noch eine Geleefrucht in den Mund und tätschelte ihre Schulter. Als er ging, hob sie auf die gleiche vage Art die Hand, wie sie es bei seinem Eintreten getan hatte. Als er die Treppen hinunterging, begegnete er seiner Tante Joan und seiner Tante Kay, die gerade mit einem Strauß Lupinen aus dem Pettittschen Garten und einer Flasche Lucozade heraufkamen.

»Ja, der Stephen, der ist immer gut gewesen zu seiner Großmutter«, sagte Mrs. Pettitt.

»Es hat ja 'ne Menge von dir in der Zeitung gestanden, Stephen«, meinte Mrs. Bracebridge. »War nett von dir zu erwähnen, daß Vater für Mr. Tace gearbeitet hat.«

Sie mußte wohl gedacht haben, ›Deszendent‹ bedeute so etwas wie Abhängiger oder Angestellter. Die ältere Naullsgeneration war durchweg ziemlich ungebildet. Andererseits fiel ihm dabei etwas ein. »Hört irgend jemand von euch eigentlich mal was von Peter?«

»Peter?«

»Mein Vetter, Peter Naulls.«

»Da mußt du deinen Onkel Leonard fragen«, erwiderte Mrs. Pettitt spitz. In ihrer Stimme lag ein Warnsignal für den früheren Kumpan eines verlorenen Sohnes. »Es läßt sich ja niemand herab, *uns* etwas zu erzählen, nicht, Kay?«

Auf Zehenspitzen gingen sie weiter und tuschelten miteinander. Sie gehörten zu der Sorte Mensch, die sich in einem Krankenhaus benimmt wie in einer Kirche. Stephen stieg in seinen Wagen und fuhr auf dem langen Umweg über Byss und Loomlade nach Hause. Der Regen hatte aufgehört, es war warm und feucht, und über den ganzen Himmel zogen sich winzige goldene Federwölkchen hin. Und wie eine Vergoldung lag die Abendsonne auch über den fernen Ausläufern des Hochmoors. Stephen dachte an seine Großmutter, und ihm fielen wieder die Briefe ein, die er als Halbwüchsiger an Mrs. Brenda Evans in der Tobermory Park Road in Vancouver geschrieben und auf die er nie eine Antwort erhalten hatte. Wahrscheinlich hatte ihm seine Großmutter eine falsche Adresse gegeben. Aber was spielte das jetzt noch für eine Rolle? Er war überzeugt, daß es ihn jetzt nicht mehr berührte. Diese kindischen Dinge hatte er ein für allemal hinter sich.

9

Chesney Hall war ein Bau aus der Mitte des achtzehnten Jahrhunderts mit einer mächtigen Säulenhalle in der Mitte, ebenso hoch wie das Gebäude selbst. Dieser Portico ruhte auf einer Doppelreihe korinthischer Säulen. Die Fenster waren von massiven Gesimsen aus Quadersteinen umgeben, zwischen denen eine blaue Gedenktafel angebracht war. HIER LEBTE DER SCHRIFTSTELLER ALFRED OSBORN TACE VON 1883 BIS 1949. Das Publikum jedoch war gehalten, das Haus durch einen Seiteneingang zu betreten, wo man es von einem Gartenzimmer aus geradezu verstohlen, so schien es Stephen, zuerst in das Arbeitszimmer, dann durch das Wohnzimmer und schließlich durch die Bibliothek scheuchte, wobei man es sorgfältig von der privaten Region der Southworthfamilie fernhielt. Er wünschte sich bereits, er wäre nicht gekommen, obgleich er zunächst doch das Gefühl gehabt hatte, er könne jetzt, da ihm endlich die Gelegenheit geboten wurde, nicht abseits stehen. Ihm fielen Geschichten von entrechteten Erben ein, die unerkannt als Diener oder in ähnlich bescheidenem Inkognito in die Herrschaftssitze ihrer Vorfahren zurückkehrten. Genauso war ihm jetzt zumute.

Southworth war zwar anwesend, aber er machte, wie er den etwas beklommen zwischen Rattanmöbeln und Pflanzenkübeln eintretenden Besuchern sagte, nicht selbst die Honneurs, sondern überließ das einem sachkundigen Gast seines Hauses, einem Professor der Anglistik von einer amerikanischen Universität. So, daß es jeder hören konnte, erklärte er dem Pfarrherrn von St. Michael, dieser, sein Freund, sei eine weltweit anerkannte Autorität, was Alfred Osborn Tace beträfe. Der Professor war ein wuchtiger, bärtiger Mann mit Jeans und einem jener weitfallenden Kittel, wie sie die Maler des neunzehnten Jahrhunderts trugen. Als Stephen in das Arbeitszimmer trat, dozierte er gerade inmitten eines Kreises von Besuchern, von denen die meisten nie etwas von Tace gehört hatten, bevor die BLEICHLAND-Serie im Fernsehen gegeben worden war. Seine wohlgesetzten, hochwissenschaftlich anmutenden Sätze im harten Akzent des Mittelwestens dröhnten aus einem üppigen braun-grau-blond-melierten Haarwust hervor; Schnurrbart, Vollbart, Kopfhaar, das alles wuchs ineinander und ließ lediglich ein paar Zentimeter Haut um die Nase und zwischen den Augen frei. Der Ausdruck der Besucher war denn auch eher verdutzt, als er sie in das Wohnzimmer weiterführte.

Stephen fand es beleidigend, sich als Enkelsohn Taces so inmitten einer Herde bewegen zu müssen. Und diesen Professor konnte er von vornherein nicht ausstehen, mit seiner akademischen Bildung, seinem Enthusiasmus und seiner offensichtlichen Gleichgültigkeit gegenüber den Einzelindividuen unter seiner Zuhörerschaft. Dennoch war er ein paarmal drauf und dran, auf diesen Menschen zuzutreten und – falls es ihm gelänge, seinen Redefluß zu bremsen – sich als Taces Nachfahre zu erkennen zu geben. Aber er war sich darüber klar, der Bursche würde ihn höchstens fragen, welche Universität er besucht habe, eine Frage, die ihn immer unangenehm berührte.

Lyn ging umher, bewunderte Möbel, Bilder und Erstausgaben, Stephen dagegen versank tiefer und tiefer in seiner Mißstimmung. Als besonders demütigend empfand er es, daß man langsam in einer Schlange vorrücken mußte, um die Fotografien in den silbernen Rahmen betrachten zu können: Tace mit seinen Eltern, Tace in

Oxford, Tace mit seiner Frau . . . Das Wohnzimmer war sehr geräumig, die Decke hoch, die Wände weiß und apfelgrün verkleidet, und überall verteilt standen die Stühle, von denen Vati behauptete, die Whalbys hätten sie aufgearbeitet. Über dem Marmorkamin hing Johns Porträt des Schriftstellers, in einer Vitrine standen seine Lieblingsbücher – Gibbon, Fielding, Defoe.

Stephens Herz schwoll beinahe schmerzhaft bei dem Gedanken, daß alles dies *ihm* hätte gehören können, daß es ihm, wenn das Gesetz in den Zwanzigern so gewesen wäre, wie es heute war, wahrscheinlich auch wirklich gehören würde. Gerade gestern erst hatte er in der Zeitung von einem Mann gelesen, der gestorben war, ohne ein Testament zu hinterlassen, und trotzdem war es seiner unehelichen Tochter, deren Mutter zur Zeit ihrer Geburt auch noch einen lebenden Ehemann hatte, ermöglicht worden, das Erbe ihres leiblichen Vaters anzutreten.

Das waren seine Gedanken, während er voller Bitterkeit eine in Garsington aufgenommene Fotografie von Tace und Lady Ottoline Morell betrachtete. Als er aufblickte, begegnete er den Augen jener ECHO-Reporterin. Harriet Crozier stand neben dem Flügel und machte sich auf einem kleinen Taschenblock Notizen. Heute war sie anders angezogen als neulich, sie trug Jeans und eine weiße Bluse, und ihr Haar hatte sie wieder versteckt. Sie trug es hochgebunden unter demselben blau, grün und weiß gemusterten Schal.

»Ich versuche, Eindrücke zu sammeln für eine Art Milieuschilderung«, sagte Harriet. »So etwas, das sich mit der Fernsehserie verquicken läßt.« Sie deutet auf die Fotografie der Mrs. Tace und fragte ziemlich naiv: »War das Ihre Großmutter?«

»Großer Gott, nein.« Stephen setzte ein geheimnisvolles Lächeln auf. »Meine Verwandtschaft mit Tace ist leider mehr linksseitig.« Sie verstand ihn offensichtlich nicht. »Nun ja – sozusagen über die falsche Seite des Deckbetts«, half er nach.

Sie blickte konsterniert drein. Er hätte sich gern deutlicher erklärt, aber Mrs. Newman und Joanne gesellten sich zu ihnen. Er erkannte Lyns Schwester kaum wieder. Die ballonförmige Gestalt war zwar dieselbe, verhüllt unter einem wahren Zelt aus geblümter Baumwolle, aber ein kurzer Haarschnitt und kleine, krause Locken veränderten Joannes Gesicht vollständig.

»Vorsicht ist die Mutter der Porzellankiste«, sagt Kev.

Als Harriet Crozier begriff, brach sie in nervöses, schrilles Gelächter aus. »Vielleicht hätten Sie es auch noch schwarz färben lassen sollen! Haben Sie was dagegen, wenn ich eine Story darüber schreibe? Ich meine, über Frauen aus den Three Towns, die sich das Haar abschneiden und es färben? Ich bin nämlich Reporterin. Das würde ein großartiger Artikel.«

Joanne reagierte zunächst verstimmt, dann aber ließ sie sich erweichen, und sie gingen alle zusammen zum Tace Way zurück. Lyn machte Tee, während Harriet Joanne interviewte und das bekam, was sie einen »Beitrag« von Mrs. Newman nannte.

»Und wie steht es mit Ihnen?« fragte sie Lyn. »Sie lassen sich nicht ins Bockshorn jagen und behalten Ihr Haar lang?«

»Was tun *Sie* denn?« fragte Lyn ruhig zurück.

»Ich verstecke meines immerhin. Ich trau' mich nicht, herumzulaufen wie Alice im Wunderland.«

Obwohl es noch Stunden dauern würde, ehe es dunkel war, und die Sonne noch hoch am Himmel stand, ging Stephen mit Harriet bis zur Bushaltestelle. Die letzten Besucher von Chesney Hall waren soeben verschwunden, und man sah den Professor von der Straße zum Haus zurückgehen.

»Er hat vor kurzem eine Biographie Ihres Großvaters veröffentlicht«, sagte Harriet. »Aber das werden Sie natürlich alles schon wissen. MUSE DES FEUERS – DAS LEBEN ALFRED OSBORN TACES von Irving J. Schuyler.«

Stephen hatte davon noch nichts gehört, aber er hütete sich, es zu sagen. »Ich habe es noch nicht gelesen.«

»Man hat uns fürs ECHO ein Rezensionsexemplar geschickt.« Wieder gab Harriet ihr schrilles, nervöses Lachen von sich. »Ich möchte mal wissen, was die sich denken, wer *das* rezensieren soll! Möchten Sie es vielleicht lesen? Ich bringe es Ihnen irgendwann vorbei, wenn ich damit fertig bin.«

Einen Augenblick lang hatte er gedacht, sie würde ihn bitten, das Buch zu rezensieren. Aber sie tat es nicht, und das kränkte ihn.

»Ich nehme an, man wird mir ebenfalls ein Exemplar zuschicken«, sagte er leicht von oben herab.

War es Einbildung, daß sie enttäuscht schien? Auf einmal wurde ihm bewußt, daß sie ihn womöglich gern mochte – auf eine Weise »mochte«, wie er noch nie jemanden des anderen Geschlechtes »gemocht« hatte. Wie Kevin oder vielleicht auch Jan Stringer es etwa ausgedrückt hätten, »war sie hinter ihm her«? Mit einem Gemisch aus Abscheu und Furcht zog er sich innerlich von ihr zurück.

Sie hatten noch keine fünf Minuten gewartet, da kam der Bus, der sie davontrug, und er blickte ihm mit Erleichterung nach. Es war ein unerfreulicher Tag gewesen, voller Kränkungen und voller schwarzer, deprimierter Momente. Aber wenn er an die vergangenen Wochen zurückdachte, dann kam es ihm vor, als sei überhaupt sein ganzes Leben so geworden, als sei sein gleichmäßiger Daseinstenor von Grund auf gestört, ja, als sei selbst seine Ehe, bislang so unkompliziert und beschaulich, auf unerklärliche Weise verändert. Er konnte den Beginn dieser Veränderung sogar genau datieren. Es war auf den Punkt genau der Tag im April, an dem er die Leiche von Marianne Price gefunden hatte.

Weißer Dunst, der sowohl ein Hitzeschleier sein als auch später in Regen übergehen konnte, hing am nächsten Morgen über dem Vangmoor. Stephen war sehr früh aufgewacht und fortgegangen, bevor Lyn wach war. Er hatte einen Sweater und einen Anorak bei sich und trug außerdem in seinem Rucksack das Seil, die neue Handlampe, zwei Kerzen, einen Topf und eine Schachtel Zündhölzer. Vorsorglich hatte er zwei mit geschnittenem Gouda belegte Brötchen eingesteckt. Schon immer hatte er gerne Proviant mit aufs Moor hinausgenommen; schon damals, als Peter und er nach dem Einstieg zum Apsley Sough suchten, hatten sie es tagtäglich getan. Stephen ließ sich nieder und verzehrte sein Frühstück. Er lehnte gegen einen der aufrecht stehenden Steine, ähnlich geformt wie Grabsteine, von denen es hier im Tal eine ganze Anzahl gab und die früher einmal die Begrenzungen des Eigentums oder des Schürfrechts an einer Bleimine angezeigt hatten. Auf diesem war ein K eingemeißelt, das Zeichen des Duke of Kelsey.

Zwischen seinem Rastplatz und dem Gesteinsschelf, das quer über den Abhang des Big Allen lief, lag eingebettet in die Grasnarbe ein flacher Kreis aus Steinpflaster wie der Rand eines runden Teiches. Er war inzwischen stellenweise von Heidekraut und Gestrüpp überwuchert, und auf der runden Grasfläche in der Mitte weideten die schwarzwollenen Schafe. Peter und er hatten sich oft den Kopf zerbrochen über diesen steinernen Zirkel, sie hatten geglaubt, er sei uralt, vielleicht ebenso alt wie die Foinmen. Inzwischen wußte Stephen, daß er um Jahrhunderte jünger war, nämlich ein Mahlwerk, auf dessen Rand ein Pferd immer rundherum gegangen und die schwere Steine geschleppt hatte, die das bleihaltige Mineral aus dem leichteren Gestein herausmahlten. Er setzte seinen

Weg fort auf das Foin zu. Bedenken hatte er nicht eigentlich, wohl aber ein wenig Herzklopfen, jetzt, wo es soweit war und er wieder in den Schacht hinunterklettern würde.

Rechts von ihm lagen die Überreste zweier ursprünglich zum Bergwerk gehörender Steinhütten, die man einstmals über den Öffnungen der schrägen Schächte errichtet hatte und in denen auch die Gerätschaften der Bergleute verwahrt wurden. Die eine war völlig zerfallen und nur noch ein Haufen Steine, die andere aber stand noch, auch wenn sie kein Dach mehr hatte. Stephen war schon früher in den Hütten gewesen, um zu prüfen, wie vollständig die alten Schächte verfüllt und blockiert waren. Er stellte seinen Rucksack im Inneren der Steinhütte, die als »George Crane Coe« bekannt war, auf den Boden und machte sich auf den Weg, das Seil über der Schulter, die Kerzen in der Tasche und die Lampe in der Hand.

Diesmal fand er den Einstieg zum Apsley Sough ohne Schwierigkeiten. Er knotete das Seil an der vorspringenden Felsnase fest, genauso, wie er und Peter es vor siebzehn Jahren getan hatten. Nur daß er diesmal nicht so unbekümmert war, wie er es damals gewesen war. Soweit er sich erinnern konnte, hatten Peter und er damals nichts anderes im Sinn gehabt, als unter allen Umständen in den Stollen zu gelangen, nichts anderes als das bevorstehende Abenteuer. Heute ließ er sich Zeit, spürte bewußt die Wärme der Sonne auf seinem Gesicht, als sie durch den Dunstschleier drang, ließ den Blick über das Tal schweifen, über das, was er manchmal in seinen Zeitungsartikeln als die schönste Ansicht des Vangmoors schlechthin bezeichnet hatte: das Blathe Foin mit dem Tower Foin direkt dahinter. Er verharrte bei dem Anblick, als ob er ihn nie wiedersehen sollte, als ob das Erdreich, in das er jetzt eindringen würde, ihn ein für allemal verschlingen könne.

Aber mit dem Seil und seinem Vorrat an Licht bestand ja gar keine Gefahr, das wußte er. Eigentlich war es auch lächerlich, seinen Rucksack so zu verstecken, denn weit und breit war niemand auf dem Moor. Schon seit er Chesney verlassen hatte, war er keiner Menschenseele begegnet bis auf den Milchmann und den Jungen, der die Zeitungen austrug. Seit dem zweiten Mordfall lag das Moor völlig verwaist. Abgesehen von den menschlichen Hinterlassenschaften, den Ruinen der Übertageanlagen, war es, wie es schon gewesen sein mußte, bevor der Mensch oder bevor die Tiere darin erschienen, friedvoll, einsam, geheimnisvoll verschleiert im Morgendunst.

Er schob das Gebüsch über der Öffnung auseinander und blickte hinunter. Dunkelheit, ein steiniger, erdiger Geruch –, nichts zu sehen. Er nahm das Seil in beide Hände und ließ sich hinunter, bis seine Füße in den Trittlöchern Halt fanden, die in unregelmäßigen Abständen in die Felswand gehauen worden waren. Der Schacht maß etwa achtzig Zentimeter im Durchmesser, eine enge, schräg abfallende Röhre zwischen den Wurzeln der Berge.

Er war bereits ein ganzes Stück abwärts gestiegen, ehe er die Lampe anknipste. Der Tageslichtschimmer der Öffnung war zu einem weit entfernten Fleck, ja, einem Punkt geworden, der, als der Schacht sich ein wenig krümmte, vollends erlosch und Stephen der vollkommenen Dunkelheit überließ. Die Handlampe gab blendend helles Licht, einen durchdringenden klaren Schein, wenn auch vielleicht ein wenig kalt und unheimlich. Es überraschte ihn fast, daß er jetzt, da er in der Mine steckte, keinerlei Furcht verspürte. Er war lediglich genauso aufgeregt, wie er es als Junge gewesen war.

Ein Unterschied bestand jedoch darin, daß er inzwischen viel größer war und daß die Kammer am Grunde des Schachtes, die er als nahezu drei Meter hoch in Erinnerung hatte, in Wirklichkeit weit niedriger war, nämlich nur knappe zwei Meter maß, denn er konnte mit Mühe darin stehen. Er richtete die Lampe nach oben und betrachtete die Kavernen, das Gerippe nackten, rauhen, dunklen Kalksteins, aus dem man die Metallader herausgeschlagen hatte. Aus dieser Kammer ging es in den Förderstollen, den er und Peter entlanggegangen waren, bis sie auf die giftige Luft gestoßen waren. Später hatte er gelernt, daß man diese Stollenform »Sargprofil« nannte, weil der Tunnel sich an Kopf- und Fußende verjüngte und sich so dem Umriß des menschlichen Körpers weitgehend anpaßte. Die Bergleute damals waren nicht so groß gewesen wie er, er mußte sich ein wenig vorbeugen, während er sich vorwärtstastete.

Er hatte vergessen, daß der Gang, in dem er sich befand, nach einer Weile genau im rechten Winkel auf einen anderen stieß. Er war gewissermaßen die Zinke eines Rechens entlanggewandert, und jetzt folgte er im Schein seiner Lampe dem Flöz, der den Stiel der Harke bildete. Hier im Innern der Mine war es totenstill. Bestimmt war es auch damals schon genauso gewesen, nur war es ihm wahrscheinlich durch Peters Gegenwart weniger deutlich bewußt geworden. Es war die absoluteste, tiefste Stille, die er je erlebt hatte. Auch draußen auf dem Moor, in seiner verschwiegensten Mitte, war es schon still genug, aber verglichen mit dieser Lautlosigkeit war das gar nichts. Dort draußen seufzte oder wisperte der Wind, die Vögel riefen, es herrschte ein stetes sanftes Gesumm der Insekten, oder es flog einmal ein Flugzeug vorüber. Hier drinnen aber herrschte die Ruhe des Unterirdischen, das, was man Grabesstille nannte. Es war weniger das Fehlen jeglichen Geräusches als die Allgegenwart eines totalen Schweigens. Es war, als sei er plötzlich stocktaub geworden. Er blieb stehen, lauschte in die Stille hinaus, umsponnen von einer Taubheit, in der er das Knistern der Gedanken in seinem Kopfe zu hören glaubte.

Ein Stück weiter den Stollen hinunter war linker Hand die breite Galerie gewesen, deren Ende durch einen Geröllsturz blockiert war. Er ging ein paar Schritte in die Galerie hinein. Es war noch alles genauso, nichts hatte sich verändert in den siebzehn Jahren, kein Gesteinsbröckchen, kein Schieferfragment, so jedenfalls kam es ihm vor, war zu der Barriere aus Steinschutt hinzugekommen oder von ihr herabgefallen. Und so würde es – das alles hier – auch noch in tausend Jahren sein. Mochte die zivilisierte Welt zerstört worden sein, das Antlitz der Erde entstellt, mochte das Moor sich in eine Wüste verwandelt haben – dieses Labyrinth hier würde unverändert bleiben, nichts würde hinzukommen, nichts fortgenommen werden, kaum ein Staubkörnchen würde sich hier bewegen – ein unheimliches Reich der Leblosigkeit.

Es war nicht weit von hier gewesen, daß ihre Kerzen damals verloschen. Stephen zündete eine Kerze an und knipste die Lampe aus. Die Untertasse mit der Kerze vor sich, ging er langsam weiter. Er stieß auf einen niedrigen Tunnel, in dem Peter und er aber damals nicht gewesen waren. Er führte vom Mittelstollen aus in leichtem, aber beständigem Neigungswinkel abwärts, und nach kurzer Zeit bemerkte Stephen, daß der schilfrige Schiefer, aus dem der Boden bestand, feucht war, ein Stückchen weiter dann naß, daß in den Vertiefungen schließlich zentimeterhoch das Wasser stand, wie wenn die auflaufende Flut über Kieselgestein kriecht.

Er hob die Kerze über den Kopf und erblickte über sich ein mächtiges Gewölbe. Es war eine Höhle im Berg, die sicherlich auf natürliche Weise entstanden war, so hochgespannt war ihr Deckengewölbe, so weit ihre Wände. Einen Boden aber hatte sie nicht; oder vielmehr, ihr Boden lag versunken unter dem See, der die Höhle ausfüllte – reglos, totenstill und pechschwarz. Stephen machte seine Lampe wieder an, und in ihrem helleren Licht ließ er den Blick beklommen über den starren Glanz des schwarzen Wassers und die gewaltige darübergespannte Wölbung gleiten. Er konnte sich nicht erinnern, jemals stehendes Wasser gesehen zu haben, in dem es keinerlei Spuren von Vegetation gab. Hier gab es nicht die kleinste Blase grünlichen Schaums, keine Faser von Algen oder Moos, nicht das winzigste treibende Blatt, nichts als das schimmernde Wasser, schwarz wie Basalt. Was er hier vor sich hatte, fiel ihm ein, das mußte der Punkt der Mine sein, von dem er manchmal als dem »grundlosen Loch« hatte reden hören.

Das bedeutete, daß er sich in der George-Crane-Mine befand, weit vom Big Allen entfernt. Er kehrte um, zündete die Kerze wieder an, stieg die schräge Passage wieder hinauf und wandte sich dann nach links in den Sargprofilstollen. Aber nur ein paar Meter, dann begann die Kerzenflamme zu flackern und erlosch. Als Kind war ihm die schlechte Luft nicht weiter aufgefallen, jetzt aber wohl. Es war ein Geruch wie die Mischung aus Kohlengas und Schwefel. Möglich, daß das Wasser, das nun schon seit rund hundert Jahren nicht mehr aus den Schächten gepumpt worden war, sich mit irgendwelchen Chemikalien verband und ein Gas produzierte.

Er ging den Weg zurück, den er gekommen war, steckte die Kerze in die Tasche und verließ sich wieder auf seine Handlampe. Und abermals blieb er stehen und horchte auf die Stille, eine Stille, die nur durch seine Schritte gestört wurde. Und wie er so dastand, da wurde er plötzlich gewahr, daß er glücklich war. Die trübe Stimmung des Vortages, das Gefühl, daß nichts mehr in seinem Leben im Lot sei seit dem Tage, da er Marianne Prices Leichnam gefunden hatte, alles das war einer tiefen, lustvollen Zufriedenheit gewichen. Noch als er sein Unternehmen begann, hätte er kaum sagen können, weshalb es ihn so lockte, in das alte Bergwerk hinunterzusteigen. Wegen des Abenteuers? Um nachzusehen, ob noch alles beim alten war? Die Antwort hätte lauten müssen: weil er dort unten glücklich sein würde, ja, um sein Glück zu finden. Hier in der zeit- und regungslosen unterirdischen Stille, hier empfand er tiefes Glück. Das brachte ihn auf eine merkwürdige Idee. Wenn er nun irgendwie immer hier unten bleiben könnte, dann würde er nie mehr unglücklich sein, würde nie wieder leiden, sich niemals mehr kränken lassen müssen. Der Seufzer, der ihm entfuhr, klang wie ein Dröhnen durch das Schweigen.

Er setzte sich wieder in Bewegung, vorbei an der Seitenhöhle, in der das Felsgeröll herabgestürzt war, bis dahin, wo der Stollen sich gabelte. Aber als er hier angekommen war, merkte Stephen, daß er sich nicht mehr erinnern konnte, welchen Gang er entlanggekommen war, den linken oder den rechten. Sie sahen vollständig gleich aus, im Sargprofil gebaute Stollen, schmal, mit gewölbten Decken und den geriffelten Spuren der Spitzhacken an den Wänden. Einer würde ihn zum Apsley Sough und zu dem herabhängenden Seil zurückführen, der andere in weiß Gott welche Tiefen des Big Allen. Und wenn er den falschen wählte, würde er es rechtzeitig merken, um noch wieder zurückzufinden?

Er mußte daran denken, wie man ihnen in der Schule die Geschichte des Labyrinthes von Knossos und vom Minotaurus erzählt hatte. Theseus hatte ein Garnknäuel in jenen Irrgarten mitgenommen und den Faden hinter sich abgewickelt. Stephen wünschte, er hätte vorsorglich daran gedacht, das gleiche zu tun. Ihm drohte zwar nicht die Gefahr, einem Ungeheur, halb Mann, halb Stier, zu begegnen, aber er hatte keine Ahnung, welchen Stollen er einschlagen sollte, um zurückzufinden.

Falls er sich nämlich verirrte und es nicht schaffte, die Stelle wiederzufinden, wo das Seil hing . . . Niemand würde jemals *hier* nach ihm suchen. Er hatte ja nicht einmal seinen Rucksack bei dem Einstieg in das Sough zurückgelassen, der immerhin ein Hinweis darauf gewesen wäre, wo das Loch und wo *er* war. Statt dessen hatte er ihn sorgfältig in der George-Crane-Hütte verborgen, gute dreihundert Meter entfernt. Er fühlte sich zwar glücklich hier unter der Erde, aber er hatte keine Lust, hier zu sterben, er hatte nicht die Absicht, durch das Gewirr von Stollen zu irren, bis er erschöpft war, bis seine Kerze heruntergebrannt und seine Taschenlampenbatterien verbraucht waren, um sich hier in der Dunkelheit niederzulegen und zu sterben . . .

Er ließ den Strahl der Lampe abwechselnd über die Eingänge zu den beiden Stollen und über die Spuren der Spitzhacken an ihren Wänden fahren, unschlüssig, welchen er nehmen sollte, den rechten oder den linken. Hätte er eine Münze zur Hand gehabt, so hätte er sie geworfen. Wenn die Streichhölzer in meiner rechten Tasche sind, entschied er schließlich, dann gehe ich nach rechts. Sein linke Hand, die freie, fuhr in die linke Tasche und fand dort lediglich die Kerzen und die Untertasse. Da zögerte er nicht länger und schlug den Weg in den Stollen zur rechten ein.

Über eine lange Strecke gab es nichts, was ihm hätte zeigen können, ob er sich tatsächlich auf das Apsley Sough zubewegte. Die

Wände des Stollens hatten wegen der Art und Weise, wie sie vor drei Jahrhunderten behauen worden waren, ein gleichmäßig geriffeltes Aussehen. Genauso hatten aber auch die Wände des Stollens ausgesehen, den er vorhin entlanggekommen war, überhaupt die sämtlicher Sargprofilstollen. Und er konnte sich auch nicht entsinnen, ob der Gang, den er durchwandert hatte, genau solche starke Biegung aufwies wie dieser hier. Das war es eben: Er konnte sich nicht erinnern! Immerhin konnte er ja umkehren. Sehr bald mußte der Stollen – wenn es der richtige war – in die geräumigere, wenn auch kaum höhere Kammer am Ausstiegschacht münden, durch die er die Mine betreten hatte. Und tatsächlich, hier war sie auch schon. So stark seine Handlampe auch war, allzuweit voraus leuchtete ihr Schein die Passage nicht aus. Jetzt aber erkannte er doch deutlich das Ende des Stollens, dort, wo er in eine sich verbreiternde Dunkelheit mündete.

Richtige Angst hatte Stephen ja keinen Augenblick gehabt. Mit einem derartigen Lichtvorrat und dazu noch mit einem guten Orientierungssinn ausgestattet – obwohl letzterer ihn noch eben erst anscheinend im Stich gelassen hatte –, da war es wirklich absurd, zu glauben, er könne sich allen Ernstes in der Mine verlaufen oder gar in die Falle geraten. Er erreichte das Ende des Tunnels, schwang seine Lampe in Augenhöhe hin und her, um das herunterhängende Seil auszumachen, und erkannte, daß er sich zwar in einer Kammer befand, aber in der falschen. Dies hier war nicht die Kaverne an der Sohle des Apsley Sough.

Aber diese Erkenntnis war nicht der einzige Grund, weshalb er vor Schreck und Staunen nach Luft schnappte. In seiner Vorstellung war das alte Bergwerk verödet, leer, seit Ewigkeiten unberührt gewesen –, und das war falsch! Irgend jemand war vor ihm hiergewesen und hatte aus der kleinen, überwölbten Höhle im Felsgestein ein . . . ja, was gemacht? Ein Schlafzimmer, ein Versteck, ein kleines Heiligtum? Ungläubig ließ er den Lampenstrahl über Wände und Boden bis in die hintersten Ecken des Raumes gleiten. Hier war es vollständig trocken, und die frische Luft hatte keinen Beigeschmack. Am hinteren Ende der Kammer war das Gestein eingestürzt, hatte womöglich einen ehemaligen Ausgang blockiert. Zwischen diesem Geröllsturz und einem großen Kalksteinvorsprung, der aus der Wand ragte, lag auf einem Persenning auf dem Boden eine aufgeblasene Luftmatratze und darauf ein dunkelblauer Schlafsack, aufgerollt, mit ordentlich zugezogenem Reißverschluß. Auch ein Stapel

Kleidungsstücke lag dort, eine dicke Steppjacke im Tarnmuster, ein dicker, naturfarbener Schafwollpullover, ähnlich wie einer, den er früher selbst einmal besessen hatte, eine Hose aus braunem Cordsamt und eine zweite aus schmutzigem, abgetragenem grauem Tweed. Auf einer umgedrehten Holzkiste standen zwei Milchflaschen, in denen Kerzen steckten, eine noch kaum benutzt, die andere halb heruntergebrannt.

Aber diese Dinge waren längst nicht alles, was die Kammer enthielt. Stephen war minutenlang wie vom Donner gerührt am Ende der Passage stehengeblieben. Jetzt ging er über die Säcke, die eine Art dicken Teppich darstellten, und zündete die beiden Kerzen an. Sie verbreiteten ein unstetes Licht und warfen riesige Schatten ihrer selbst gegen die Wände. Bedächtig blickte er sich um und traute noch immer seinen Augen nicht. Wer immer es war, der hier hauste, er hatte sich gut ausgerüstet mit Vorräten an Essen und Trinken. In einem Pappkarton, der ursprünglich einmal zwei Dutzend Dosen Loganbeeren enthalten hatte, lagen eine Packung Zwieback, zwei Dosen Corned beef, ein Glas eingelegter Zwiebeln und vier Dosen Bier, die noch in ihrer Plastikhalterung steckten. In einem anderen Karton entdeckte er einen kleinen Wasserkessel und einen Dosenöffner, in einem Plastikbeutel Milchpulver, Teebeutel und Besteck.

Und noch einen Gegenstand gab es in der Kammer, in der Ecke hinter dem Felsvorsprung, und halb durch ihn verborgen. Es war ein weiterer Pappkarton, wie er in einem Lebensmittelgeschäft abfällt, verschlossen durch vier Deckelklappen, die jeweils unter- und übereinander geschoben wurden. Wahrscheinlich enthielt er Kochtöpfe oder Pfannen, vielleicht auch weitere Kleidungsstücke, überlegte Stephen. Es verwunderte ihn allerdings, daß dieser Karton so sorgfältig verschlossen worden war, während die anderen einfach offenstanden. Er hob ihn an. Er war sehr leicht.

Es mußte ein beträchtlicher Luftzug herrschten in der Höhle, denn die Kerzenflammen flackerten und schwankten beständig. Manchmal flammten sie hell auf und warfen ihren Schein bis hinauf zur Deckenwölbung. Stephen zog die Deckelklappen des Kartons auseinander. Innen lag in einem Nest aus lose geknülltem rosa Seidenpapier ein Haufen kleiner, spezifisch weiblicher Gegenstände, eine Haarsprange, ein Augenbrauenstift, ein schwarzes und ein weißes Plastikarmband, ein Parfümfläschchen, ein zerknittertes Taschentuch mit einem eingestickten A, ein Papiertuch mit Lippenstiftspuren darauf, ein Drehbleistift mit einer Quaste daran. Allen diesen Dingen entströmte ein feiner, süßlicher Puderduft, höchst eigenartig hier unter der Erde.

Unter all dem Kleinkram lag eine neue Schicht rosa Papiers, und unter dem Papier lagen zwei schwere, glatte Stränge schimmernden Haares, jeder ein voller Haarschopf, dicht über der Kopfhaut abgeschnitten, der eine ein glänzendes Weißgold, der andere eine dunklere Kornfarbe. jeder für sich sorgsam in sich zusammengerollt wie eine schlafende Schlange.

10

Es gab also einen Minotaurus hier, ein Ungeheuer, halb Mann, halb Tier, das dieses Labyrinth bewohnte. Die Kerzenflammen und damit die Lichtkegel, die sie warfen, zuckten auf und zitterten, als sei jemand in den Raum getreten, der die Luft und die Schatten in Aufruhr versetzte. Stephen fuhr herum, sein Herz hämmerte. Aber es war niemand da, niemand und nichts außer dem Matratzenlager, den Konservenvorräten und den Sachen dort in dem Karton.

Er betrachtete die beiden Haarbündel näher. Beklommen streckte er die Hand danach aus und berührte sie vorsichtig. Dann nahm er das hellere Büschel heraus und hielt es in den Händen. Hatte dieses Haar Marianne Price gehört oder Ann Morgan? Es gab keine Möglichkeit, das festzustellen, ebensowenig wie er unterscheiden konnte, welche von den Sächelchen in dem rosa Seidenpapier zu welchem der beiden Mädchen gehört hatte, mit Ausnahme der Taschentuches mit dem eingestickten A. Beinahe widerstrebend legte er den Haarschopf zurück und verschloß sorgfältig die Deckelklappen. Dann begann er, die Höhle nach dem Messer oder der Schere abzusuchen, die der Mann benutzt haben mußte, aber er fand nichts. Eine tolle Sache, die er jetzt der Polizei zu erzählen hatte, alles das hier! Ein wahrhaftes Geschenk für ihre Ermittlungen, wie es ihnen bestimmt selten in den Schoß fiel! Stephen stellte sich Malms Gesicht vor, wenn er ihn kühl informierte, was er entdeckt hätte, ganz zu schweigen von dem Respekt, den sogar Troth von nun an vor ihm haben würde.

Ob der Mann merken würde, daß hier jemand gewesen war? Stephen brachte den Karton, so gut er sich erinnern konnte, in dieselbe Position, in der er vorher gewesen war. Er knipste seine

Lampe an und blies die Kerzen aus. Möglich, daß der Mann einen Unterschied in der Höhe der Kerzen feststellen würde, aber daran konnte Stephen nun nichts ändern. Es war ja auch unwahrscheinlich, daß er jeden Tag herkam oder öfter als etwa zweimal die Woche. *Wohnen* tat er hier nicht, es war lediglich ein Lager, eine Versteckspielhöhle, dachte Stephen mit leisem Neid, ein gelegentliches Refugium vor der Welt.

Er ging den schmalen Stollen zurück und folgte der anderen Gabelung.

Sehr schnell führte ihn dieser Tunnel zu der Kaverne, wo das Seil an der tiefer gelegenen Wand des schrägen Schachtes herabhing. Er kletterte aufwärts und machte die Lampe aus, sobald über seinem Kopf der erste Punkt des Tageslichtes erschien. Die Sonne war durchgebrochen, während er in der Mine gewesen war, und aller Dunst hatte sich aufgelöst. Die gleißende Helligkeit blendete ihn. Eine Weile blieb er auf dem Gras liegen und bedeckte die Augen mit den Händen, bis er sich an die Sonne gewöhnt hatte. Ein Schaf blökte ihn an, als er seinen Rucksack aus der George-Crane-Hütte holte. Es kam ihm vor, als sei er einen halben Tag lang dort unten in der Mine gewesen, aber als er auf seine Uhr blickte, sah er, daß lediglich eine Stunde vergangen war. Es war erst zehn Uhr. Vati würde wie immer an den Sonntagen zum Lunch kommen. Er tat also gut daran, nach Hause zu gehen.

Er würde nicht einmal mehr genügend Zeit haben, zur Polizei zu gehen, bevor Vati kam. Denn wenn er erst einmal dort war, bei der Polizei, dann würde er sicherlich den ganzen Tag mit ihnen zubringen, würde ihre Fragen beantworten müssen, würde sie in den Schacht hinunterführen müssen und den engen Stollen entlang bis in die Geheimkammer . . . Geheimkammer! Er flüsterte es genüßlich vor sich hin. Warum war er nie selbst darauf gekommen, sich so ein Versteck einzurichten? Er beneidete den Mann darum. Das wäre genau das Richtige gewesen für ihn – so eine Zufluchtsstätte im Moor, *unter* dem Moor! Dann hätte kein Regen ihn je abhalten, keine Touristen ihn ärgern können. Dort hätte er sich einrichten können, hätte dort picknicken, ja sogar schlafen können, sich verkriechen in seinem eigenen unterirdischen Bau wie ein Fuchs.

Jetzt war es zu spät. Ein anderer war vor ihm darauf gekommen. Er würde zur Polizei gehen, wenn Vati und alle anderen fort waren; er würde Malm oder Manciple, oder wer es nun gerade war, einfach erzählen, er sei am Nachmittag in die Mine hinuntergestiegen und dann sofort zu ihnen gekommen. Seine Entdeckung würde die Polizei wahrscheinlich sehr schnell auf die Spur des Mädchenmörders bringen. Zwischen all den Kleidungsstücken, Essensvorräten und Ausrüstungsgegenständen müßten sich haufenweise Hinweise finden lassen. Das war fast so gut, als hätte er sie zu der Wohnung des Mannes geführt. Wo diese Wohnung wohl war, überlegte Stephen. Es war sogar möglich, daß er den Mann kannte. Er und Lyn kannten die meisten Leute in den Three Towns entweder persönlich oder vom Sehen, oder man hatte von ihnen gehört oder kannte ihre Verwandtschaft. Nein, es war natürlich ein Fremder, einer, der erst im April, kurz vor dem ersten Mordfall, hergekommen war. Aber ob ein Fremder die alten Bergwerksanlagen kannte? Wenn der Mann hinter Schloß und Riegel saß und die Polizei alles aus der Mine herausgeholt hatte, was sie brauchte, vielleicht, daß Stephen dann klammheimlich dorthin zurückgehen und die Geheimkammer für sich selbst benutzen konnte?

Whalbys Lieferwagen parkte vor dem Haus. Vati war früh gekommen. Während Stephen sich wusch und ein frisches Hemd überzog, haderte er mit sich selbst, ob er ihnen von der alten Mine und der Geheimkammer erzählen sollte, während sie beim Essen waren? Oder sollte er warten, bis sie alle gegangen waren und es dann Lyn erzählen? Er konnte doch wohl kaum zur Polizei gehen, ohne Lyn vorher zu erklären, weshalb er ging.

Sie setzten sich zu Tisch. Es gab Lammbraten. Lyn machte jeden Sonntag Lammbraten, darauf bestanden sowohl er als auch Vati. Stephen fing an, von dem Vangmoorkiller und den beiden toten Frauen zu reden, als Vorbereitung auf das, was er ihnen zu erzählen gedachte, aber Vati warf wütend Messer und Gabel hin und schrie: »Das ist, verdammt noch mal, kein Tischgespräch!«

Später dachte er daran, es Lyn zwischendurch hastig in der Küche zuzuflüstern, aber sie war immer so beschäftigt. Unentwegt lief sie hin und her. Die Newmans kamen zur Hintertür herein und wenig später Joanne und Kevin mit Trevor. Sehr behutsam brachte Stephen erneut das Gespräch auf Bleibergwerke im allgemeinen, allein schon, um herauszufinden, wie das wohl wäre, über etwas zu reden, das schon seit Jahren, nicht erst seit einem halben Tag, seine geheimsten Gedanken bewegte.

»Fang mir bloß nicht mit unterirdischen Tunneln an«, fuhr Mrs. Newman dazwischen. »Tunnel konnte ich noch nie ausstehen. Als wir in London waren, damals, als ihr Mädchen noch klein wart, da wollte ich doch partout nicht mit der U-Bahn fahren, stimmt's, Lyn? Meine Mutter war genauso. Einmal war sie bei eurer Tante in Finchley zu Besuch, und sie nahmen die U-Bahn, um nach London hineinzufahren – bloß, was soll ich euch sagen, da draußen ist es noch gar keine Untergrundbahn, und das war das Malheur. Als sie losfuhren und eure Tante sagte, jetzt ginge es gleich unter die Erde in den Tunnel, da zog Mutter die Notleine.«

»In U-Bahn-Wagen gibt es nur einen Handgriff für die Notbremse«, sagte Joanne schnippisch.

»Na gut, Handgriff meinetwegen oder wie man es sonst nennt. Wenigstens brachte sie den Zug zum Halten, und Mutter ist tatsächlich niemals U-Bahn gefahren. Es gab eine unliebsame Szene, und sie kriegte eine Geldstrafe aufgebrummt. Das genaue Drum und Dran weiß ich zwar nicht, aber sie mußte diese Geldstrafe bezahlen. Na, ich jedenfalls hasse Tunnels auch.«

»Manche dagegen lieben sie«, warf Trevor ein, »und wir alle wissen ja, was das bedeutet.«

»Nee, mein Bürschchen, hier sitzt zum Beispiel einer, der das gar nicht weiß«, knurrte Vati und runzelte grimmig die Stirn.

Trevor geriet sichtlich ins Stocken, schwafelte über das Zurückstreben in den Mutterleib, schien aber wenig Neigung zu verspüren, in Gegenwart Vatis und der Newmans erklären zu müssen, was er mit Ausdrücken meinte wie »weibliches Prinzip« oder »gewissermaßen das Gegenstück des Phallus«. Stephen grübelte derweil darüber nach, daß er ja zur Polizei gehen wollte, und er überlegte, ob er wohl besser vorher dort anriefe und ob Kriminalbeamte vom Range Malms oder Hakens wohl an einem Sonntag Dienst hatten? Und als dann endlich alle gegangen waren, und es war schon nach sieben, da fand er, es wäre zu spät, um noch an diesem Abend zur Polizei zu gehen. Bis er dort angekommen wäre und ihnen alles erklärt hätte, bis sie dann gemeinsam wieder hier draußen waren und mit dem Wagen den Punkt der Straße erreicht hätten, der dem Bergwerk am nächsten lag, würde es bereits dunkel werden. Nein, er würde morgen gehen.

Aber am nächsten Morgen schien es ihm ganz und gar zu spät zu sein. Wie sollte er sein Zögern plausibel machen? Und plötzlich wußte er, daß er überhaupt nicht hingehen würde, daß er es im Grunde vielleicht nie ernsthaft gewollt hatte. Die Idee, die Polizei zu benachrichtigen, erschien ihm plötzlich absurd. Wie hatte er das bloß je in Erwägung ziehen können? Hatte er tatsächlich ernsthaft vorgehabt, Leuten wie Haken oder Troth die Existenz der Geheimkammer zu verraten?

Bis jetzt jedenfalls, da war er sicher, kannten nur er und der Mädchenmörder deren Existenz. Mehr und mehr erschien ihm dieses Wissen wie ein kostbares Geheimnis, das zu verraten so etwas wie Betrug wäre, obwohl er nicht hätte sagen können, Betrug *wem* gegenüber. Und außerdem, wenn er es der Polizei oder sonst jemandem erzählte, ja, selbst wenn er es nur Lyn sagte, dann würde er selber nie wieder dort hingehen können. Auf Jahre hinaus, vielleicht für immer würde ihm die Mine verschlossen sein. Er malte sich aus, wie sie aus Sicherheitsgründen Zement in das Apsley Sough schaufeln würden, so wie sie es in der Vergangenheit mit allen Schachteingängen unter den Coes und mit der alten Ponyrampe unten am Knamber Foin gemacht hatten. Genau das würde geschehen, wenn er es ihnen erzählte.

Stephen fühlte sich geradezu erleichtert, nachdem er einmal den Entschluß gefaßt hatte, die Polizei nicht einzuweihen. Womit hatten sie es denn auch verdient, daß er ihnen jetzt half? Beleidigt hatten sie ihn, hatten ihn einen Psychopathen genannt! Nein, wenn er jetzt wieder in die Mine ging, dann würde er *alleine* gehen!

Lyn ging ins Schlafzimmer und nahm mit einer Handvoll Papiertücher die tote Spitzmaus von der Bettdecke. Peach, der ihr die Treppen hinauf gefolgt war und nicht von ihrer Seite wich, gab aufgeregte kleine Miautöne von sich, vielleicht, um anzukündigen, was sie erwartete. Mit gekrümmtem Rücken und steil aufgerichtetem Schwanze sah er zu, wie sie seine Jagdbeute entfernte.

»Was erwartest du denn von mir, was ich damit machen soll?« fragte Lyn. »Es aufessen?« Sie spülte den kleinen samtenen Leichnam die Toilette hinunter. »Ich hätte eigentlich gedacht, eine arme kleine Maus wie die da, das wäre unter deiner Würde.«

Peach stolzierte in Stephens Zimmer hinüber und sprang auf den Tisch, auf dem die Büste von Tace stand. Stephen mochte Peach nicht in seinem Arbeitszimmer haben, deshalb ging Lyn, um ihn herauszuholen. Aber ihr Blick blieb auf dem Kalender hängen, dem Wandkalender der ECHO-Redaktion, »Moorlandansichten«, mit dem Foto der Hilder bei Lommlade für den Monat Juli. Kalender, Daten, das Verstreichen der Zeit – sie konnte an nichts anderes mehr denken. Zum dritten oder vierten Male rechnete sie heute bereits die Anzahl der Tage zusammen, die seit dem 24. Juni verstrichen waren.

Es war leichter, aber auch kompromißloser und unausweichlicher, es anhand eines Kalenders zu tun. Zehn Tage. Heute morgen, als sie im Kopf nachgerechnet hatte, war sie nur auf neun gekommen, aber es waren zehn. Außer natürlich, sie hätte sich bezüglich des 24. Juni geirrt und es war statt dessen der 1. Juli gewesen. Es wäre schließlich nicht zum ersten Male passiert, daß ihr solch ein Fehler unterlief, bloß früher hatte es kaum etwas ausgemacht, ob sie sich nun irrte oder nicht.

Sie nahm Peach auf den Arm. Er war sehr sanft und weich, und obwohl sein Körper warm war, fühlte sich das rosig-goldene Fell glatt und kühl an. Er hatte die verschmähte Maus vergessen und verfiel in ein wohliges, sonores Schnurren. Noch einmal zählte Lyn auf dem Kalender die Tage nach. Entweder zehn oder drei – aber im Grunde war sie sicher, daß es zehn waren. Ihr Körper fühlte sich unverändert an, statisch, unterbrochen in seinem rhythmischen Zyklus, gleichsam wartend . . . Langsam ging sie die Treppe hinunter, die Katze im Arm. Es war ein warmer Nachmittag, einer jener sonnigen, wolkigen und schwachwindigen Tage, die manchmal einer Hitzeperiode vorangingen. Trotzdem versteckte Lyn ihr Haar unter einem Kopftuch und schob sorgsam jede hervorschauende Strähne darunter. In der Backröhre stand ein Gericht aus Huhn und Reis für Stephen bereit, und Lyn stellte den Schalter für den Kochbeginn auf fünf Uhr ein. Sie ließ ihm keine schriftliche Notiz da, das tat sie niemals. Nach allem, was ihm in seiner Kindheit passiert war, liebte er schriftliche Mitteilungen nicht.

Sie ging den Tace Way hinunter, die Dorfstraße entlang und überquerte den Chesney-Anger, um vor dem Kirchenportal der St.-Michaels-Kirche auf den Bus aus Jackley zu warten. Sie überlegte, wie das gehen sollte, wenn sie später bei Dunkelheit zurückkäme. Nick würde sie nicht allein im Dunkeln gehen lassen, er würde sie in Bales Lieferwagen zurückbringen wollen. Sie fürchtete sich auch wirklich oft ein bißchen, wenn sie in Chesney allein auf der Straße war, selbst am hellen Tag, und manchmal fragte sie sich, ob der Mann, der die beiden Mädchen ermordet hatte, wohl wußte, welche Frauen langes blondes Haar hatten und welche nicht? Vielleicht hatte er sie sich seit langem quasi vorgemerkt, und es war vollkommen egal, ob man nun sein Haar versteckte oder nicht? Im Augenblick war sie wenigstens nicht ganz allein. Auf dem Kirchhof stand der amerikanische Professor mit breitrandigem Filzhut, Jeans und Dr.-Scholl-Gesundheitssandalen vor dem Engel auf Taces Grabmal.

Jetzt trat er auf die Straße hinaus, lüftete außerordentlich höflich den Hut vor Lyn und wünschte einen guten Tag, obwohl er sie doch gar nicht kannte.

Der Bus kam, und sie setzte sich ganz vorn hin. Sie sehnte sich unsäglich danach, Nick wiederzusehen, obgleich sie nicht lange hatte warten müssen; erst heute morgen hatte sie ihn gesehen und gestern abend auch. Und dennoch, wenn sie an Stephen dachte, wünschte sie manchmal, sie wäre ihm nie begegnet. Ganz ähnlich ging es ihr, wenn sie an jene zehn Tage dachte: Die Möglichkeit, sie könnte ein Kind von Nick bekommen, peinigte sie, als sei es das Ende der Welt, und dennoch hoffte sie, es wäre wahr.

Am nächsten Tag begann das warme Wetter. Jeden Morgen hing in der Frühe ein Dunstschleier über dem Vangmoor, aber dann stieg die Sonne hinauf in einen Himmel ohne Wolken, sogar ohne die hingetupften Zirruswölkchen, die fast immer das weitgespannte Blau sprenkelten. Es war sehr heiß im Goughdale und im Vale of Allen, jeder Tag ein bißchen heißer als der vorangegangene, bis es eine kurze Unterbrechung gab mit Kühle und Bewölkung, wenn auch ohne Regen, bevor die Hitzewelle mit neuer Heftigkeit zurückkehrte.

Jeden Abend ging Stephen ins Moor hinaus. Nachdem er sich nun darauf eingestellt hatte, das Geheimnis der Mine für sich zu behalten, begannen seine Gefühle für den Mann, der die unterirdische Kammer entdeckt und ausgestattet hatte, eine Wandlung durchzumachen. Es war doch eigentlich, als habe er dem Mann einen persönlichen Gefallen erwiesen, indem er ihn nicht verriet, und das brachte sie zwangsläufig einander näher. Sie waren so etwas wie Verbündete geworden. Stephen fürchtete sich nicht länger vor dem Mann, und er empfand auch keinen Abscheu mehr, er malte sich sogar aus, wie sie einander begegnen würden, wie der Mann ihn als willkommenen Genossen in seine Geheimkammer einladen würde.

Als er nach etwa einer Woche wieder in die Mine hinunterstieg, inspizierte er alles mit größter Sorgfalt, um herauszufinden, ob irgendwelche Veränderungen darauf hindeuteten, daß der Mann in der Zwischenzeit wieder dagewesen war. Die Kerzen sahen noch genauso aus wie neulich, als er sie bei seinem letzten Besuch ausgeblasen hatte. Diesmal hatte er ein Lineal mitgebracht und maß sie der größeren Genauigkeit halber nach Zentimetern ab. Die eine war 18,5 cm lang, die andere nur 6 cm. Das Lager und das Bettzeug schienen unberührt. Nichts fehlte aus den Kartons, nichts war hinzugefügt worden, und auch der Stapel von Kleidungsstücken war noch genauso, wie er ihn damals gesehen hatte. Das Haar lag zusammengerollt und wie schlafend in seiner geheimen Gruft.

An diesem Abend blieb er lange draußen auf den Hängen des Big Allen; zusammengekauert im Heidekraut wartete er, daß jemand auf der Bildfläche erschiene. Was er eigentlich tun würde, wenn dieser Jemand tatsächlich auftauchte, den Kalksteinsims erklomm und sich in die Schachtöffnung hinabließe, das wußte Stephen selbst nicht. Und er brauchte sich darüber auch keine Gedanken zu machen, denn es kam niemand, weder an diesem noch am nächsten Abend, obwohl er lange nach Sonnenuntergang draußen am Hang ausharrte und wartete. Jedesmal mußte er im Dunkeln nach Hause zurückfinden.

Vielleicht war die innere Anspannung des vergeblichen Wartens schuld oder auch die Sonnenhitze – denn er war seit Mittag im Goughdale gewesen, und sein Gesicht und seine Arme glühten –, daß er einen seiner Fieberanfälle bekam. Er wachte mitten in der Nacht davon auf; sein dünner Schlafanzug war von Schweiß durchtränkt, und er schrie wie von Sinnen: »Der Herr des Moors, der Herr des Moors!«

Die Hitze hielt unvermindert an. An einem Mittwochnachmittag, nach dem frühen Ladenschluß, fuhren Lyn und Nick hinaus ins Vangmoor, damit auch Nick es kennenlernte. Er wollte gern die Foinmen sehen, die Hilder und das Bow Dale. In dem dunklen Schatten, den die mächtig aufragenden Steinblöcke warfen, saßen sie auf dem trockenen Gras und blickten hinüber zum Big Allen und über das Foinmen-Plateau bis hinab zu den Dächern von Hilderbridge, die in der Sonne glitzerten. Und soviel sie während der Fahrt und während des Aufstiegs hatten sehen können, waren sie weit und breit die einzigen Menschen hier draußen im Moor. Die allgemeine Furcht hatte ihnen willkommene Einsamkeit beschert.

»Ich bin seit Jahren nicht mehr hier oben gewesen«, sagte Lyn, »und ich glaube, es werden auch Jahre vergehen, ehe ich wieder herkomme. Irgendwie ist mir das Moor unheimlich, selbst an einem Tag wie diesem.«

»Aber es ist doch so schön.«

»Das ist die Schlange in deinem Laden auch, aber ich möchte trotzdem nicht mit ihr leben.«

»Du magst also nicht hier leben?«

»Das ist ziemlich schwer zu beantworten, denn ich habe ja noch nie woanders gelebt.«

Sie drehte sich zur Seite, fort von ihm. Sie war inzwischen ganz sicher. Es waren jetzt schon fast drei Wochen. Morgen würde sie eine Urinprobe in die St.-Ebba-Klinik bringen und den Test machen lassen, und dann würde sie es ganz genau wissen. Aber sie wußte es auch so bereits genau. Das Kind würde im Februar geboren werden, und dann würde Nick schon seit sechs Monaten fort sein. Sie hatte ihm nichts von dem Baby gesagt, und sie glaubte auch, es sei besser, ihm nichts zu sagen, niemals. In ihrem Innern reifte ein Plan heran – ein Plan für Stephen und sie und das Kind.

Nick berührte ihre Schulter und drehte ihr Gesicht zu sich herum. Er küßte sie auf die Lippen. »Deine Hände zittern gar nicht mehr.«

»Nein.«

»Du bist der zarteste Mensch, den ich je kennengelernt habe«, sagte er.

»Du meinst wohl, ich bin ein schwacher Mensch.«

»Nein, kein bißchen. Zart und doch stark. Lyn, wir werden die Dinge ändern, ja? Wir wollen doch nicht so weitermachen, so ohne jemals über deine Ehe zu sprechen, ohne je darüber zu reden, was wir tun werden, wenn der nächste Monat kommt. Ich muß nächsten Monat fort, Lyn. Lyn – sieh mich an!«

Sie stand auf und fing an, weiterzugehen; dabei streckte sie die Hand nach ihm aus. Auch wenn Nick bei ihr war – ihr war bange zumute hier im Moor. Es war, als berge die Stille und die Einsamkeit unsichtbare Beobachter, eine endlose Reihe steinerner Augen, die auf ihr Haar starrten. Und als Nick sie einholte und seinen Arm um sie legte, da preßte sie sich angstvoll an ihn.

»Es ist dir ganz und gar zuwider hier draußen, was?« sagte er. »Du darfst nie wieder ohne mich hierherkommen.«

»Ich lebe doch im Moor«, erwiderte sie, und als sie es sagte, war es, als ginge die Sonne unter. Es war nur ein Moment, aber er machte sie schaudern. Jemand wandelt über mein Grab, dachte sie; aber sie sagte es nicht laut, um Nick nicht aufzuregen.

Genau wie die Bergleute früher gewöhnte sich Stephen daran, sich leicht und schnell die engen, niedrigen Stollen entlangzubewegen. Er war inzwischen auch erfahrener und gewitzter als bei seinen ersten Besuchen. So hatte er etwa jetzt immer Ersatzbatterien für seine Handlampe bei sich für den Fall, daß die alten streikten.

Verglichen mit der Hitze des Berghanges, der intensiven Bruthitze des frühen Abends war es kühl hier in der Mine, und es herrschte ein Geruch nach Feuchtigkeit, nach weit entferntem, stehendem Wasser.

Eine stürmische Anspannung aller Nerven und Sinne bemächtigte sich seiner, als er jetzt lautlos durch die lange Passage schritt. Es war nicht eigentlich Angst, obzwar auch ein Hauch Angst dabei war; er spürte förmlich, wie das Adrenalin in seinen Blutstrom geschwemmt wurde. Er war darauf gefaßt, am Ende des Stollens ein schwaches Licht zu erblicken, den Schein der beiden Kerzen. Und wenn er es nun wirklich täte, würde er sich dann, so leise er konnte, zurückziehen, den Schacht wieder hinaufklettern, so schnell er konnte? Oder würde er weitergehen, dem Kerzenschein entgegen, um leibhaftig auf den Mann zu stoßen, der dort zwischen seinen Konserven, seinen Getränken und seinen geheimen Schätzen hockte? Stephen fühlte sich groß und stark und körperlich kräftig genug, um sich unter allen Umständen gegen den Mann wehren zu können. Aber er glaubte gar nicht, daß er sich würde wehren müssen, daß er gezwungen sein würde, mit dem Mann zu kämpfen. Nein, das war beileibe nicht die Vorstellung, die er von der verborgenen Verwandtschaft hegte, die doch mittlerweile zwischen ihnen bestand.

Aber wie auch immer, es erschien gar kein Licht am Ende des Stollens. Stephen leuchtete mit seiner Lampe langsam rundum die Kammer aus. Das Bett war noch genauso, wie es gewesen war, soweit er sich erinnern konnte. Die Tarnjacke und die zwei Hosen lagen noch immer zusammengelegt und aufgestapelt auf dem Boden, aber lagen sie genauso wie vorher? Unübersehbar war, daß der helle Schafwollpullover fort war. Er sah sich die Kerzen an, und auch hier war kein Irrtum möglich, er brauchte gar nicht nachzumessen. Der kleine Stummel war verschwunden und durch eine frische Kerze ersetzt worden, während die andere auf Daumenlänge heruntergebrannt war.

Der Mann war also wieder dagewesen!

Er hatte ein paar Zwiebäcke aus der Packung gegessen, eine von den Bierdosen ausgetrunken, und er hatte ein halbes Dutzend Zeitungen mitgebracht, alles Sonntagsausgaben. Ein Gefühl der Zufriedenheit überkam Stephen. Auch aufgeregt war er natürlich, aber hauptsächlich war es doch Zufriedenheit. Hier war der Beweis, daß die Geheimkammer *benutzt* wurde und nicht nur ein nutzlos gewordenes Nest war, verlassen von der Kreatur, die sich früher einmal hier eingenistet hatte. Stephen packte die Essensvorräte und die Bierdosen genauso in den Karton zurück, wie er sie vorgefunden hatte. Und dabei kam ihm eine gewagte Idee. Warum sollte er dem Mann nicht signalisieren, daß er hier gewesen war, etwa, indem er ein handfestes Indiz für seinen Besuch zurückließ? Zwei neue Kerzen etwa, die er als Vorrat hinterließ, oder indem er einen Gegenstand aus seiner Hosentasche auf den Holzkistentisch legte, vielleicht sein Taschenmesser? Aber er verwarf den Gedanken gleich wieder. Der Bewohner der Höhle, mochte er auch noch so furchtlos und tapfer sein, würde alarmiert sein und eine Falle wittern. Wahrscheinlich würde er sofort an die Polizei denken. Es wäre einfach dumm, den Mann fürchten zu lassen, man habe ihn der Polizei verraten, nachdem er, Stephen, doch gerade vom rechten Wege abgewichen war, um ihn *nicht* verraten zu müssen. Zunächst jedenfalls würde er auf alle Fälle diskret bleiben, würde Respekt beweisen vor der Privatsphäre des Mannes.

Aber anstatt die Geheimkammer zu verlassen, setzte er sich auf die Luftmatratze und überließ sich dem Genuß des Friedens und der Stille. Er aß einen Zwieback, aber nur einen. Er knipste seine Lampe aus und zündete seine eigene Kerze an, die er auf die Untertasse stellte. Dies war ein wunderbar heimischer und komfortabler Aufenthaltsort, und trotz der Möglichkeit, daß jeden Augenblick der Mann auftauchen konnte, ein Platz, an dem man sich eigenartig sicher und geborgen fühlte. Mit geschlossenen Augen lehnte Stephen sich zurück, und er fragte sich, wie lange es her war, seit er sich so sicher und so – ja, so glücklich gefühlt hatte wie jetzt. Mehr als zwanzig Jahre. Als er durch den Stollen zurückgegangen und den Schacht wieder hinaufgeklettert war, da merkte er überrascht, wie lange er dort unten in der Mine gewesen war, denn die Sonne war inzwischen untergegangen, und die Dämmerung war hereingebrochen, obwohl der Himmel noch immer ein klares, flammendes Rosa war, am Horizont überzogen von langen Streifen schwarzer Zirruswolken.

Um diese Stunde hatte das Goughdale immer ein unheimliches Aussehen, unheimlicher als die Foinmen, über denen immer eine Atmosphäre von Heiligkeit lag. Die Steinhaufen, das Skelett der Förderhaspel, die eingefallene Hütte – lauter schwarze Silhouetten in dem silbriggrauen Tal, alle wie dazu geschaffen, huschende Gestalten zu verbergen. Dazu herrschte eine Stille, eine Reglosigkeit, genauso tief und absolut wie im Innern der Mine. Nichts, gar nichts regte sich, sogar die Schafe waren fortgebracht worden auf eine andere Weide.

Es würde trotz des klaren Himmels keinen Mond geben heute abend, nicht mehr als den schmalen Span des Neumondes. Stephen fand, es sei besser, die Straße entlang nach Hause zu gehen, deshalb begann er, das Plateau nach Osten hin zu durchqueren. Der Himmel verdunkelte sich zu tiefem Purpur und füllte sich mit Sternen. Zu dumm, daß Lyn zu Haus war und auf ihn wartete. Wäre er sein eigener Herr, er hätte hier draußen kampieren können, Nacht für Nacht, bis zum Augenblick der ersehnten Begegnung. Überhaupt – er entwickelte sich von Lyn fort, er entwuchs ihr, ihr und den häuslichen Bindungen, die ihn an einen Job und an die Niederungen des Lebens fesselten. In tiefen Atemzügen sog er die sommerliche Nachtluft ein. Angenommen, er drehte sich jetzt um und entdeckte am Berghang eine Gestalt, die allein durch ihren im Zwielicht schimmernden hellen Schafwollpullover sichtbar war . . .?

Aber nichts regte sich am Berghang des Big Allen oder auf dem Plateau. Und als er zwischen dem Ginsterbuschwerk der Talmulde angekommen war und sich ein letztes Mal umwandte, da war es zu dunkel geworden, um noch irgend etwas zu erkennen.

11

Die Scheinwerfer erhellten das ganze Schlafzimmer und ließen ihren zwiefachen Lichtstrahl über die Wände rinnen. Eine Weile noch gurgelte ein Dieselmotor, ehe er erstarb, die Scheinwerfer aber blieben an. Lyn, die wachgelegen hatte, dachte augenblicklich an die Polizei. Sie blickte auf ihre Uhr und sah, daß es kurz nach fünf war. Es begann bereits zu dämmern. Die beiden Mordfälle und die Tatsache, daß man Stephen verhört hatte, brachten sie auf den Gedanken, es könnte die Polizei sein.

Sie stand auf und trat ans Fenster. Ein Krankenwagen hielt drüben vor dem Haus der Simpsons, und während sie noch hinüberschaute, kam ihre Schwester heraus. Sie wurde nicht herausgetragen, sondern sie ging; sie hielt sich an Kevins Arm und lachte mit dem Fahrer. Ihre Wehen mußten eingesetzt haben, dachte Lyn, und sie legte ihre Hände leicht über ihren eigenen flachen Bauch unter dem dünnen Nachthemd.

Stephen schlief. Lyn schaute zu, wie der Krankenwagen auf dem

Wendeplatz am Ende des Tace Way drehte und dann in Richtung auf das Dorf und auf Hilderbridge verschwand. Jetzt ging die Sonne auf, breitete einen strahlenden Schimmer über den milchig blauen Himmel und kündigte einen weiteren Tag voller Hitze an. Sie legte sich noch für eine Stunde neben Stephen, dachte an Joanne, dachte an sich selbst. Im Februar, irgendwann Mitte Februar, und vielleicht gleichfalls im Morgengrauen, würde sie selbst es sein, für die der Krankenwagen kam, *sie* würde es sein, die am Arm ihres Mannes darauf zuging. Dies letztere war es allerdings, was sie sich nicht vorzustellen vermochte. Wenn sie sich im Geiste am Arm eines Mannes sah, dann war es immer Nicks Arm, den sie hielt. Nach einer Weile stand sie auf, ging nach unten, um Tee zu machen – und mußte sich heftig übergeben.

Stephen nahm die Neuigkeit über Joanne unbewegt hin.

»Da wir gerade von Kliniken reden, Liebling – ich glaube, ich geh mal auf einen Sprung meine Großmutter besuchen nach der Arbeit. Das arme gute Altchen liegt mir nun mal auf der Seele.«

»Möchtest du, daß ich mit dir komme?« fragte Lyn.

Aber das wollte er nie, sie wußte nicht, warum. »Großer Gott, nein, was für eine Anstrengung für dich, und noch dazu bei dieser Hitze! Sie würde dich ja auch sowieso nicht erkennen, Liebes. Sie bringt uns alle durcheinander.«

»Wie du willst.«

Er wollte, daß sie da war, wenn *er* es wollte, nie umgekehrt. Er dagegen war imstande, sie stunden-, ja tagelang allein zu lassen. Aber wenn er zurückkam, dann sollte sie da sein und auf ihn warten. Sie mußte ihm Schutz und Schirm, sie mußte quasi seine Mutter sein. All diese Zusammenhänge hatte sie bei Stephen nie ganz durchschaut, bevor sie Nick kennengelernt hatte.

Vielleicht würde sich das alles ändern, wenn sie ein Kind im Hause hätten? Stephen mußte eigentlich ein guter Vater sein, müßte gut sein zu einem Kind, wo er doch in vieler Hinsicht selbst noch so sehr ein Kind war. Es war, als habe ein Teil von ihm aufgehört zu wachsen, als er ein Junge war. Aber welcher Teil? Nicht sein hochgewachsener, starker Körper. Auch nicht sein aktives Gehirn. Möglich, daß es jenes merkwürdig undefinierbare Objekt war, das in der Bibel erwähnt wurde oder über das man manchmal alte Leute reden hörte – die Seele.

Schon seit ein paar Tagen hatte tiefe Nacht langsam aber unausweichlich von Vati Besitz ergriffen. Am Sonntag war er zwar zum Mittagessen in den Tace Way gekommen, aber er hatte keine Geschenke mitgebracht, hatte kaum gegessen und sich dann in den Sessel in der Ecke verkrochen. Und so tief war seine Verstörtheit gewesen, daß er nicht einmal die Augen zusammengezogen oder den Kopf geschüttelt hatte angesichts des Katers, der mit herabhängendem Schwanz und wohlig ausgestreckten Hinterbeinen auf dem Kastanientischchen lag. Solange die Newmans da waren, hatte er kein Wort gesprochen, und dann war er früh gegangen.

Seine Depressionen hielten ihn selten vom Arbeiten ab. Arbeit, wenn sie nicht Heilung oder wenigstens Linderung bedeutete, so war sie doch alles, was ihm blieb, die einzig mögliche Beschäftigung für ihn, solange die schwärzeste Periode seiner schwarzen Zeiten andauerte. Jetzt aber war er nahezu vollkommen inaktiv geworden. Vor ihm stand ein ovaler Nußbaumtisch, der Leinenfaserbausch war mit Möbelpolitur getränkt, aber seine Finger brachten die Figur der Achten auf der vorbereiteten Oberfläche kaum zuwege. Stephen fand ihn bewegungslos dasitzend, das Polierzeug in der Hand, die verdüsterten Augen blicklos vor sich hin starrend, ein untätiger Samson in der Mühle.

Vier Tage lang würde er so sein. Dann packte ihn gewöhnlich eine fieberhafte Arbeitswut, als gelte es, die vergeudete Zeit aufzuholen, und verbunden damit ein explosives Temperament, das er jedesmal an Stephen ausließ. Im nachhinein dann überschüttete er ihn mit Geschenken, um seine Schuldgefühle zu tilgen. Im Augenblick war er zu weit fort, wußte Stephen, um ihm wegen all der Tage, die er sich kürzlich freigenommen hatte, Vorwürfe zu machen. Er hütete sich, ihn anzusprechen, und ging hinauf an die Polsterarbeiten, die sich während der vergangenen Wochen ziemlich angehäuft hatten.

Es war kühl in Whalbys Werkstatt, nahezu fensterlos und in einem Winkel des Marktplatzes gelegen, in den kaum ein Sonnenstrahl fiel. Um die Mitte des Nachmittags verschwand Vati nach nebenan, und Stephen, der keine Mittagspause gemacht hatte, fand, er könnte wohl auch gehen. Von drei bis fünf war im Allgemeinen Krankenhaus von Hilderbridge Besuchszeit. Danach würde er dann ins Moor gehen und wieder oben im Goughdale bis zum Dunkelwerden warten. Er würde sich, wie schon an verschiedenen vorhergegangenen Abenden, in der George Crane Coe verbergen und dort auf das Erscheinen des Höhlenbewohners warten, selbst wenn er bis Mitternacht ausharren mußte. Der Mond hatte jetzt sein erstes Viertel hinter sich und würde für spärliches Licht sorgen.

Eine Hälfte des Marktplatzes lag im Schatten, die andere in der Sonne. Vom Schatten in den Sonnenschein überzuwechseln, war ein atemberaubendes Unterfangen, so heiß und übermächtig war die Glut. Sie war wie ein Fächer aus heißem Metall, der dröhnend herniederfiel, ein sengender Atem auf der Haut. Stephen konnte sich nicht erinnern, je solche Hitze erlebt zu haben, solch einen August, außer vielleicht damals, als er ein Kind war, in jenem ersten Sommer, nachdem seine Mutter gegangen und Rip gekommen war. Damals hatte es auch eine Hitzeperiode gegeben und ebenso fünf Jahre später, als er mit Peter Naulls nach dem Apsley Sough gesucht hatte, aber keine von beiden reichte an diese heran.

Sein Wagen hatte in der Sonne gestanden, und das Lenkrad war zu heiß zum Anfassen, er mußte es mit dem Taschentuch halten. Er öffnete sämtliche Fenster und blickte in den sehr blassen, bläulich hitzigen Himmel hinauf. Die Trockenheit dauerte nun schon zwanzig Tage an, und überall hingen Anschläge, mit denen den Leuten untersagt wurde, ihre Gartenschläuche anzustellen. Stephen fuhr die High Street entlang, von dort in die North River Street und bog dann in den Parkplatz des Krankenhauses ein.

Erst als er die Treppe hinaufstieg, die zur geriatrischen Abteilung führte, fielen ihm die Geleefrüchte ein. Er hatte vergessen, welche zu kaufen, und das nächste Geschäft war einen halben Kilometer entfernt. Das war nun nicht zu ändern. Blieb nur die Hoffnung, daß irgendein anderer Besuch ihr Fruchtgummis mitgebracht hatte, seit er es das letzte Mal getan hatte. Aber das war ziemlich unwahrscheinlich, das taten sie nie.

Die alten Frauen waren alle auf. Mit schaukelnden Köpfen, Schals und Decken um sich raffend mit knotigen Händen – denn die Hitze bedeutete ihnen nichts, ließ ihre Haut und ihre Venen unangefochten – hatte man sie in Sessel verpackt, um Mobilität zu gewährleisten und das Wundliegen zu verhindern. Alle Fenster standen weit offen, die geblümten Vorhänge waren zurückgezogen, und in dem langen Raum flimmerte die Hitze, als stünde das Krankenhaus am Rande eines offenen Hochofens.

Schon unter der Tür sah Stephen, daß seine Großmutter bereits Besuch hatte, seine Tante Joan und anscheinend eine Freundin von ihr. Er war nicht gerade traurig, die beiden zu sehen, denn allein wußte er nie, was er sagen sollte; und dann war da auch noch die Sache mit den vergessenen Geleefrüchten.

Kaum hatte sie ihn gesehen, da sprang Mrs. Pettitt auf. Sie, ihre Begleiterin und Helena Naulls selbst saßen in Stühlen neben Helenas Bett, aber nur Mrs. Pettitt saß mit dem Gesicht zur Tür. Sie sprang also auf, und auf ihrem Gesicht erschien der Ausdruck panischen Entsetzens. Eine ziemlich unangemessene Reaktion auf sein Erscheinen um vier Uhr nachmittags, fand Stephen, aber genaugenommen scherte er sich keinen Deut um Naullssches Benehmen oder um das anderer Leute. Er sagte nur: »Hallo, Tante Joan«, dann ging er zu seiner Großmutter und gab ihr einen Kuß.

Sie gehörte nicht zu denen, deren Köpfe wackelten. Überhaupt schien weit mehr Leben in ihr zu stecken als bei seinem letzten Besuch. Sie lehnte sich vor, umklammerte mit beiden Händen die Armlehnen ihres Stuhles, und als er seinen Kopf wieder aufrichtete, da sah er in ihren Augen ein derartig boshaftes Aufleuchten, daß er einen Schritt zurücktrat. Bosheit, so messerscharf, wie er sie oft an ihr gesehen hatte in den alten Tagen in Chesney Lodge. Es war, als sei alle Senilität, die ihren Charakter weicher und liebenswerter gemacht hatte, blitzartig von ihr abgefallen.

Bevor er ihr den Kuß gab, hatte er eine Art Entschuldigung gemurmelt, daß er die Fruchtgummis vergessen hätte, deshalb glaubte er, das, was sich da in dem flachen weißen Gesicht und den kleinen blauen Augen abspielte, sei einfach Ärger darüber. Aber da ertönte hinter seinem Rücken ein Flüstern, fast ein Wimmern seiner Tante Joan: »Oh, mein Gott, oh, mein Gott!« Er drehte sich um. Die andere Frau, eine plumpe Person, hoch in den Fünfzigern, mit goldblondgefärbtem Haar, kicherte wie ein Schulmädchen und preßte sich ein Taschentuch vor den Mund.

Bis jetzt hatte Mrs. Naulls geschwiegen, auch wenn man ihrem Schweigen die innere Spannung anmerkte. Ja, sie zitterte fast, wie sie sich so an die Armlehnen klammerte und bis an die äußerste Stuhlkante vorrutschte. Es sah aus, als versuche sie zu sprechen und könnte die Worte nicht herausbringen, aber endlich gelang es ihr doch, und mit hoher, krächzender und vor Bosheit schriller Stimme äußerte sie einen typisch Naullsschen Satz. Seit Jahren, eigentlich sein ganzes Leben lang kannte Stephen es an den Naulls, wie sie sich am Telefon – wenn sie eins hatten – meldeten oder wie sie einem einen Brief zeigten und fragten: »Rate mal, wer das ist?« Genauso sagte seine Großmutter jetzt zu ihm: »Ich glaube, du rätst nicht, wer das ist!«

Die dicke Frau hörte auf zu lachen und bedeckte ihren Mund

vollends mit der Hand. So blieb die Erklärung Mrs. Pettitt überlassen, und die legte denn auch los:

»Du warst aber auch wirklich der Letzte, den wir hier ausgerechnet jetzt erwartet hätten, Stephen! Also, mich hat ja fast der Schlag getroffen! Ich meine, ich wußte ja auch überhaupt nicht, daß sie herkommen würden, bis ich dieses Telegramm kriegte. Und dann – peng! – war sie auch schon da, *mit* Fred *und* Barbara. Na ja, und natürlich wollte sie als erstes mal *hier* hereinschauen und deine Großmutter besuchen, wo sie nun schon einmal hier sind, weil sie nämlich am Sonnabend auf diese Fünf-Länder-Tour gehen, das ist ja überhaupt der Grund dafür. Ich meine, ich möchte nicht, daß du glaubst, wir hätten dich absichtlich im Ungewissen gelassen. Nein nein, es ging bloß alles so furchtbar schnell . . .«

Es bedurfte gar nicht mehr ihres hinzugefügten: »Stimmt's, Brenda?« Er wußte auch so, *wer* das war. Sie war genauso fett wie Helena früher, bevor der Alterungsprozeß sie zusammenschrumpfen ließ. Jetzt hatte sie die Hand fortgenommen, und er sah, daß ihr Gesicht genauso war wie Helenas, bloß eine stark bemalte Helena, schattiert in verschiedenen Beigetönen, überhöht durch Purpur und Schwarz. Sie trug ein enges, glänzendes Jackenkleid mit Rüschenbesatz aus irgendeinem rosaroten, fernöstlichen Fludderstoff, und unter ihren Armen breiteten sich dunkle Schweißflecken aus.

Er wollte schreien: »Das glaube ich nicht!« Statt dessen antwortete eine Roboterstimme für ihn: »Großer Gott! Großer Gott!«

Dann trat eine Stille ein, die kein Ende zu nehmen schien. Die Vorhänge bewegten sich sachte in dem schwachen, heißen Luftzug. Der Schweiß brach Stephen aus und prickelte in kleinen Tropfen auf seiner Stirn und seiner Oberlippe. Schließlich brach Brandy Evans das Schweigen.

»Lange nicht gesehen.«

Der Seufzer, den Joan Pettitt ausstieß, ließ darauf schließen, daß sie die ganze Zeit den Atem angehalten hatte. »Na, wie ist es, hättest du ihn wiedererkannt, Brenda?«

»Bißchen gewachsen ist er.«

Helena brach in ein dünnes, schrilles Lachen aus. Sie war auf ihrem Stuhl schon so weit nach vorn gerutscht, wie es irgend ging, ohne daß er unter ihr wegkippte. Jetzt richtete sie sich mühsam auf, stand schwankend auf ihren Füßen und kicherte leise in sich hinein. Es war seit einem Jahr das erste Mal, daß sie ohne Hilfe aufrecht stand. Sie sah strahlend glücklich aus, so, als habe sie ihr ganzes

Leben auf diesen Moment gewartet, als hätte sie, wie das Sprichwort sagt, Neapel gesehen, und nichts Lohnendes bliebe ihr noch auf dieser Welt. Sie schwankte ein wenig, kicherte, wandte den Kopf, um von einem zum anderen zu blicken, und dann erlebte Stephen etwas, das er sein Lebtag nicht würde vergessen können – das grauenhafte Schauspiel eines Menschen, der einen Schlaganfall erleidet.

Ihr Lachen erstarb in einem Geräusch, als übergäbe sie sich, und ihr Gesicht verzerrte sich krampfartig. Es war, als habe ein massiver unsichtbarer Hammer sie von hinten getroffen. Ihre Hände fuhren in die Höhe, griffen in die Luft, dann kippte sie vornüber und brach mit einem dumpfen Laut auf dem Boden zusammen.

Mrs. Pettitt sprang auf und fing an zu schreien. Brenda Evans jammerte: »Oh, du meine Güte, oh, du meine Güte!« und preßte wieder die Hand auf den Mund. Eine Patientin rief, und eine Schwester kam angerannt.

Stephen verließ die Station wie ein Schlafwandler.

An diesem Abend, mit nur einer Stunde Abstand voneinander, kam Chantal Tanya Simpson zur Welt, während Helena Beatrice Naulls daraus verschied. Lyn wurde eingeladen, mit Kevin und ihren Eltern ein Glas Champagner zu trinken, aber sie ging nicht hinüber. Als sie nach Hause kam, hatte sie Stephen in einem schockartigen Zustand vorgefunden. Er war kaum imstande, zu sprechen, obwohl Helena zu diesem Zeitpunkt noch lebte. Joan Pettitt teilte dann per Telefon mit, daß sie gestorben sei, und Lyn brachte es ihm schonend bei. Es schien ihn weder zu erleichtern, noch seinen Zustand zu verschlimmern.

Er saß stumm neben ihr und hielt ihre Hand so fest, daß ihr die Knochen schmerzten. Nie zuvor hatte sie so stark empfunden, wie sehr er sie brauchte. Es war gleichsam, als müsse er sich bei ihr aufladen, sich an ein Stromnetz anschließen, an eine Quelle des Trostes in ihrem Inneren. Lange Zeit sagte er nichts. Dann begann er, über seine Großmutter zu reden, wie hart ihr Leben gewesen sei, wie furchtbar die letzte Zeit und wie grauenhaft ihr Tod. Lyn hatte ihn noch nie über irgend jemanden so sprechen hören. Sie hatte immer gedacht, er mache sich nicht sonderlich viel aus der alten Mrs. Naulls und hätte sie nur immer aus Pflichtgefühl besucht und in der Hoffnung, Genaueres über ihre Beziehung zu seinem Großvater herauszubekommen. Diese Anwandlung von Liebe und Mitleid war ungewöhnlich für Stephen. Und beklommen dämmerte ihr, daß er im Grunde gar nicht von seiner Großmutter sprach, sondern daß er ganz jemand anderen meinte, wenn er von Leiden, von Grausamkeit und Vernachlässigung redete.

Er kniete sich auf den Boden, legte seinen Kopf in ihren Schoß und umklammerte ihren Körper mit den Armen. Kaum jemals zuvor hatte er sie so eng und intim berührt. Lyn seufzte. Sie legte ihre Hand auf seinen Kopf und streichelte sein Haar. Gerade jetzt, da ihr Körper und vielleicht auch ihr Gemüt einem Prozeß der Wandlung ausgesetzt war, fühlte sie sich nicht imstande, Stephen ein Halt zu sein. Es hätte ein wechselseitiger Halt sein müssen; denn auch sie brauchte ja seine Hilfe. Die Versuchung, ihm von dem Baby und von ihrer Vorstellung einer gemeinsamen Zukunft zu erzählen, wurde schier übermächtig in ihr. Die Worte lagen ihr förmlich auf den Lippen. Aber sie drängte sie zurück. Stephen war ganz weiß im Gesicht, und seine Augen waren geschlossen. Ihr war, als sähe sie Nicks lächelndes, verlangendes Gesicht vor sich . . . Und als sie sich über Stephen beugte und ihm tröstend zuredete, da kamen ihr Tränen in die Augen und liefen über ihr Gesicht.

Bei Naullsschen Begräbnissen wurde immer ein gewaltiges Zeremoniell entfaltet und keine Geldausgabe gescheut. Die Naulls waren so versessen darauf, mit Pomp und Würde beerdigt oder verbrannt zu werden, daß einige von ihnen ihr ganzes Leben lang für ihr eigenes Begräbnis sparten. Arthur Naulls hatte, seit er mit vierzehn Jahren Gärtnerlehrling in Chesney Hall geworden war, jede Woche einen Penny beiseite gelegt und in eine entsprechende Versicherung eingezahlt, obwohl es dann, als die Zeit gekommen war, doch bei weitem nicht ausgereicht hatte, wie sein Sohn Stanley geringschätzig zu bemerken pflegte.

Jetzt bei der Bestattung seiner Witwe würden vier schwarze Daimler dem Leichenwagen folgen. Die Familien sollten sich zunächst bei Onkel Leonard versammeln und später an einem Trauerbankett bei den Bracebridges teilnehmen. Dazwischen fanden dann sowohl ein Fürbittegottesdienst in der Holy Trinitiy Church als auch die Aussegnung in der Kapelle des Krematoriums in Byss statt. Was Blumen anbeträfe, meinte Mrs. Pettitt in klassischer Naullsmanier, so hätte Mutter ja wirklich zu keiner günstigeren Jahreszeit sterben können.

Leonard, der einzige wirklich wohlhabende Naulls, wohnte in

Westhilderbridge in einem Bezirk namens Callowford. Alle anderen Naulls wohnten mehr oder weniger in der Nähe, aber Leonards Haus war das größte und lag in der vornehmsten Straße. Stephen fand sich früh dort ein. Er brachte einen Strauß roter Dahlien und Nelken mit und legte ihn zu den anderen Blumen in der Halle. Seine Tante Midge gab ihm einen Kuß und sagte, wie schön es doch von ihm sei, zu kommen, er sei ja überhaupt immer so gut zu seiner Großmutter gewesen, und dann ging sie wieder nach oben, um ihren schwarzen Crimplene-Turban fertigzuwickeln. Onkel Leonard hatte er bereits mit seiner Schwester Joan und seinem Schwager Sidney Pettitt gemessenen Schrittes im Garten umhergehen sehen, wo er ihnen die Blumenbeete zeigte. Seinen Besuchern den Garten zu zeigen, selbst wenn es die eigenen Geschwister waren, und selbst wenn sie ihn täglich von ihren eigenen Fenstern aus sehen konnten, das war eine Naullssche Eigenart, der sie vor allem bei feierlichen Anlässen frönten. Stephen fiel auf, daß die Photographie seines Vetters Peter, die bei seinem letzten Besuch in diesem Hause noch auf dem Tisch in der Halle gestanden hatte, jetzt verschwunden war. Er machte die Tür zum Wohnzimmer auf.

Der Raum hatte tiefreichende französische Fenster, die auf den Rasen und die spärlichen Blumenrabatten hinausgingen. Davor stand, den Rücken Stephen zugewandt, Brenda Evans und beobachtete die düsteren wandelnden Gestalten draußen im Garten. Sie war allein. Ihre runde, plumpe Figur war in enganliegendes schwarzes Plissee gehüllt, dazu trug sie hochhackige schwarze Lackschuhe und Strümpfe mit schwarzen Nähten, von denen eine stark verrutscht war. Ihren Hut hatte sie noch nicht aufgesetzt. Es war ein kleines, schimmernd schwarzes Ding, wahrscheinlich eigens für diese Gelegenheit erworben, das neben ihr auf der Sofalehne lag. Ihr gelbes Haar war frisch frisiert, gelb, gewellt, glänzend wie eine Chrysantheme.

Sie hatte ihn nicht hereinkommen hören. Stephen blieb unter der Tür stehen, sah vor sich den Rücken einer Frau, einer Frau, die vor dem Fenster stand . . . Und viel, sehr viel ging in ihm vor, während er dort stand. Versunkene Eindrücke huschten als gestochen scharfe Bilder über den Monitor seines Gehirns: Ein Haufen Münzen in Augenhöhe auf einem Tisch – seine Jungenhände um den sehnigen Hals einer alten Frau –, dünne blaue Luftpostbriefe, die in den Briefkasten auf dem Chesney Anger plumpsten, Briefe, auf die nie eine Antwort kommen sollte . . .

Und plötzlich flimmerte es rotglühend vor seinen Augen. Ausgelöscht war alles um ihn her, alles, bis auf diese üppige, runde Gestalt dort, deren Umrisse zu zerfließen begannen vor dem Fenster dahinter, in dem grellen Licht, das das Grün des Rasens in seine Komplementärfarbe des Spektrums umschlagen ließ, in ein blutiges Rot. Wie von selbst hoben sich seine Hände, die Finger zu Klauen gebogen. Sprungbereit verharrte er. Sie hörte seinen heftigen Atemzug und drehte sich um.

»Ach Stephen! Wie nett!«

Er fuhr sich mit der Hand an die Stirn und fühlte Schweißtropfen an seinen Fingerspitzen. In seinem Kopf dröhnte wildes Trommeln. Um die Geste zu erklären, sagte seine Roboterstimme: »Großer Gott, das ist eine Hitze, was?«

»Köstlich«, erwiderte Brenda Evans. »Mir ist es gerade recht so. Auf unserer Rückreise nach der Europatour müssen wir beiden uns mal so richtig gemütlich zusammensetzen, Stephen, ja? Ich brenne darauf, deine Frau kennenzulernen. Linda heißt sie, nicht wahr? Glaub mir, Stephen, ich hatte bis jetzt nicht eine Minute Zeit, wo Mama ausgerechnet jetzt, und dann auch noch *so* sterben mußte. Obwohl es in gewisser Hinsicht natürlich gar nicht passender hätte sein können, ich meine, wo ich sowieso schon mal hier war und man mich nicht extra herholen mußte.« Was immer aus ihr geworden war, sie war doch auch unverkennbar eine Naulls. »Sie wollten die Bestattung nicht vor Montag ansetzen, aber dein Onkel Stanley hat darauf bestanden. ›Sie muß unbedingt stattfinden, bevor meine Schwester nach Paris reist‹, hat er gesagt, und da haben sie natürlich nachgegeben.«

Der Roboter sagte: »Na, schöne Reise denn.«

»Wir haben sie aber auch verdient. Seit zweiundzwanzig Jahren haben weder Fred noch ich einen Schritt aus Kanada hinausgetan. Ja, und jetzt, mein Lieber, erzähl doch mal, wie geht's deinem Vater?«

»Dem geht es gut, der ist wie ein Fisch im Wasser. Macht immer noch seinen alten Beruf.«

»Und du bist jetzt seine rechte Hand, was? Ich wette, du hast dich ganz schön unentbehrlich gemacht, oder?«

»Na, das weiß ich nicht so recht.« Stephen fing plötzlich an zu lachen. Und nachdem er einmal damit begonnen hatte, konnte er nicht wieder aufhören. Er saß auf dem Sofa und bog sich vor Lachen, schaukelte hin und her, schluchzte vor Lachen, bis ihm die Brust weh tat und ihm das Wasser aus den Augen lief. Er sah, wie sie ihn anstarrten, aber er konnte beim besten Willen nicht aufhören. Schließlich stand er auf und rannte aus dem Zimmer. Dabei stieß er mit Tante Midge und den Bracebridges zusammen, die soeben eintraten. Er hatte das Gesicht in den Händen und unter seinem Taschentuch begraben, und sie dachten, er weine.

»Stephen ist immer so lieb zu seiner Oma gewesen«, meinte Mrs. Bracebridge gerührt.

Später hieß es dann, Stephen sei zu aufgewühlt, um zum Lunch zu bleiben. Stephen hatte eigentlich vorgehabt, am Nachmittag wieder an die Arbeit zu gehen, und als er das Krematorium verließ, fuhr er denn auch in Richtung Marktplatz zurück. Er nahm sogar schon das Tempo weg, als Whalbys Werkstatt in Sicht kam, aber anhalten tat er dann doch nicht. Solange seine Mutter sich in der Stadt aufhielt, wollte er Vati lieber nicht unter die Augen treten für den Fall, daß er über ihr Auftauchen Bescheid wußte. Wie Vati darauf reagieren würde, das lag außerhalb seines Vorstellungsvermögens. Daran wollte er auch lieber gar nicht denken . . .

Er zog sich um und ging hinaus ins Moor. Dabei hielt er sich, so gut es ging, im Schatten des Vale of Allen, an der östlichen Seite des Berges. Die Luft war schwer und feucht. Seit vierundzwanzig Tagen hatte es nun schon nicht mehr geregnet. Zwar war der Himmel auch weiterhin gleißend blaßblau, aber rings am Horizont ballten sich weiße Wolken zusammen, von Indigoblau durchzogen.

Es war bei weitem zu früh, auf Rip zu warten. Bestimmt würde er nicht bei dieser Hitze und im hellen Tageslicht kommen. Warum nannte er ihn eigentlich Rip? Ganz unwillkürlich war es geschehen, daß er dem Manne, dem Mädchenmörder, dem Bewohner der Geheimkammer, den Namen seines eingebildeten Freundes von früher gab. Aber es war ein guter Name, er hatte den richtigen draufgängerischen, gnadenlosen, furchterregenden Klang: Rip! Als er Ann Morgan getötet hatte, da war es heller Tag gewesen wie jetzt.

Stephen nahm in der George-Crane-Hütte Zuflucht vor der Sonne und legte sich drinnen auf das verdorrte Gras. Der torfige Boden war staubtrocken geworden und rann ihm durch die Finger wie Salz. Fernes Donnergrollen wurde spürbar, vibrierte durch seinen Körper wie ein minimales Erdbeben. Hier lag er nun auf dem Boden in der zerborstenen Steinhütte und wartete darauf, daß Rip käme.

Jemand hatte den grauen Papagei und die Kaninchen gekauft. So gab es außer ihnen kein einziges Lebewesen mehr im Laden außer der Schlange. Es war nach Ladenschluß, das Rollo an der Tür war heruntergezogen. Nick saß auf der Kante des Ladentisches, Lyn auf dem Behälter mit Futtermais. Er blickte sie stumm und unverwandt an, und sie fragte sich, ob er es womöglich sah oder ahnte? Aber nein, schließlich war er ja Tierarzt und kein Humanmediziner, und sie war eine Frau, kein Hund. Sie mußte lächeln bei diesem Gedanken.

»Ich liebe dich, Lyn«, sagte er schließlich. »Und ich werde wiederkommen, deinetwegen. Jedes Wochenende werde ich kommen, so lange, bis ich dich soweit habe, daß du mir versprichst, ihn zu verlassen und mit mir zu kommen.«

Ja, das würde er wohl tun, dachte sie – eine Woche oder auch zwei oder drei. Aber bei zweihundertfünfzig Kilometern Entfernung und all dem Neuen um ihn herum, da würde er es bald aufgeben. Er würde sie vergessen.

»Ich fahre erst Montag. Wenn du es dir noch anders überlegst – ich warte neben dem Telefon.«

»Ich werde es mir nicht anders überlegen, Nick«, sagte sie. »Wollen wir nicht ausgehen, einen letzten Spaziergang machen oder was trinken oder sonstwas?«

»Es wird kein letzter Spaziergang sein, und wir werden auch nicht miteinander reden, als sei es das letzte Mal. Lyn, wir haben doch gerade erst angefangen, einander kennenzulernen!«

Sie stand auf. Sie war zwar noch genauso dünn wie eh und je, dennoch fühlte sich ihr Körper schwer an durch das Kind. Sie verließen den Laden und traten in die drückende Hitze hinaus. Als sie an den Glaskäfigen im Fenster vorüberkamen, passierte etwas Erschreckendes. Die Schlange, die sich kaum jemals bewegte, die immer, wenn Lyn sie gesehen hatte, ausgestreckt oder zusammengerollt dagelegen hatte, richtete urplötzlich den vorderen Teil ihres Körpers in die Höhe, zischte wild und schlug mit dem Kopf gegen das Glas. Ihre Zunge flatterte, und Lyn fuhr schaudernd zurück gegen Nicks Arm.

12

Nicht nur draußen, auch drinnen im Haus herrschte die drückende Atmosphäre eines drohenden Gewitters. Lyn spürte es sofort, als sie aufwachte. Sie blickte in den weißen Himmel voll tiefhängender Wolken, und sofort fiel ihr wieder ein, daß sie sich am Abend zuvor zum letzten Mal von Nick verabschiedet hatte. Stephen schlief noch neben ihr. Er sah sehr jung aus, wie er so schlief, und es lag etwas Hilfloses um seine herabgezogenen Mundwinkel.

Es war bereits sehr heiß, auch wenn die Sonne nur ein weißer Lichtfleck zwischen den Wolkenmassen war. Sie stand auf, nahm ein Bad, bereitete Tee und brachte Stephen eine Tasse. Er setzte sich auf und nahm sie mit einem herzlichen: »Ach, vielen, vielen Dank, Liebes!« entgegen, aber er wirkte irgendwie abwesend, anderweitig beschäftigt, schien meilenweit von ihr entfernt zu sein auf einsamen Gedankenflügen. Sie sehnte sich danach, sich irgend jemandem anzuvertrauen, alles zu erzählen, sich trösten zu lassen. Nie hatte sie es fertiggebracht, sich ihrer Mutter anzuvertrauen. Joanne war in der Klinik, es blieb also nur Stephen übrig. Stephen aber trank seinen Tee und blickte geistesabwesend aufs Moor hinaus, auf das verbrannte Gras und den bleichen Himmel.

Sie ließ ihn allein und ging nach unten. Peach kam und rieb seinen Kopf und die sanfte goldene Schulter an ihrem Bein. Sie nahm ihn hoch und ging ziellos umher, die Katze im Arm. In sechs Monaten würde sie ihr Baby haben; wenigstens das würde sie haben. Mit der Einsamkeit würde es vorbei sein, wenn sie das Baby hatte. Wenn es nur nicht so ganz und gar unmöglich gewesen wäre, sich die kommende Woche, all die kommenden Wochen ohne Nick vorzustellen! Peach schnurrte in ihren Armen. Sie setzte ihn auf der Fensterbank ab und blickte in den reglos brütenden, blassen Himmel.

Wie viele Male, fragte sie sich, war Stephen zu ihr gekommen, um sich trösten zu lassen? Sie dachte an das letzte Mal, als seine Großmutter gestorben war. Würde er sie jetzt auf die gleiche Weise trösten? Irgendwie konnte sie es nicht glauben. Sie hatte es ja auch nie versucht, ihn nie darum gebeten. Der Plan kam ihr wieder in den Sinn, den sie sich zurechtgelegt hatte und den sie Stephen in kühlen, nüchternen Sätzen hatte auseinandersetzen wollen. Sie hatte Angst, weinen zu müssen, sobald sie nur anfing zu sprechen. Aber sie *mußte* es ihm sagen! Plötzlich wurde ihr klar, daß sie keine Ahnung hatte, wie er es aufnehmen würde.

Sie hörte ihn aufstehen und oben herumgehen. Da setzte sie den Kessel auf und deckte den Frühstückstisch. Eine leichte Übelkeit befiel sie und bedrängte ihr die Brust, als sie die Butter sah und die

Sahneflocken auf der Milch. Sie aß jetzt nie Frühstück. Die Übelkeit verging, und als Stephen eintrat, saß sie am Tisch und trank Tee.

Es lag ihr auf der Zunge, sie war drauf und dran, ihm alles zu erzählen, aber irgend etwas hielt sie zurück. Ihr war aufgefallen, daß Stephen seit Wochen, seit Monaten vielleicht, beim Frühstück nicht mehr mit ihr gesprochen hatte, daß er eigentlich zu keiner Zeit eine richtige Unterhaltung mit ihr geführt hatte. Ihre Zerrissenheit und die innere Unruhe hatten sie hellhörig gemacht. Der Ton, mit dem er ihr verkündete, er werde jetzt in sein Arbeitszimmer gehen und seinen Artikel für das ECHO schreiben, klang in ihren Ohren wie das Geräusch einer sprechenden Maschine.

Sie spülte das Geschirr. Manchmal lehnte sie sich gegen den Ausguß und schloß die Augen. Sie ließ eine Tasse fallen. Der Krach, mit der sie in drei Teile zerbrach und der Henkel absprang, kam ihr so laut vor wie eine Explosion. Wenn sie an die Tür trat, konnte sie das unregelmäßige Klappern von Stephens Schreibmaschine hören. Sie blieb unter der Tür stehen und lauschte auf das sekundenlange Tippen, die Pause, das neuerliche Klappern. Sie ging die Treppe hinauf, begann, die Betten zu machen und wiederholte sich im stillen, wie sie es ihm sagen würde. Die Schreibmaschine hatte lange Zeit geschwiegen, aber nun fing sie wieder an. Sie wußte, sie würde nie auch nur einen einzigen jener kühlen, entscheidenden Sätze sagen können. Ihre Hände begannen zu zittern, so wie sie es getan hatten, bevor sie Nick kennengelernt hatte.

Es war ganz still im Arbeitszimmer. Fast hätte sie an die Tür geklopft, aber dann sagte sie sich, daß das albern wäre, schließlich war das ja ihr Mann da drinnen. Er saß am Schreibtisch und überlas gerade, was er eben geschrieben hatte – ein gutaussehender, dunkler, kräftig gebauter Mann. Sie kannte überhaupt keinen besser aussehenden Mann als Stephen, fuhr es ihr durch den Sinn. Er wandte ihr die dunkelblauen Augen zu, in denen heute eine seltsame Verlorenheit lag.

»Ja, was ist, Liebling?«

»Ich muß dir etwas sagen.«

»Kann das nicht warten?«

Sie schüttelte den Kopf. Sie war kurz vor dem Zusammenbrechen. Es wäre besser gewesen, wenn sie sich hingesetzt hätte, aber sie blieb stehen, und sie streckte ihm die Hand entgegen. Noch einmal sagte sie: »Ich muß dir etwas sagen.«

»Nun?«

»Stephen, ich bin schwanger. Ich bekomme ein Baby.« Sie atmete schwer, und die Worte kamen stoßweise. »Ich bekomme im Februar ein Kind. Der Mann, der Vater . . . Ich habe ihn geliebt, ich habe ihn sehr geliebt, aber ich werde ihn nicht wiedersehen. Es ist vorbei. Du und ich – wir könnten nie . . . Du weißt, was ich meine, aber dies Baby könnte unseres sein.«

Er war rot geworden. Wenn Stephen errötete, nahm sein Gesicht eine brütende Purpurfarbe an.

»Du wirst das Baby gernhaben, nicht wahr, Stephen?« fuhr sie hastig fort. »Es wäre für dich so, als ob es *unseres* ist, und wir lieben . . . wir, wir mögen uns doch, nicht wahr, Stephen?«

Er antwortete ihr in dem Maschinenton, in der Roboterstimme: »Du nimmst mich auf den Arm, was?«

»Du weißt, daß ich das nie tue. Es ist alles wahr. Es tut mir leid, wenn es ein Schock für dich ist.«

»Ein Schock . . .« wiederholte er. Er stand auf, trat ans Fenster und kehrte ihr den Rücken zu. »Hast du das wirklich alles eben gesagt? Und ich träume nicht?«

»Stephen . . .« Sie legte ihre Hand auf seinen Arm, wenn auch so leicht, daß sie kaum den Ärmel seines Hemdes berührte.

Heftig schüttelte er sie ab. Er wandte sich um. Und was sie jetzt hörte, war so entsetzlich, daß sie hätte schreien mögen. Sie krallte ihre Hände ineinander. Er sprach in einem Ton, den sie noch nie von ihm gehört hatte. Und eine andere Stimme tauchte aus ihrer Erinnerung auf, die Stimme ihres Bruders, des damals Sechsjährigen, wie er ihre Mutter anbrüllte, als sie ihrem Sohn und ihrer Tochter eröffnete, daß Joanne bald geboren werden würde. Stephen benutzte dieselben Worte, haargenau dieselben, und er schrie sie hinaus mit dem schrillen Zorn eines Kindes:

»Wenn du ein Baby in dieses Haus bringst, dann bringe ich es um!«

Sie schrie nicht. Sie zügelte sich, knebelte ihre Stimme. »Stephen, hör mir zu . . .«

»Ich bringe es um, verstehst du mich?« Sein Gesicht war nahezu schwarz durch das angestaute Blut, und seine Stimme überschlug sich. »Ich bringe es um! Ich schneide es in Stücke! Ich trample es tot!«

In fassungslosem Schmerz schnappte sie nach Luft. Da hob er seine rechte Hand und schmetterte sie ihr mit aller Kraft seitlich über den Kopf und ins Gesicht. Lyn taumelte nach rückwärts und fiel. Sie schlug krachend auf den Boden, und im Fallen riß sie den runden, polierten Tisch um, auf dem Taces Büste stand.

Sie schrie auf unter dem stechenden Schmerz in ihrem Rücken und in der Seite, aber ihr erster Gedanke galt dem Kind. Stöhnend richtete sie sich auf in eine kauernde Stellung und verschränkte schützend die Arme über ihrem Leib.

Stephen kniete ebenfalls auf dem Boden, hielt Taces Kopf in der Hand und gab ein verzweifeltes, unverständliches Murmeln von sich, während er den Riß untersuchte, der die Pappmaché-Schädeldecke spaltete. Lyn schauderte. Sehr vorsichtig kam sie auf die Füße, angstvoll gefaßt auf die Folgen ihres Falles, auf das Gefühl warmen, rinnenden Blutes zwischen ihren Beinen. Aber es geschah nichts, oder noch nichts. Ihr Herz hämmerte mit rasenden, unrhythmischen Schlägen.

Stephen lag noch immer auf den Knien und versuchte, die gespaltenen Teile wieder zusammenzufügen. In wilder Verzweiflung warf er den Kopf zurück, als das spröde Material dabei nur weiter auseinanderklaffte und ein Teil davon abbröckelte. Im Augenblick schien er Lyn völlig vergessen zu haben. Aber dann fiel sein Blick wieder auf sie, und er schrie mit der gleichen schrillen, kindischen Stimme: »Du hast meine Statue kaputtgemacht!«

Sie starrte ihn in sprachlosem Entsetzen an, die Hände gegen das Gesicht gepreßt. Dann rannte sie hinaus, verschanzte sich im Schlafzimmer und verriegelte die Tür.

Das erste schwache Wetterleuchten jenes Tages machte sich in dem Haus am Tace Way nicht stärker bemerkbar als das Aufflackern eines Streichholzes, das sofort nach dem Anzünden wieder ausgeblasen wird. Und der dazugehörige Donner, ein fernes Grummeln, ertönte viele Sekunden später. Das Gewitter war noch weit entfernt, aber es verfärbte bereits den Himmel, wie überschüssige Farbe die Seifenlauge verdunkelt, ein tintiger Sud, der von den Wolken aufgesogen wurde.

Lange blieb Stephen in seinem Zimmer und versuchte, Taces Kopf zu reparieren. Er konnte an nichts anderes denken als daran, wie er den Spalt schließen und das herausgebrochene Stück wieder einsetzen könne, bevor alles noch schlimmer und vielleicht irreparabel zerbröckelte. Am besten war es, sich mit so etwas an Vati zu wenden. Stephen mühte sich, so gut er konnte, mit den zwei Sorten Klebstoff ab, die er in seinem Zimmer hatte, einem einfachen Alleskleber und einem Spezialleim für nichthölzerne Oberflächen.

An den Rändern des Bruches war bereits weitere Pappmaché abgebröckelt und zu flusigem Staub zerbröselt. Als er endlich die Stücke wieder zusammengeklebt hatte – wenn auch ganz und gar nicht zu seiner Zufriedenheit –, stellte er die Büste auf ein Stück Papier auf seinen Schreibtisch, um sie in dem Streifen schwachen, schwülen Sonnenscheins trocknen zu lassen.

Dann ging er aus dem Haus und hinauf ins Moor. Es war zu heiß und zu trocken, um auch nur einen Gedanken an Wanderschuhe zu verschwenden, er behielt einfach seine Sandalen an. Die Luft prickelte spürbar vor Elektrizität. Es war, als warte die Natur bloß auf das Entzünden einer Lunte, um zu explodieren. Die Foinmen standen fahl schimmernd als silberne Monolithen gegen einen Himmel, der jetzt wie geronnen aussah. Seine fahle Blässe hatte sich zu einem rotunterlaufenen Grau verdunkelt.

Mit tief geneigtem Kopf schritt Stephen durch das Foinmenspalier und legte sich am Altar nieder. Sein Gesicht, sein Mund lag auf der dürren Grasnarbe. Der Donner grollte, und ihm war, als ob er von Felsbrocken herrührte, die unter der Erde herumrollten.

Auch in seinem Kopfe dröhnte ein unablässiges Donnern. Wohl, weil er Lyn geschlagen hatte, dachte er, aber doch nicht mehr getan hatte, als sie geschlagen . . . Und dann mußte er an das Kind denken, das in ihr war, das Kind . . . Er sah es schon vor sich, sechsjährig, stark und glücklich, das Kind, das da drinnen wartete bis es Zeit war, herauszukommen und zu triumphieren . . . Der Gedanke ließ ihn wie von Sinnen mit den Fäusten auf die Kalksteinplatte schlagen.

Bis er wieder auf sein Gesicht fiel, diesmal mit der Reglosigkeit der Verzweiflung, und den Mund gegen die haarige Haut des Moores preßte. Es lag etwas Tröstliches, Beruhigendes in dem Geruch, der dem Gras, der warmen Erde entstieg. Wie gut wäre es, für immer hier liegenzubleiben in der warmen Abgeschiedenheit, niemals wieder zurückgehen zu müssen! Heftiges Verlangen überschwemmte ihn, die Sehnsucht, fortan immer allein zu sein, ein Eremit zu werden wie Vati einer war, durch einen absichtsvollen Willensakt den Peinigern dieser Welt entrückt. Er sehnte sich danach, das Haus leer vorzufinden, wenn er heimkäme, sein Leben gereinigt von Lyn, so wie es jetzt gereinigt war von Helena und Brenda. Sie niemals wiedersehen zu müssen, das war eine Hoffnung, nach der ihn geradezu körperlich hungerte.

Es war, als nähme die schwere, elektrisch geladene Luft unaufhörlich an Gewicht zu. Das Moor wartete mit angehaltenem Atem auf den Regen. Ringsum am Rande des Moors ließ der Donner seine synkopischen Trommelwirbel ertönen, aber Stephen blieb einfach liegen und horchte auf jenes andere, leisere aber rhythmischere Trommeln im Innern seines Schädels. Das Moor war ein riesiges warmes Bett, der Himmel darüber eine Decke. Er spürte den ersten Regentropfen, als er auf seine ausgestreckte linke Hand klatschte.

Aber es folgte kein Regenguß. Lediglich ein paar weitere Tropfen fielen, silberne Ampullen des Zufalls, dann war es wieder trocken. Stephen bettete seinen Kopf auf die verschränkten Arme und sehnte sich danach, zu schlafen. Aber der Schlaf wollte nicht kommen, obwohl er lange so dalag und dem zwiefachen Donnergrollen lauschte, seinem eigenen und dem der Natur – bis ein Donnerschlag, laut und gellend wie Gewehrschüsse, über seinem Kopf krachte. Fast gleichzeitig zuckte ein ganzer Baum sich gabelnder und verästelnder Blitze auf vor den schwarzen Wolken hinter dem Big Allen, augenblicklich gefolgt von einem neuen Krachen. Es war dunkel geworden, während er dort gelegen hatte, dunkel wie die Abenddämmerung. Er blickte auf seine Uhr und merkte, daß er schon seit drei Stunden hier draußen im Moor war. Trotzdem war es erst halb drei nachmittags.

Er sträubte sich innerlich dagegen, nach Hause zu gehen, mehr als er es je zuvor getan hatte. Angenommen, sie wäre noch da, käme an und klammerte sich an ihn . . .! Ähnlich den Druiden aus grauer Vorzeit, oder wer immer sie nun gewesen waren, die die Foinmen hier aufgerichtet hatten, versank Stephen in ein gemurmeltes Stoßgebet an den Giganten – daß sie fort wäre, ein für allemal fort! Ein Schwall schwerer Tropfen klatschte gegen den großen Monolithen und rann daran hinab. Trotzdem wäre er geblieben, wenn nicht die Blitze gewesen wären. Vor fünf Jahren war hier auf dem Moor, draußen in der weiten Ebene des Bow Dale, ein Schäfer vom Blitz erschlagen worden.

In loderndem Zickzack sprangen jetzt die Blitze über das Vale of Allen. Stephen stetzte sich mit langsamen, schleppenden Schritten in Bewegung auf den sich abwärts windenden Trampelpfad zu. Er war halbwegs den Chesney Fell hinunter, da begann es ernsthaft zu regnen. Es war, als habe der Donner am Ende die Himmelsschleusen zerschossen und eine Sintflut freigesetzt. Er konnte nichts tun, als weiter abwärts zu steigen, schneller jetzt, und die Millionen heller Tropfenschnüre sein Hemd, seine Jeans durchweichen und an seiner

Haut herabrinnen zu lassen. Die Sturzflut spülte ihm das Haar nach vorn übers Gesicht. Mit triefenden Fingern strich er es zurück. Er sah einen Blitz in den aufragenden Felsblock direkt vor sich einschlagen, mit einem grellen Aufzucken, mit einem Krachen wie ein Kanonenschlag, und der Stein schien zu zittern unter dem Treffer. Das Gewitter war direkt über ihm, eine Schlacht, die am Himmel tobte.

Unten auf der Straße fühlte er sich sicherer. Er hütete sich, unter einem Baum Schutz zu suchen; überhaupt war es auch längst zu spät, irgendwo Schutz zu suchen. Kein Mensch war zu sehen, das Dorf lag wie ausgestorben. Der Regen stürzte als gleichmäßig prasselnde Kaskade herab, und die Tace-Way-Bewohner hatten in ihren Häusern das Licht angemacht, als ob es Abend wäre. Die Rinnsteine und Gullis quollen über von gurgelnden Flüssen. In seinem Hause brannte kein Licht, und so faßte er sich ein Herz und rannte das letzte Wegstück – vorüber an seinem Wagen, den Seitenweg entlang bis zur Hintertür.

Sie war nicht ganz geschlossen. Eine Ecke der Fußmatte hatte sich aufgebogen und klemmte zwischen Tür und Rahmen, so daß sie nicht ganz zufallen konnte. Sein Herz begann zu rasen, wild und unregelmäßig. Er schleuderte seine nassen Sandalen fort, schob die Tür auf und ging hinein. Barfüßig tappte er über den Küchenboden, und er öffnete die Tür zum Wohnzimmer.

Wie angewurzelt blieb er stehen. In der unechten Dämmerung sah er Lyn am Fenster stehen. Sie hatte ihm den Rücken zugewandt und blickte in die Dunkelheit und den Regen hinaus. Ihr langes blondes Haar, das ihr lose über die Schultern fiel und ihren halben Rücken bedeckte, glänzte in dem schwachen Halblicht noch stärker als bei voller Beleuchtung; es schimmerte wie gesponnenes Metall. Sie hatte ihn nicht kommen hören. Sein Körper erstarrte in Hochspannung wie der eines Sprinters an der Startlinie. Er sah das Fenster, und er sah die weibliche Gestalt davor, das lange Frauenhaar . . . Und dann verschwamm die Gestalt vor seinen Augen, ihre Umrisse verwischten sich, als sei es ein Trugbild. Es schüttelte ihn. Spuk und Wahn trübten seine Sinne, vermengten Vergangenes und jüngst Vergangenes mit der Gegenwart. Barfüßig setzte er in gewaltigen Sprüngen durch den Raum, er packte Lyn an der Kehle, am Genick, bis seine Fingernägel vorn gegeneinanderstießen, und dann gruben sich die Finger in ihr Fleisch.

Sie setzte zu einem erstickten Schrei an, aber seine Finger blieben starr . . . Da kippte sie vornüber, fiel in sich zusammen, zu einem schauerlichen Hofknicks zuerst, dann auf die Knie und dann flach auf den Boden, das Gesicht nach unten. Er wurde mit ihr gerissen, die Hände wie festgekettet um den dünnen Mast ihres Halses, bis er auf ihrem Körper lag, wie er es nie im Leben getan hatte. Er blieb auf ihr liegen und ließ nicht locker. So eisern war der Griff seiner Hände, so endlos die Umklammerung, daß er meinte, der Kopf müsse sich mit ihnen lösen, als er endlich von ihr abließ. Und als er schließlich nachgab, da waren seine Finger geschwollen und die Handflächen von Schwielen gezeichnet, wie es Hände sind, die schwere Lasten getragen haben.

13

Das Gewitter war vorüber, und der Regen rauschte leise herab. Der Kater weckte Stephen. Er wachte davon auf, daß Peach sich an seiner ausgestreckten Hand rieb. Sein Schlaf hatte, wie er an seiner Uhr sah, anderthalb Stunden gedauert, und er hatte ihn wieder zu einem bewußt denkenden Lebewesen gemacht, ohne ihn darüber hinwegzutäuschen, *was* er getan hatte. Vorsichtig, ohne hinzublikken, streckte er einen Finger aus und berührte einen von Lyns Fingern. Er war kalt.

Peach saß auf dem Teppich zwischen dem Lebenden und der Toten und wusch sich das Gesicht mit den Pfoten. Stephen stand auf und ging in die Küche. Die Hintertür hatte die ganze Zeit über offengestanden und war inzwischen sogar noch weiter aufgeweht worden. Jeder hätte einfach hereinkommen können. Daran wurde ihm schlagartig klar, was jetzt auf ihn zukam. Er füllte ein Glas mit Wasser und trank es. Als erstes verschloß er die Hintertür. Dann ging er nach oben, zog die kalten, feuchten und zerdrückten Sachen aus, zog saubere Jeans und ein frisches Hemd an und ging in sein Arbeitszimmer, um einen der Billigangebot-Säcke zu holen, die er beim Kauf des Seils und der Handlampe mitgenommen hatte. Der Leim an Taces Büste hatte nicht gehalten, der Kopf stand dort auf dem Schreibtisch und blickte sinnend ins Moor hinaus mit einem Loch im Schädel wie eine Schrapnellwunde.

Er nahm den Jutesack mit nach unten. Vom obersten Bord des Bücherregals her beobachtete Peach ihn mit sanften, glimmenden, goldenen Augen und leise pendelndem Schwanz. Stephen konnte das nicht ertragen, er sperrte die Katze in die Küche ein. Und dann schob er abgewandten Blickes – denn diesmal faszinierte ihn der Anblick des Todes durchaus nicht, wie damals bei Marianne Price – die Leiche in den Jutesack hinein und verschnürte ihn mit der Hanfschnur, die oben daran befestigt war.

Es war jetzt fünf Uhr, aber längst nicht mehr so dunkel wie vorhin. In keinem der Häuser auf der gegenüberliegenden Seite brannte mehr Licht, als er hinausschaute. Kevins Wagen kam spritzend den Tace Way hinuntergefahren und bog drüben in die Auffahrt ein. Kevin stieg an der Fahrerseite aus, Mrs. Newman an der anderen, und mit über den Kopf gezogenen Mänteln hasteten sie zu ihren Haustüren. Sie hatten also Joanne und das Baby noch nicht mit nach Hause gebracht, konstatierte Stephen bei sich. Sonst wäre es auch sehr schwierig, ja fast unmöglich für ihn geworden, Lyns Abwesenheit plausibel zu machen.

Er hob den Sack auf, legte ihn zwischen Sofa und Wand und schob das Sofa wieder zurück, so daß er vollständig dahinter verborgen war. Dort konnte er eine Weile liegenbleiben, während er überlegte, was er tun sollte. Bei dem ganzen Überfall, dem Mord, war in dem Zimmer nichts zu Bruch gegangen außer Lyn selbst. Es gab keinerlei Spuren, bis auf einen umgekippten Hocker und ein verrutschtes Kissen. Er hob den Hocker auf, legte das Kissen zurück und murmelte wieder das Wort »Mord« vor sich hin. Er konnte es kaum glauben, aber er hatte einen richtigen Mord begangen. Er hatte getan, was Rip getan hatte, und jetzt waren sie gleich! Um sich noch einmal zu vergewissern, langte er hinter das Sofa und betastete durch den Sack hindurch die Umrisse und die Festigkeit des toten Körpers. Es war wahr, er mußte es glauben, er hatte einen *Mord* begangen!

Und wenn er nun schon getan hatte, was Rip tat, warum sollte er nicht mit seinem Opfer genauso verfahren, wie Rip es mit seinen tat, nämlich die Leiche an einer ausgesuchten Stelle des Moors deponieren? Warum sollte nicht dies hier das dritte Opfer in der konsequent sich fortsetzenden Serie ermordeter Mädchen sein – langhaarig, blond und jung?

Auch wenn es diesmal seine eigene Frau war, so bestand doch keinerlei Gefahr, daß die Polizei ihn verdächtigen würde. Diesmal würde es kein Verhör in dem stickigen kleinen Kabuff geben. Hatte nicht Manciple ihm selbst gesagt, es bestünde kein Verdacht mehr gegen ihn, weil seine Blutgruppe nicht mit der des Mörders von

Marianne Price und Ann Morgan übereinstimmte?

Stephen ließ sich auf den grünen Samtpolstern nieder, unter denen Lyns Leiche lag, und begann nachzudenken, was er tun sollte. Sein Wagen stand in der Auffahrt, mit der Motorhaube zur Straße. Wahrscheinlich war es sicherer, bis zur Dunkelheit zu warten, ehe er den Sack im Kofferraum verstaute. Marianne Price hatte zwischen den Foinmen gelegen, Ann Morgan in dem alten Pulvermagazin der Duke of Kelsey Mine. Vielleicht sollte es diesmal das George Crane Coe sein oder Knamber Hole? Den Versuch zu machen, eine Leiche über das weit und überschaubare Goughdale zu tragen, das konnte riskant sein und an einem dunklen, feuchten, mondlosen Abend wiederum einfach unmöglich.

Ein plötzliches Klopfen an der Hintertür ließ ihn zusammenfahren. Hastig blickte er sich im Zimmer um, ob alles in Ordnung war. Die Katze schlüpfte an ihm vorbei, als er in die Küche ging. Durch die Riffelglasscheibe konnte er die Umrisse von Mrs. Newman erkennen. Angenommen, er hätte diese verdammte Tür nicht abgeschlossen, und die Leiche läge immer noch dort, wo er sie hatte liegen lassen, während er schlief!

Seine Schwiegermutter kam herein, knüpfte ihren Plastikregenhut auf und stellte ihren Regenschirm in den Ausguß.

»Ich weiß doch wahrhaftig nicht, wann ich je solchen Regen erlebt habe! Und all die Blitze! Meine Tante, na, *die* hatte sich vielleicht bei Gewitter! Sämtliche Spiegel hängte sie immer zu. Und im Kriege, da hatten sie einen von diesen Morrison-Bunkern im Garten – Morrison oder Anderson oder wie man die nun nannte –, und nachdem der Krieg vorbei war, da sagt doch meine Tante zu meinem Onkel, sie wollten das Ding behalten, damit sie bei Gewitter hineinkriechen könnte. Wo ist Lyn?«

»Ach, die ist rübergefahren nach Hilderbridge, Besorgungen machen, bevor es losging, und ich nehme an, dann war es ihr einfach zu naß für den Rückweg, und sie wartet ab.«

»Warum hat sie denn nicht den Wagen genommen?« wunderte sich Mrs. Newman, aber sie verfolgte das Thema nicht weiter. »Ich bin bloß auf einen Sprung rübergekommen, um zu sagen, daß wir morgen nicht kommen, Stephen. Joanne wird morgen früh mit Chantal nach Hause geholt. Aber Kevin sagt, du und Lyn, ihr sollt am Abend rüberkommen, und ich soll ausrichten, sie freuen sich, euch zu sehen. Du hast wohl mein kleines Enkelkind noch gar nicht gesehen, was?«

Stephen sagte schnell, ohne daß dahinter ein genauer Plan steckte: »Großer Gott, das tut mir aber leid – wir gehen morgen abend aus.«

Kein Wunder, daß Mrs. Newman erstaunt dreinblickte. Wann waren sie je an einem Sonntagabend zusammen ausgegangen, genauer gesagt, wann überhaupt jemals? Rasch fügte er hinzu: »Um ganz ehrlich zu sein, mein Onkel Stanley hat uns gestern nach der Bestattung eingeladen, und unter diesen Umständen konnte ich schließlich nicht nein sagen.« Es paßte ihm gar nicht, die Art, wie sie immer noch zweifelnd dreinblickte, aber daran ließ sich nun nichts ändern. Da kam ihm ein neuer, sehr brauchbarer Einfall. Ungeduldig wartete er ab, wie sie nun sagte, dann müsse man sich eben auf einen anderen Zeitpunkt vertrösten, und begann, buchstäblich an den Fingern alle in Frage kommenden Termine der bevorstehenden Woche aufzuzählen.

»Ich denke, ich nehme mal den Wagen«, sagte er, als sie eine Pause machte, um zu atmen. »Ich fahre in die Stadt runter und sehe zu, ob ich Lyn irgendwo aufgabeln kann. Wenn ich mich nicht sehr täusche, dann sitzt sie im Wartehäuschen an der Haltestelle North River Street und wartet auf den Sechs-Uhr-fünfzehn-Bus.« Es war einfach wundervoll, wie ihm die Inspirationen immer dann kamen, wenn er sie am dringendsten brauchte! »Ja, das mache ich«, wiederholte er, »und dabei kann ich auch gleich eine Skulptur, die zerbrochen ist, zu meinem Vater bringen.« Mrs. Newman war nicht im mindesten überrascht, daß jemand all seine nichtigen kleinen Vorhaben aufzählte, denn das war ja auch ihre Art zu reden ... »Wenn irgend jemand die reparieren kann, dann ist es mein Vater«, meinte Stephen.

Es regnete immer noch, wenn auch nicht mehr in Strömen. Als Mrs. Newman gegangen war, schloß er die Hintertür ab, schob das Sofa nach vorn und zog den Sack dahinter hervor. Er fand es nicht schwer, ihn zu tragen, Lyn wog weit weniger als hundert Pfund.

Im Wohnzimmer der Newmans ging das Licht an. Wahrscheinlich beobachteten sie ihn jetzt, wie er in den Wagen stieg. Er trug den Sack nach draußen, hielt ihn aufrecht, den Kopf nach oben. Er hatte einmal vor dem Rathaus von Byss gesehen, wie eine Statue, in genausolchen Sack gehüllt, in einen wartenden Transporter verfrachtet worden war. Er öffnete die Heckklappe und legte den Sack vorsichtig auf den Boden des Kofferraums. Nachdem er die Klappe abgeschlossen hatte, ging er noch einmal ins Haus und holte die Küchenschere und seine kleine Taschenlampe.

Der Regen und die schweren Wolken sorgten zwar für ein permanentes Zwielicht, aber es würde doch noch eine ganze Zeit dauern, bevor es dunkel genug wäre, eine Leiche ins Moor hinauszuschleppen, ohne gesehen zu werden. Als er davonfuhr, wurde Stephen klar, daß er mindestens vier Stunden würde wegbleiben müssen, und zwar im Wagen. Er wandte sich nach Norden, ließ Chesney hinter sich und fuhr in Richtung Jackley. Der Wagen war eine verdammte Belastung, ohne ihn wäre er besser dran gewesen! Aber wie hätte er andererseits ohne ihn die Leiche aus dem Hause bekommen sollen?

Es war jetzt kurz nach sechs und an die neun Stunden her, seit er zuletzt etwas gegessen hatte. Er hatte bisher auch gar keinen Hunger gespürt, jetzt aber war er plötzlich hungrig. Bloß, er konnte unmöglich einen Teil seiner Wartezeit damit zubringen, sich irgendwo eine Mahlzeit geben zu lassen, es war doch undenkbar, daß er den Wagen verließ! Er hielt an der letzten Tankstelle auf der Straße außerhalb Jackleys und tankte für fünf Pfund Benzin. Dann kehrte er um, fuhr in Richtung Pertsey und parkte den Wagen im Schatten des Tower Foin.

Die Zeit verging entsetzlich langsam. Er hatte sich nicht mal etwas zum Lesen mitgenommen. Der Regen schloß ihn ein in eine Kuppel aus Riffelglas. Hin und wieder kamen andere Wagen die Straße entlang, pflügten durch die Regentümpel, und ihre Scheinwerfer glommen verwaschen wie träge Reptilaugen. Um sieben Uhr fuhr er wieder los; nicht, weil er eine Idee hatte, wohin er fahren sollte, sondern weil das Wasser an seinen Reifen immer höher stieg. Mit seiner ganz speziellen Ladung schien es ihm doch sicherer, unterwegs zu sein. Auf dem erst kürzlich frisch betonierten Gemeindeparkplatz stand kein Wasser, also saß er dort für eine weitere halbe Stunde. Ganz allmählich ließ der Regen nach und wurde zu einem tröpfelnden Nebel, der in grauen Schwaden über dem Moor hing. Stephen fuhr die Hilderbridge Road hinunter und konzentrierte sich auf die Frage, wo er die Leiche hinbringen würde, sobald es dunkel wäre.

Das Problem bestand darin, zu verhindern, daß der Wagen gesehen wurde, während er die Leiche in der Art deponierte, wie Rip es getan hätte, und an einem Ort, wie Rip ihn wählen würde. Wenn er den Wagen in dem Reitweg im Vale of Allen abstellte, dann würde jeder, der auf dieser Hauptverkehrsstraße entlangfuhr, ihn dort stehen sehen. Außerdem war dieser Weg wahrscheinlich mittlerweile ein Morast geworden. Er konnte den Wagen auch in einem der Seitenwege in der Gegend von Loomlade verstecken, aber wie sollte er die Leiche von dort fortschaffen ohne das Risiko, gesehen zu werden? Es blieb also wohl nichts anderes übrig, als es mit den Banks of Knamber und seiner schützenden Zwergbirkenvegetation zu versuchen. Also bog er an der Kreuzung nach links in die Thirlton Road ein, aber ohne auch nur den Wagen zu verlassen, sah er bereits, daß dieser Plan sinnlos war. Die Banks selber, Tausende kleiner runder Buckel, von denen es hieß, es seien einstmals Grabhügel gewesen, waren zwar ziemlich trocken, aber in den Mulden dazwischen stand das Wasser – Tausende kleiner Hügel mit Tausenden kleiner Seen drum herum.

Wo er also auch den Wagen heute abend abstellte, es mußte immer eine befestigte Straße sein. Er fuhr durch Thirlton und nahm die Landstraße, die durchs Bow Dale und an den Wiesenhängen des Knamber Foin entlanglief. Diese Straße war zwar nicht sehr befahren, wurde aber doch hin und wieder benutzt, und es war mehr als heikel, zu hoffen, daß ausgerechnet an diesem Abend kein anderes Fahrzeug vorbeikommen würde. Aber Stephen war inzwischen ein Versteck für den Wagen eingefallen, das in Frage kam, ein Versteck, sicherer als jeder Seitenweg und alles Unterholz.

Außer den Bergwerksanlagen im Goughdale hatte sich die einzige weitere Bleimine des Vangmoors, die Stoney Bow Mine, hier im Bow Dale, ostwärts des Foins, befunden. Über der Erde gab es nichts mehr, was darauf hindeutete, lediglich der Eingang zu der schrägen Förderrampe, die einst zum Einsatz von Pferden gedient hatte und unter den Einheimischen als »die alte Ponyrampe« bekannt war. Über ihren oberen Teil führte die Straße hinweg, und der aus drei Grantiblöcken gebildete Giebel des Stolleneingangs – auf denen die Jahreszahl 1819 eingemeißelt war – bildete zugleich ein Teilstück des niedrigen Steinwalles, der an der Straße entlanglief.

Stephen stieg aus dem Wagen, den er auf der »Brücke« über dem Einstieg zur Förderrampe geparkt hatte und kletterte die flache Böschung hinunter. Dieser Platz lag so hoch, daß das meiste Wasser abgeflossen war, nicht in den Stollen hinein – der war knappe vier Meter innerhalb des Tunnels durch eine Betonmauer verschlossen worden –, sondern durch einen Drainageschacht, der ins Tal hinunter verlief. Der Boden war zwar feucht, aber doch nicht völlig aufgeweicht. Dennoch sah er sofort, daß er den Wagen hier nicht herunterbringen konnte, ohne höchst verräterische Reifenspuren im weichen Boden zu hinterlassen.

Bisher waren keine anderen Wagen vorbeigekommen. Die ganze Zeit, während er dort unten war, hatte er die Straße im Auge behalten. Jetzt stieg er wieder hinaus und überblickte in ganzer Länge die leere Straße, die sich zu beiden Seiten der »Brücke« dahinwand, die schmale, weiße Straße, voller Windungen wie ein achtlos hingeworfener Bindfaden. Es war kein einziger Wagen in Sicht, keine Menschenseele. Zwar war es noch lange hin bis zum Dunkelwerden, aber was änderte eigentlich die Dunkelheit, wenn sowieso niemand da war, der ihn sah? Er konnte den Wagen nicht in der alten Ponyrampe verstecken – aber was hinderte ihn eigentlich daran, die Leiche dort hinzulegen?

Nichts, als das Risiko, daß ein Wagen vorbeikäme, dessen Fahrer seinen Wagen stehen sah und sich später daran erinnerte. Der Schachteingang unter der Straße war haargenau ein Platz, wie ihn auch Rip ausgesucht hätte, wenn nicht Stephen, sondern er diesen dritten Mord begangen hätte. Die Foinmen – das Pulvermagazin –, die alte Ponyrampe, das war doch eine logische, ausgewogene Sequenz! Aber wenn nun ein Auto vorbeikäme? Er konnte es im Handumdrehen schaffen. Von hier aus, wo er stand, konnte er weit sehen, er konnte einen Wagen schon erkennen, wenn er noch fünf Minuten entfernt war. In beiden Richtungen war jedoch nicht das geringste zu sehen, nur die schwer hängenden Wolken in der tiefer werdenden Dämmerung, aus der der weiße Faden der Straße – links stärker geschnörkelt als rechts –, viel deutlicher hervorleuchtete als bei Sonnenschein. Fünf Minuten vorher also konnte er jeweils sehen, ob ein Auto kam, dabei konnte er die Sache selbst in viel kürzerer Zeit erledigen.

Dennoch war er nervös, als er die Heckklappe aufmachte und den Sack heraushievte. Die Straße war noch immer leer. Er trat möglichst auf Gras, auf die herabgebogenen Büschel langer Gräser, um Fußspuren zu vermeiden. Mit langen Schritten hastete er die Böschung hinunter und hielt krampfhaft den Sack mit der Leiche fest, den er über die Schulter geschlagen hatte. Und als er noch zwei Schritte von dem steinernen Portal entfernt war, da warf er ihn mit aller Kraft in die Tunnelöffnung hinein. Es war jetzt keine Zeit, die Leiche aus dem Sack zu holen und jene andere Aufgabe zu erfüllen, die noch erfüllt werden mußte. Er kletterte den Abhang wieder hinauf, darauf gefaßt, *den* Wagen zu erblicken, den er übersehen hatte, den Wagen, der sich womöglich hinter einer Biegung der weißen Straße verborgen gehalten hatte, der Wagen, der nur *eine* Minute und nicht fünf entfernt gewesen war und der jetzt vor ihm über die »Brücke« sauste.

Aber nichts dergleichen geschah. Die Straße lag noch genauso verlassen da, und ihr leuchtendes Weiß verblich, je tiefer die Dämmerung wurde. Erst zehn Minuten später, als er nach Thirlton hineinfuhr, begegnete er dem ersten Wagen, und der Fahrer, der sich angelegentlich mit der Person auf dem Nebensitz unterhielt, hatte ihn nicht weiter beachtet, da war er ganz sicher. Im Gemeindesaal von Thirlton schien irgendeine Versammlung oder ein gesellschaftliches Ereignis stattzufinden. Der Parkplatz jedenfalls war gestopft voll mit Autos, ebenso die Straßenränder davor. Stephen stellte seinen Wagen dazwischen ab und machte sich auf, die fünf oder sechs Kilometer bis zur alten Ponyrampe zu Fuß zurückzugehen, wobei er die Straße mied und sich an die Feldwege hielt.

Diese Region des Vangmoors war ihm am wenigsten vertraut. Aber er wählte sich die niedrige, langgestreckte, von Felsbrocken übersäte Kuppe des Knamber Foin als Orientierungsmarke. Es schien zwar kein Mond, aber wie verhangen der Himmel auch war und wie dunkel es auch wurde, die unregelmäßige, geduckte Gestalt des Foins wurde nie ganz unsichtbar, blieb immer als eine noch tiefere Schwärze gegen die Dunkelheit erkennbar. So tief wie die Dunkelheit war auch die Stille ringsum. Auf der ganzen Strecke sah er nur zwei Autos; er erkannte sie an den Lichtbögen, die sie in die blauschwarze Luft sandten.

Als er, von unten her aus dem Bow Dale kommend, den Eingang der Ponyrampe erreichte, machte er seine Taschenlampe an. Sie gab ein dünnes, spärliches Licht. Er war inzwischen an die große gewöhnt und hatte ganz vergessen, wie unzureichend diese kleine war. Aber genaugenommen brauchte er ja auch nicht viel Licht. Die Schere steckte in seiner Tasche.

Er kniete sich auf die flachen Schieferplatten, aus denen der Boden des Tunnels bestand, knüpfte den Sack auf und zog ihn an der Leiche herunter. Ihr Gesicht lag nach unten, und das Haar, das darüberfiel und es verhüllte, wirkte in dem schwachen kleinen Lampenstrahl fast farblos in seinem düsteren Glanz.

Ein Auto fuhr oben über die »Brücke«. Stephen erstarrte. Er machte die Lampe aus und kniete regungslos in der pechschwarzen Dunkelheit. Aber der Wagen machte keine Anstalten, zu halten oder auch nur die Geschwindigkeit zu verringern, und als er sich die

Gegebenheiten dieses Ortes klarmachte, daß nämlich die Straße direkt hier über ihm verlief, so wie gelegentlich Straßen über einem Eisenbahntunnel verlaufen, da wußte er, daß man unmöglich ihn und seinen spärlichen kleinen Lampenschein hatte sehen können. Immerhin, die Sache nervte einen ganz schön.

Nach einer Weile knipste er die Lampe wieder an, zog die Schere aus seiner Tasche und schnitt das gesamte Haar dicht über der Kopfhaut ab. Wieder fuhr über ihm ein Wagen die Straße entlang, und er spürte, wie die Tunneldecke vibrierte. Er drehte das zusammengefaßte Haarbüschel zu einem dicken Strang zusammen, legte ihn behutsam in den Sack und rollte ihn zu einem Bündel zusammen.

14

Der Morgen war grau und verhangen, und die Luft stand still. Bevor er das Haus verließ, rief Stephen Vati an, weil er ihm sagen wollte, er solle nicht zum Essen kommen, es ginge Lyn nicht gut. Aber Vati hatte die Phase seiner Depressionen erreicht, in der so etwas wie tiefdunkle Nacht über seiner Seele lag. Er nahm zwar den Hörer auf, aber er sprach nicht. Nur daran, daß das Klingeln aufhörte, merkte Stephen, daß jemand abgenommen hatte. Er hörte Atmen, dann das Stocken der Atemzüge.

»Vati? Hier Stephen.«

Als die Stimme endlich kam, klang sie unendlich fern und schwach. »Du brauchst nicht auf mich zu warten. Ich komme nicht.«

»In Ordnung. Gut, du mußt es am besten wissen, Vati.«

»Allerdings. Ich weiß, für mich wär' es am besten, ich wäre tot.«

Peach saß auf dem Küchentresen und starrte unverwandt auf den Kühlschrank. Da fiel Stephen ein, daß er ihn am Abend zuvor nicht gefüttert hatte. Er öffnete eine Dose Katzenfutter, und Peach fiel förmlich darüber her, auch wenn er eine gewisse stolze Gelassenheit niemals ganz aufgab. Die Katze mußte weg, überlegte Stephen. Das Beste war wohl, sie einschläfern zu lassen, statt sie nochmals in andere Hände gelangen zu lassen. Er würde sich morgen darum kümmern.

Er nahm das Haar aus dem Sack und steckte es in die Tasche seiner Reißverschlußjacke. Aber dann fiel ihm ein, daß es schlecht für ihn aussehen würde, wenn durch irgendein Pech sein Haus und seine Kleider durchsucht würden, und man fände einen strohblonden

Haarschopf in seiner Jackentasche. Also wickelte er den Strang in ein Stück durchsichtigen Plastikfilm und verstaute ihn zusammen mit dem Jutesack, dem Seil und der Handlampe in seinem Rucksack. Drüben holte Kevin eben seinen Wagen heraus, um zur St.-Ebba-Klinik hinunterzufahren und Joanne und das Baby nach Hause zu holen. Stephen wartete, bis er fort war, dann verließ er ebenfalls den Tace Way.

Das Moor lag, als sei sein Durst gestillt worden, still und schläfrig unter den niedrigen, bewegungslosen Wolkenmassen. Die Straßen waren wieder getrocknet, und auch der Boden des Moors sah trocken aus, außer daß manchmal bei seinen Schritten eine kleine Wasserlache um seine Schuhe aufquoll. Er begegnete einem Angler, der mit seinen Gerätschaften und einem Regenschirm von der Hilder zurückkam. Zwei Jungen gingen mit einem Schäferhund den Reeves Way englang. Langsam trauten sich die Menschen wieder aufs Vangmoor hinaus, aber heute oder morgen, wenn Lyns Leiche gefunden würde, wäre es wieder wie leergefegt, und diesmal sicherlich gründlich; und nach einer letzten Suchaktion würde es dann ausschließlich ihm und Rip überlassen bleiben.

Der Big Allen war von einer weißlichen Wolke verschleiert, die wie ein ausgefranstes Netz auch über einem Teil des Weges hing, der über die Hänge abwärts führte. Es herrschte eine derartige Stille über dem Tal, daß Stephen das Gefühl hatte, als warte die ganze bleiche Landschaft mit ihren verfallenen Steinhütten, dem gepflasterten Steinrund und der zum Skelett gewordenen Förderwinde mit angehaltenem Atem darauf, daß etwas passierte – ein Drama, eine Tragödie, irgend etwas Gewaltsames. Ein einziger Windstoß hätte dieses Gefühl vielleicht augenblicklich fortgeblasen, aber es gab keinen Wind, die Luft stand still unter der Last ihrer aufgestauten Feuchtigkeit.

Er fand zwar inzwischen, er hätte auch ohne Seil in das Apsley Sough einsteigen können, aber um der Sicherheit willen benutzte er es doch. Es war kalt in dem Schacht, und die Wände fühlten sich klamm an. Als er unten angekommen war, ging er diesmal nicht direkt in Rips Geheimkammer, sondern den Stollen entlang, der unter die George-Crane-Hütte führen mußte. Es kam ihm vor, als sei durch den Regen von gestern der Boden unter seinen Füßen nasser als sonst; dadurch verstärkte sich noch das Gefühl, das er auch früher schon gehabt hatte, nämlich, am Meeresufer entlangzugehen. Der Schieferboden stand heute mindestens zwei Zentimeter unter

Wasser, und als er sich der Höhle näherte, wo der unterirdische See war, da rann unaufhörlich Wasser an den Wänden des Stollens herab.

Er ging nicht noch einmal bis zum See, er trat in die Kammer, deren Ausgang durch den Erdrutsch blockiert war, und dort vergrub er unter einem Haufen herabgefallenen Gesteins den Sack. Dabei merkte er, daß er ziemlich kurz und schnell atmete, und als er versuchte, eine der Kerzen anzuzünden, da zuckte die winzige Flamme nur schwach auf und ging sofort wieder aus. Irgend etwas in der Atmosphäre, ausgelöst ohne Zweifel durch den Regen, verringerte den Sauerstoff in der Mine.

Schnell ging er zurück, und hier an seinem Ausgangspunkt war die Luft in Ordnung, diesmal brannte die Kerzenflamme ruhig und stetig. An der Gabelung schlug er den Tunnel zur Rechten ein, und hier war das einzige Anzeichen dafür, daß die Atmosphäre und das Wetter über Tage sich verändert hatten, eine Verstärkung jenes metallischen Geruches, möglicherweise eines Geruches von Bleirückständen. Stephen blieb am Eingang zu Rips Kammer stehen und vollführte mit der Kerze einen langsamen Schwenk rundum, um sie zu inspizieren.

Was er sah, ließ ihn hastig die Flamme ausblasen und die Taschenlampe einschalten. In den Flaschen waren neue Kerzen, und eine dritte steckte in einem Kerzenhalter aus Messing. Eine ungeöffnete Flasche Apfelwein stand auch da, ebenso ein Krug, und zwischen beidem lag eine Schachtel Streichhölzer mit einem abgebrannten Hölzchen obendrauf. Aber was Stephen am meisten aufregte, was ihm fast einen Schreckenslaut entlockt hätte, war, daß der Schlafsack mit halbgeöffnetem Reißverschluß auf der Matratze lag. Und in dem Kissen, das in einem zerschlissenen weißen Baumwollbezug steckte, war noch der Abdruck zu sehen, wo ein Kopf gelegen hatte. Rip hatte die letzte Nacht hier verbracht!

Stephen ging weiter in die Kammer hinein. Die Zwiebäcke und das Corned beef waren aufgegessen und alles Bier ausgetrunken worden. Noch nie hatte Stephen die kürzliche Anwesenheit des Unbekannten in der Kammer so greifbar gespürt. Es war, als habe Rip sie erst wenige Minuten, bevor er selbst gekommen war, verlassen, vielleicht sogar erst, während er schon am anderen Ende des Stollens gewesen war und den Sack vergraben hatte, oder als seien sie womöglich aneinander vorbeigegangen, geisterhaft, taub und ahnungslos, der eine durch den Stollen zum Ausgang, der andere durch den Gang zu der eben erst verlassenen Kammer! Stephen zitterte vor Aufregung. Er mußte sich auf den Boden, auf den Teppich aus Säcken setzen und tief durchatmen, um sich zu beruhigen.

Ein wenig später zog er die Deckelklappen des Geheimkartons auseinander. Eigentlich hätte er noch irgendein kleines Besitztum von Lyn mitbringen sollen, fiel ihm ein – eine Haarspange oder eine Brosche oder vielleicht sogar diesen Rauchtopasring, den Vati ihr geschenkt hatte –, um es zu den Erinnerungsstücken von Marianne Price und Ann Morgan zu legen. Aber an das Wichtigste hatte er ja immerhin gedacht. Sorgfältig wickelte er den langen, glatten Haarstrang aus. Seine Farbschattierung lag irgendwo zwischen den Tönen der beiden anderen, es war dunkler als das unglaublich helle Weißblond, das Stephen in Gedanken am liebsten Marinanne Price zuschrieb, und heller als Ann Morgans tiefes Korngold. Er legte den neuen Haarschweif neben die beiden anderen und versuchte, sich Rips Gefühle vorzustellen, wenn er demnächst den Karton öffnen und es selbst sehen würde. Erstaunen, Ungläubigkeit, Belustigung – vielleicht mußte er sogar lachen? Stephen glaubte eigentlich nicht, daß er Angst haben würde.

Er faltete die Verschlußklappen des Kartons wieder zusammen und überlegte, ob er noch etwas tun sollte, um Rip zu demonstrieren, daß er hier gewesen wäre. Aber was sonst war denn noch notwendig? Welche Veränderung konnte er noch vornehmen, welche Botschaft hinterlassen, ohne die Einmaligkeit dessen, was er bereits getan hatte, herabzumindern?

Er machte sich auf den Rückweg durch den Sargprofilstollen, durch den Tunnel links von der Gabelung bis zur Ausgangskammer, immer halbwegs darauf gefaßt, dem zurückkehrenden Rip zu begegnen. Als er wieder hinauftauchte in die stickige, weißliche Luft, mußte er an das erste Mal vor all den Jahren denken, an das sommersprossige Gesicht des fremden Jungen, das damals auf ihn heruntergeblickt hatte, und plötzlich beschlich ihn das unerklärliche Gefühl, verraten und im Stich gelassen worden zu sein. Enttäuschung, Ernüchterung und wachsende Furcht ließen ihn nicht los, sondern wurden immer intensiver, während er über den feuchten, schwammigen Torfboden heimwärts trottete. Es war, als hätte er all seine Kräfte aufgebraucht bei dem Unternehmen, Lyns Leiche wegzuschaffen und ihr Haar in Rips Geheimkammer zu deponieren, und als sei jetzt die Stunde der Abrechnung gekommen: Jetzt war der Zeitpunkt gekommen, zu *denken* anstatt zu *handeln*, und er begann einzusehen, daß er nicht richtig gedacht hatte.

Für Rip hatte die Notwendigkeit zum Nachdenken nie bestanden. Er brauchte nur zu töten, den Frauen das Haar abzuschneiden, es in der Mine zu verstecken und dann abzuwarten, bis es sicher genug war, weiterzumachen, einerlei, was für ein tägliches Leben er nebenher führte. Stephen aber hatte seine eigene Frau ermordet. Es war seine *eigene* Frau, die verschwunden war, und wie Jan Stringer oder Roger Morgan hätte er der erste sein müssen, der nach ihr suchte.

Er versuchte sich vorzustellen, er sei nicht ihr Mörder, sondern lediglich der Ehemann einer im Vangmoor vermißten Frau. Inzwischen wäre sie nun schon fast an die vierundzwanzig Stunden vermißt. Er hatte ihrer Mutter gestern abend erklärt, er würde sie in Hilderbridge abholen. Wenn sie nun aber dort nicht gewesen wäre, wenn es ihm nicht gelungen wäre, sie dort zu finden, hätte er es nicht logischerweise irgend jemandem erzählen müssen? Und wenn schon zu diesem Zeitpunkt nicht der Polizei, so hätte er es doch wohl ihren Eltern mitgeteilt?

Nichts von alledem war Stephen bisher in den Sinn gekommen. Ihm wurde richtig übel, und seine Haut prickelte. Es war nach ein Uhr, als er in Chesney anlangte. Ganz gewiß würde doch einem Mann, der in einem Dorf im Vangmoor lebte, wo in den letzten drei Monaten zwei Frauen mit langem blonden Haar ermordet worden waren, der Verdacht kommen, daß seiner Frau – ebenfalls ein Mädchen mit langem blonden Haar – dasselbe zugestoßen sein konnte, wenn sie die ganze Nacht nicht nach Hause kam? Das Normalste wäre es also gewesen, sich gleich gestern abend mit ihren Eltern zu beraten, noch gestern abend die Polizei zu verständigen, noch gestern abend eine Suchaktion in Gang zu setzen. Er war gestern abend einfach zu beschäftigt gewesen, um an all so etwas zu denken. Wenn er *jetzt* zur Polizei ginge, dann würden sie ihn doch als allererstes fragen, ob er denn nicht besorgt gewesen wäre, weil sie nicht nach Hause gekommen sei? Warum er ihr Verschwinden nicht gleich gestern abend schon gemeldet hätte? Warum jemand, der die Gefahr so gut kannte wie er, der sogar die Leiche des ersten Opfers gefunden hatte und bereits selbst von der Polizei so hochnotpeinlich verhört worden war, denn nichts unternommen habe bis zum Mittag des nächsten Tages?

Als er in den Tace Way einbog, sah er eine Menge Leute in

Simpsons Vorgarten stehen. Es war zu spät, umzukehren und irgendwo abzuwarten, bis sie hineingegangen wären. Mrs. Newman winkte ihm zu. Also ging er weiter, und in seinem Kopf pochte die Frage: Was sollte er sagen, wenn sie ihn fragten, wo Lyn sei? Was, um Himmels willen, sollte er sagen?

»Na, da bist du ja, Stephen. Wo treibt sich denn Lyn herum?«

»Ist sie nicht drinnen?« sagte er und stotterte ein bißchen.

»Sie ist schon den ganzen Morgen nicht zu Hause. Ich hab' zu Joanne gesagt, jetzt rufst du sie mal an und bringst sie dazu, rüberzukommen und Chantal anzugucken, und Joanne hat es auch getan, aber sie kriegte keine Antwort, rein gar nichts – war's nicht so, Joanne? Also ging ich rüber, weil ich dachte, das Telefon wär vielleicht blockiert oder wie man das nun nennt, aber nichts war – alles abgeschlossen, und keine Spur von ihr!«

Seine Schwägerin saß in einem Korbstuhl, den man offensichtlich eigens für diesen Zweck in den Garten herausgetragen hatte, und hielt in den Armen ein winziges Kind, auf dessen rotem Gesicht nasse Flecken von Spucke oder von Tränen oder von beidem glänzten. Es hatte spärlichen rötlichen Haarflaum, und aus schrumplig verquollenen Lidern blickten große dunkelblaue Augen. Kevin unterhielt sich mit einem Ehepaar aus der Nachbarschaft und sein Bruder mit einem Ehepaar vom unteren Ende des Tace Way, aber Stephen hatte den Eindruck, als Joanne jetzt sprach, da waren alle still und drehten sich nach ihm um.

»Das hab' ich ja noch nie erlebt, daß Lyn am Sonntagmorgen weggeht. Was ist denn in die gefahren? Ich meine, das muß ja mal gesagt werden. Ich komme mit meinem Baby nach Hause, und sie ist nicht mal da! Und dann sagt Mama auch noch, ihr geht heute abend aus?«

Stephen antwortete nicht. Joanne blickte ihn an, und ihre Lippen zitterten.

»Ist sie vielleicht neidisch? Steckt das dahinter? Sie ist auch bloß ein einziges Mal in die Klinik gekommen, dabei arbeitet sie doch in der Stadt, sie hatte es doch ganz nahe. Was erwartet sie denn eigentlich – vielleicht, daß ich kein Baby kriegen darf, bloß weil sie noch keins hat?«

»Joanne!« rief ihr Vater.

»Nun komm schon, laß es gut sein, Liebling«, sagte Kevin. »Lyn kommt bestimmt rüber, sobald sie zurück ist, nicht wahr, Steve?«

Zwei von den Nachbarn zogen sich diskret zurück. Joanne brach laut schluchzend in Tränen aus, wodurch wiederum das Baby zu schreien anfing. Sie sprang auf und raste ins Haus.

»Typische Post-partum-Neurose«, stellte Trevor fest.

Mrs. Newman blickte Stephen mit zur Seite gelegtem Kopf an. »Also, wo ist Lyn?«

»Ich weiß es nicht.«

»Gut, also wenn sie zurückkommt, dann sorg gefälligst dafür, daß sie sofort über die Straße flitzt. Wenn Joanne noch mal so einen Koller kriegt wie eben – das schlägt auf die Milch, das tut es immer. In einem der Häuser hinter der Kirche, da hat mal eine Frau gewohnt, als meine drei klein waren . . .«

Aber Stephen erfuhr nie, was jener Frau passierte, denn er hatte sich ohne ein weiteres Wort abgewandt, überquerte die Straße und betrat sein Haus durch die Vordertür. Gewiß war es das Dümmste, was er unter diesen Umständen tun konnte, sie einfach so stehenzulassen, das wußte er wohl, aber noch länger dort drüben herumzustehen, das wäre womöglich noch schlimmer gewesen. Er hatte schon angefangen zu schlottern, und die Stimme versagte ihm völlig. Am Küchenausguß trank er ein Glas kaltes Wasser und atmete ein paarmal tief durch. Wenn Lyn nicht im Laufe des Nachmittags drüben erschien, dann würden entweder Joanne oder Mrs. Newman bestimmt herkommen. Und sie würden energisch wissen wollen, wo Lyn sei. Er hatte keine Ahnung, was er ihnen antworten sollte.

Weil er und Lyn selten Alkohol getrunken hatten, befand sich meistens ein reichlicher Vorrat in dem Schränkchen, das Vati ihnen gemacht hatte. Stephen fand dort eine fast volle Flasche Whisky und goß sich ein tüchtiges Quantum ein. Wieder einmal hatte er nichts gegessen, und er war auch nicht an Whisky gewöhnt. Wie eine plötzliche Flutwelle stieg er ihm zu Kopf. Benommen setzte er sich auf das grüne Samtsofa.

Warum war er bloß nicht gestern abend zur Polizei gegangen? Jetzt konnte er es auf keinen Fall mehr tun, weil Lyns Leiche jederzeit gefunden werden konnte. Und wenn sie erst einmal gefunden und identifiziert wäre, dann würden sich die Newmans und die Simpsons und diese Nachbarsleute entsinnen, wie er schlotternd und sprachlos verstockt dagestanden hatte, als sie ihn fragten, wo Lyn wäre. Und Mrs. Newman würde sich erinnern, daß er gestern abend gesagt hatte, er würde nach Hilderbridge fahren und Lyn an der Bushaltestelle abholen. Ihnen würde auch einfallen, daß sie gesehen hatte, wie er etwas in einem Sack in seinen Wagen hinausgeschleppt hatte, etwas, das viel zu groß war, um mit der zerbrochenen Büste von Tace erklärt zu werden.

Er vergrub den Kopf in den Händen. Es war mehr Panik als Verzweiflung, was ihn beschlich. Er wand sich vor Angst, sprang auf und begann, fieberhaft im Haus umherzuwandern. Er trank noch mehr Whisky. Jede Stunde, die verging, ließ es unerklärlicher und verdächtiger erscheinen, daß er Lyns Verschwinden nicht gemeldet hatte, und jede Stunde, die verging, vergrößerte die Wahrscheinlichkeit, daß ihre Leiche gefunden wurde!

Er hatte ihre Eltern und ihre Schwester in dem Glauben gelassen, sie hätte die letzte Nacht zu Hause in ihrem Bett verbracht, eine Lüge, die er zwar nicht direkt ausgesprochen, der er aber doch durch sein Verhalten Vorschub geleistet hatte. Auch daran würden sie sich erinnern, wenn Malm und Manciple und Troth kamen, um sie auszufragen. Schwindlig von all dem Whisky, den er getrunken hatte, taumelte er in sein Arbeitszimmer und fiel in den Sessel an seinem Schreibtisch. Der alte Tace mit dem gespaltenen Schädel starrte ihn voll trauriger Ironie an, mit einem regelrecht zynischen Glanz in den Augen, der vielleicht von seinem demolierten Aussehen herrührte oder auch nur von der wäßrigen Sonne, die auf seinen Zügen schimmerte.

Da war er nun gestern abend derartig beschäftigt gewesen, Rip nachzuäffen, in Rips Fußstapfen zu treten, sich Rip zum Vorbild zu nehmen, daß er darüber den wichtigsten Schritt vergessen hatte, nämlich Lyn als vermißt zu melden! Selbst, wenn er es erst getan hätte, nachdem er ihre Leiche in der alten Ponyrampe versteckt hatte und dann zurückgekommen war, selbst, wenn er damit bis elf Uhr abends gewartet hätte, so wäre er dadurch in Sicherheit gewesen, hätte sich gerechtfertigt. Was half es ihm *jetzt* noch, daß sein Blut zu einer anderen Blutgruppe gehörte als das des Mörders von Marianne Price und Ann Morgan? Malm würde vermuten, was auf der Hand lag. Haken würde sofort durchschauen, daß *er* seine Frau getötet und dann alles so arrangiert hatte, als ob der Mörder der anderen Mädchen dafür verantwortlich wäre.

Stephen schlotterte vor Angst. Er hatte sich immer für tapfer und stark gehalten, aber dieser Glaube geriet jetzt ins Wanken. In seiner Panik wimmerte er laut vor sich hin, er habe niemanden auf der Welt, an den er sich wenden könnte, niemanden, der ihm half! Seit zwanzig Jahren und länger schon kam Vati dafür nicht mehr in Betracht. Voll bitterem Haß dachte er an seine tote Großmutter und an diese fette blonde Frau, die jetzt in einem Touristenbus durch Europa zuckelte.

Immer war es Lyn gewesen, von der er Liebe und Trost verlangt hatte, und Lyn hatte er ermordet! Er fiel auf seine Knie und vergrub den Kopf in den Polstern des Sessels, als sei es ihr Schoß.

15

In grenzenloser Angst vor dem, was er womöglich erfahren konnte, zwang sich Stephen, für die Nachrichten um Viertel vor sechs den Fernseher einzuschalten. Aber er brauchte sich bloß den Nachrichtenüberblick anzuhören, da wußte er bereits, daß Lyns Leiche noch nicht entdeckt worden war. Es würden ja auch nur wenige Leute heute durchs Moor wandern, dachte er. Er stand am Fenster und blickte hinaus, so wie sie dort gestanden und hinausgeblickt hatte. Der Regen hatte wieder eingesetzt, und für einen frühen Augustabend war es sehr dunkel. Um sieben hörte er auf einem anderen Kanal weitere Nachrichten. Noch immer nichts.

Es bestand natürlich die Chance, vielleicht sogar die Wahrscheinlichkeit, daß ihre Leiche wochenlang nicht gefunden würde, wenn er sie nicht als vermißt meldete. Man mußte schon direkt bis zu dem Drainageschacht, wenn nicht gar in den Tunnel selbst hineinklettern, um sie zu sehen. Aber selbst dann müßte er während dieser Wochen ihrer Familie gegenüber eine Erklärung für ihre Abwesenheit haben. Während des Nachmittages hatte er auf dem Bett gelegen und war in einen unruhigen, betrunkenen Dämmerschlaf gefallen, nachdem er sich mühsam aufgerafft hatte und hinuntergegangen war, um noch mehr Whisky zu trinken. Dabei hatte er die Hintertür abgeschlossen, auch eine Abweichung von seinen normalen Gewohnheiten. Oben vom Schlafzimmer aus hatte er gehört, wie Mrs. Newman am Türgriff rüttelte. Wenige Minuten darauf klingelte dann sie oder Joanne an der Haustür. Zweimal hatte das Telefon geläutet. Und bei keinem dieser Kontaktversuche hatte er sich gerührt, obwohl er sehr genau wußte, daß er sich dadurch nur immer tiefer in den selbstverschuldeten Morast hineinmanövrierte.

Sein Kopf tat weh. Aber was half es, er wagte einfach nicht, noch länger zu Hause zu bleiben, nachdem er seiner Schwiegermutter erzählt hatte, er und Lyn gingen zu seinem Onkel Stanley. Also zwang er sich, ein sauberes Hemd und ein Jackett anzuziehen, und das alles einzig und allein wegen der Gaffer dort drüben auf der anderen Seite des Tace Way, obgleich es natürlich keine Möglichkeit gab, ihnen Lyn vorzuführen. Er stand im Flur und wollte eben hinausgehen, da hörte er ein Klicken und dann ein leises Klappern von der Hintertür her. Er schrak zusammen und hätte fast geschrien. Aber es war nur Peach, der durch die Katzenklappe hereingekommen war und zierliche nasse Fußstapfen über die Fliesen zog. Stephen stieg in den Wagen und fuhr davon in dem glasklaren Bewußtsein, daß er allein war, und daß die da drüben auch sehr wohl sahen, daß er allein war.

Er fuhr los und hatte keine Ahnung, wohin er eigentlich fahren sollte, aber als er durch das Dorf kam, da spürte er auf einmal das schier unwiderstehliche Verlangen, die Straße einzuschlagen, die am Knamber Foin entlang – und über die alte Ponyrampe hinwegführte. Es war reiner Wahnsinn, das zu tun. Später würde doch jeder, der diese Straße entlanggefahren war, befragt werden, was ihm dort begegnet sei. Und trotzdem fühlte er sich förmlich dorthin getrieben, angezogen von dem makabren Verlangen, nachzusehen, ob die Leiche noch dort war, vielleicht, um sie noch tiefer in den Tunnel hineinzuschieben, sie zu verdecken, vielleicht sogar, sie dort wegzunehmen, um sie anderswo hinzubringen.

Er fuhr bis nach Thirlton hinaus und parkte dort, wo er es gestern abend auch getan hatte, in der Nähe des Gemeindesaales. Nein, weiter als bis hierher durfte er nicht gehen! Mit aller Kraft würde er sich dem Verlangen widersetzen. Er würde einfach nur ein, zwei Stunden hier im Wagen sitzen bleiben. Zwei Stunden, das wäre sicherlich genug für diesen vorgetäuschten Besuch beim Onkel. Ganz genau diese zwei sauren Stunden würde er hier absitzen und durchhalten, und dann würde er nach Hause zurückfahren, den Telefonhörer von der Gabel nehmen, die Hintertür verschließen und die Riegel vor die Haustür schieben.

Ohne laufenden Motor wurde es im Wagen so kalt wie im Winter. Rechts von ihm verlor sich das endlose, regenverhangene Moorland in der Ferne und ging ohne sichtbare Trennungslinie in einen ebenso endlosen grauen Himmel über. Flüchtig dachte er daran, wegzulaufen. Er konnte doch sein Haus abschließen, den Wagen nehmen und irgendwohin verschwinden? Auf seinem Bankkonto war Geld, an die fünfhundert Pfund. Wenn er sich jetzt sofort dazu entschlösse, dann konnte er sogar die Leiche mitnehmen, könnte sie noch heute abend dort wieder herausholen und dann irgendwo nach Süden fahren . . .

Alles und jedes war ihm recht, wenn er bloß den entsetzlichen Nachstellungen von Lyns Familie entrinnen konnte. Er hatte nie viel darüber nachgedacht, aber jetzt wurde ihm klar, wie sehr er Lyns Familie haßte, die sich in nichts von den Naulls unterschied. Naulls, alles Naulls! Eine Gattung von Kreaturen, eigens auf diese Erde gesetzt, um ihn zu frustrieren und zu quälen. Was sollte er um Himmels willen sagen, wenn sie ihn das nächste Mal fragten, wo sie wäre? Weglaufen konnte er nicht, nie würde er diesen Ort verlassen können. Ein Leben ohne das Moor konnte er sich ebensowenig vorstellen wie ein Leben ohne eines seiner Gliedmaßen oder seiner Augen.

Der unaufhörliche Regen brachte ihn zur Verzweiflung. Er strömte an den Fenstern des Wagens hinunter und hatte eine klaustrophobische Wirkung, etwas, das er nicht einmal unten in der Mine und in Rips Geheimkammer verspürt hatte. Und wenn nun Lyns Mutter bei Onkel Stanley anrief? Die war dazu imstande, sie kriegte das fertig! Schließlich kannten sie sich ja schon ihr ganzes Leben lang. Lyns Vater und Stanley Naulls waren zusammen zur Schule gegangen. Was sollte er also antworten, wenn er nach Hause kam und Mrs. Newman erschiene und fragte, wo Lyn sei? . . . Ich weiß es nicht. Ich habe sie seit gestern morgen nicht mehr gesehen. Ich weiß nicht, wohin sie gegangen ist. Sie ist aus Hilderbridge nicht zurückgekommen . . . Stephen drehte all diese hoffnungslosen Ausreden in seinem Hirn um und um, aber aus dem Wirrwarr schälte sich *eine* heraus, die nicht hoffnungslos war. Sehr zaghaft und sehr klar nahm sie Gestalt an, schien zitternd in der Luft zu hängen und nur darauf zu warten, daß er sie mit Händen griff.

Und er begriff. Langsam wiederholte er leise für sich die Worte: Ich weiß nicht, wo sie ist, sie hat mich verlassen.

Irgend etwas hatte verhindert, daß er je noch einmal an den Vorfall von gestern morgen gedacht hatte, etwas, das Trevor, dieser Idiot, bestimmt einen emotionalen Block nennen würde. Er hatte den Zwischenfall ohne sonderliche Willensanstrengung glatt aus seinem Gedächtnis eliminiert. Aber jetzt vergegenwärtigte er sich mühsam, was Lyn zu ihm gesagt und was dazu geführt hatte, daß er sie schlug, und sie dann die Büste von Tace zerbrochen hatte – nicht, was dazu geführt hatte, daß er sie umbrachte, das war etwas ganz anderes, etwas, das jenseits aller Analyse lag. Er hatte Lyn geschlagen, weil sie ihm untreu geworden war. Also mußte es da einen anderen Mann geben.

Daran hatte Stephen bisher noch keinen einzigen Gedanken verwandt. Daß sie ihn irgendwie betrogen hatte, daß sie ein Kind bekam und es in sein Haus bringen wollte, diese Dinge allein hatten ihm schon gereicht. Jetzt erst wandte er sein schwerfälliges Denken jener nebelhaften Gestalt zu – Lyns Liebhaber. Er wußte von all diesen Dingen nicht viel, es hatte ihn nie interessiert, und er hatte geglaubt, es würde ihn nie bekümmern müssen. Aber er hatte sich doch nicht ganz der Tatsache verschließen können, daß Ehen kaputtgingen, daß Männer ihr Zuhause wegen anderer Frauen verließen und Frauen wegen anderer Männer. Warum sollte er nicht einfach sagen, daß es *das* war, was Lyn getan hatte? Warum sollte er nicht ihrer Mutter sagen, Lyn habe ihn verlassen, um mit einem anderen Mann zusammenzuleben?

Und wirklich, wenn er nicht dazwischengefunkt hätte, wäre es ja vielleicht auch soweit gekommen. Dieser Mann mußte existieren. Wenn Lyns Leiche gefunden würde, dann würde man also vermuten, sie hätte den Tace Way am Sonnabendmorgen verlassen, um sich mit ihm in – etwa in Hilderbridge zu treffen, und weil sie den Bus verpaßte, hatte sie sich mitnehmen lassen . . .

Stephen ließ den Motor an und schaltete die Scheibenwischer ein. Die klaren Bögen, die sie in das überströmte Glas schnitten, gaben die untergehende Sonne frei, die in roten Streifen durch die Wolkenrisse leuchtete. Jetzt würde er nach Hause fahren, niemand konnte schließlich von ihm erwarten, daß er lange irgendwo auf Besuch blieb, nachdem seine Frau ihm gerade weggelaufen war. Entschlossen drehte er um, fuhr zurück und probte wiederholt die Sätze, die er sagen wollte.

Es war eine Erlösung, wieder zu Hause zu sein. Er schaltete die Lampen an, ließ alle Vorhänge offen und wartete darauf, daß Mrs. Newman herüberkäme. Peach kam dicht an ihn heran, hoffte vielleicht darauf, auf seinem Schoß sitzen zu dürfen, wie er so oft auf Lyns Schoß gesessen hatte. Aber Stephen stieß ihn vorsichtig mit dem Fuß weg. Auch das Kastanienblatt-Tischchen war besetzt, denn es lag ein Buch darauf, also setzte sich Peach in einen Sessel und blickte unglücklich und beleidigt drein. Er wartete auf Lyn, überlegte Stephen, aber was hieß das schon, seine Tage waren ohnehin gezählt, genauer gesagt, seine Stunden.

Es war erst neun Uhr. Er schaltete den Fernseher ein und fand einen Kanal, auf dem gerade Nachrichten gesendet wurden. Nichts über einen neuen Vangmoor-Mord. Lyns Leiche war also noch nicht entdeckt worden. Stephen begann sich zu wundern, warum Mrs. Newman nicht kam. Sie konnte doch sehen, daß er zurück war, sie mußte doch immer noch genauso versessen darauf sein, Lyn zu sehen, mußte inzwischen doch ihretwegen schon in Unruhe sein. Er überlegte, ob er über die Straße gehen und ihnen freiwillig mitteilen sollte, daß Lyn ihn verlassen hätte? Aber bei genauerem Nachdenken schien ihm das ein unkluger Schritt zu sein. Irgendwie paßte das nicht zu seinem Charakter.

Statt dessen ging er in sein Arbeitszimmer und versuchte, den Artikel, den er diese Woche für die STIMME DES VANGMOOR schreiben sollte, zu beenden. Er hatte die Hintertür wieder aufgeschlossen und ebenso die Tür seines Arbeitszimmers offengelassen, damit ihm kein Klopfen oder Klingeln entging. Nach einer Weile ging er über den Flur und blickte vom Schlafzimmerfenster aus nach drüben. Das Licht im Schlafzimmer der Simpsons brannte, während es überall sonst im Hause dunkel war. Bei den Newmans waren im Wohnzimmer die Vorhänge zugezogen, aber man konnte durch sie hindurch Lampenschein und den bläulichen Schimmer der Fernsehmattscheibe sehen.

Er ging in sein Arbeitszimmer zurück, aber er konnte sich nicht konzentrieren. Warum hatten sie während des Nachmittags drei- oder viermal versucht, Lyn zu erreichen, um dann am Abend abrupt damit aufzuhören? Angenommen, sie hätten Verdacht geschöpft, daß er sie ermordet hätte, und nun lagen sie flach, die da drüben, und lauerten, weil sie der Polizei ihren Verdacht mitgeteilt hatten?

Aber das war unmöglich. Warum sollten sie ihn wohl verdächtigen? Wahrscheinlicher war, daß sie einfach beleidigt waren. Trotzdem, langsam beunruhigte ihr Abwarten, ihr Nichterscheinen ihn mehr, als jede ihrer Fragen es getan hätte. Um zwanzig Minuten nach zehn gingen die Lichter im Erdgeschoß des Newmanschen Hauses aus, und die Beleuchtung im Treppenhaus und oben im Schlafzimmer wurde eingeschaltet. Stephen blickte unverwandt hinüber, obwohl die Lampe hinter ihm brannte und er weithin sichtbar war. Plötzlich erschien drüben Mrs. Newmans Gesicht zwischen den auseinandergezogenen Schlafzimmervorhängen. Sekundenlang sahen sie sich an, ihre Blicke begegneten einander. Sofort darauf zog Mrs. Newman mit einer heftigen Bewegung die Vorhänge wieder zu, aber allein ihr flüchtiger Anblick hatte bei

Stephen den bestimmten Eindruck hinterlassen, als sei sie außerordentlich wütend und gekränkt, als habe sie ihn angeblickt wie den Abschaum der Menschheit.

Er konnte nicht schlafen. Wie er so im Dunkeln lag, da begann sein Körper zu zucken, und vor seinen Augen tanzten Sterne. Er malte sich aus, wie entsetzlich es sein müßte, wenn er einschlief und durch lautes Klopfen an der Haustür geweckt würde, wenn er mit rasendem Herzklopfen aus dem Bett kriechen würde, und draußen hielte mit aufgeblendeten Scheinwerfern ein Polizeiwagen, und Manciple und Troth stünden neben der Gartenpforte! Er konnte nicht schlafen, aber er traute sich auch nicht, die Nachttischlampe anzumachen. Denn genauso, wie er die Lichter der Newmans und der Simpsons von seiner Seite der Straße aus sehen konnte, so konnten ja sie auch seine sehen. Nein, er würde sich erst recht flachlegen, ausdauernder als sie, so flach, wie es nur irgend möglich war, von ihm aus so flach, daß sich der Boden auftäte und ihn verschlänge!

Aber in den Stunden nach Mitternacht konnte er es beim besten Willen nicht mehr aushalten. Er stand auf, lief im Haus umher, machte sich Tee, versuchte zu lesen, ja, sogar seinen Artikel für das ECHO fertigzuschreiben: »Nach einer derartigen Sintflut, wie wir sie in den vergangenen Tagen erlebt haben, dürfte wohl eine beträchtliche neuerliche Begrünung des Moors zu erwarten sein . . .« Die Farbe an Taces Kopf war inzwischen getrocknet, er sah aus wie neu. Es hatte aufgehört zu regnen, und als die Dämmerung kam, da war der Himmel gestreift von unzähligen Grauschattierungen.

Stephen legte sich wieder zu Bett, aber er lag schlaflos, und um acht Uhr stand er wieder auf. Er fühlte sich krank und zerschlagen. Wenn Mrs. Newman nicht während der nächsten halben Stunde herüberkam, dann würde *er* zu ihr gehen. Hatte er das eigentlich schon jemals aus eigenem Antrieb getan? Wahrscheinlich nicht, aber dies waren ja auch außergewöhnliche Umstände: Seine Frau hatte ihn verlassen! Habt ihr etwas von Lyn gehört? Wir haben uns zerstritten, sie hat mich verlassen, ist auf und davon mit einem Mann, von dem sie behauptet, sie liebt ihn. Klang das überzeugend? Ein neuer plötzlicher Gedanke machte ihm Angst. Wenn Lyn noch gelebt und wenn sie wirklich weggegangen wäre, hätte sie es dann nicht ihrer Mutter erzählt? Hätte sie sich nicht vorher mit ihr in Verbindung gesetzt?

Jäh fuhr er zusammen, als die Katze durch die Klappe hereinkam mit der unverhofften Plötzlichkeit eines Zirkustieres, das durch einen Papierreifen springt. Ein Hund hätte deutlich zu erkennen gegeben, daß er nach Lyn suchte, er hätte in allen Ecken gestöbert, unter die Möbel geguckt und an Türen geschnüffelt. Peach dagegen schritt mit erhobenem Schwanz schläfrig durch die Räume ohne eine Regung seines hübschen runden Kopfes, kaum, daß daran ein Schnurrhaar vibrierte. Mit einem anmutigen Sprung landete er auf der Fensterbank, und von dort hielt er stoisch Ausschau nach Lyn, wartete, daß sie erscheinen würde, von draußen oder drinnen. Würde sich Mrs. Newman nicht wundern, daß Lyn fortgegangen war, ohne Peach mitzunehmen?

Es ging auf neun Uhr zu, und niemand war gekommen. Stephen versuchte, Vati anzurufen, um zu sagen, er sei krank, er hätte eine Virusinfektion. Aber Vati meldete sich nicht. Er sah Kevin zur Arbeit gehen, er sah Mr. Newman fortgehen. Um Viertel nach neun kam Joanne aus ihrer Haustür, schob einen hochrädrigen, glänzend weißen Kinderwagen hinaus und stellte ihn auf den Rasen vorm Haus. Stephen zog seine Wanderschuhe und seine Reißverschlußjacke an. Gerade, als er sein Haus verließ, trat drüben Mrs. Newman aus ihrer Tür. Sie blieb unschlüssig stehen und blickte ihn an. Und was dann geschah, versetzte seinem Herzen einen Schlag. Sie zuckte die Achseln, drehte sich langsam um und ging ins Haus zurück.

Stephen mußte sich zwingen, weiterzugehen zur Gartenpforte, die Pforte hinter sich zu schließen, den Tace Way hinunter- und ins Dorf hineinzugehen. Sein Kopf dröhnte, er war nicht fähig, zusammenhängende Gedanken zu fassen. Seine Beine fühlten sich an, als hätten sie keine Knochen mehr und drohten ihm zu versagen. Ein- oder zweimal stolperte er selbst auf der ebenen, trockenen Straße. Aber wie schwer ihm auch das Gehen wurde – diese seine liebste Beschäftigung –, wieder fühlte er sich, selbst über die große Entfernung hinweg, magisch angezogen von der Gegend des Moors, in der Lyns Leiche lag. Wie von selbst wandten sich seine unsicheren, taumelnden Schritte in die Richtung des Bow Dale und des Knamber Foin.

Hinter der Kreuzung tauchte er in das Birkendickicht ein. Heute verschmähte er es, seinen Blick über die mit Felsbrocken gespickte Kuppe des Foins oder das sanft geschwungene Graugrün des Tales dahinter schweifen zu lassen. Hier war es gewesen, wo er Rip gesehen hatte, das erste und einzige Mal, hier hatte er ihn tänzelnd zu sich gelockt . . . Rip würde wissen, was zu tun sei, das fühlte Stephen deutlich. Wenn er nur da wäre, wenn er sich nur zu erkennen geben und sein Freund sein wollte! Benimm dich völlig normal – das war es sicherlich, dachte Stephen bei sich, was Rip ihm raten würde, denn das war es ja wohl auch, was er selber tat, wenn er seine Morde beging, eine Nacht in der Mine verbrachte und dann in das respektierliche und makellose Leben eines Three-Towns-Bürgers zurückkehrte. Verhalte dich so, als ob du nichts weißt. In deinem Falle heißt das, benimm dich, als hätte deine Frau dich wirklich verlassen und sei weggelaufen, und du wüßtest nicht, wohin.

Stephen wanderte zwischen den kleinen Birken hindurch, deren Blätter immerfort in zart vibrierender Bewegung waren, wie windstill es auch sein mochte. Er lehnte sich gegen einen der jungen Stämme, um sich auszuruhen, hängte sich mit den Armen über die faserigen, dünnen Äste, denn es war zu naß, um sich hinzusetzen. Die blassen, zitternden Blätter und sein blasses Gesicht spiegelten sich in den Wasserpfützen, die allenthalben zwischen den Baumwurzeln und den Grasbüscheln standen. Bis jetzt hatte er sich wohl ziemlich normal verhalten. Für jemand wie ihn war es schließlich normal, *nicht* weinend zu den Verwandten seiner Frau zu laufen, es war sogar normal, ihnen etwas vorzulügen, zu warten, bis sie ihn direkt fragten, und erst dann zuzugeben, daß sie ihn wegen eines anderen Mannes verlassen hatte. Ihm war, als schwitze er seine Angst gleichsam durch die Poren aus. Ihm wurde kühler, reiner, freier zumute. Es ging ihm ja immer gleich besser, wenn er im Moor war. Hatte nicht erst gestern abend die Atmosphäre des Moors ihn davor bewahrt, den Verstand zu verlieren? Lange hing er in dem Baum, schloß die Augen und inhalierte gierig den sauberen grünen Duft der von Regentropfen schweren Blätter und Gräser.

Und wieder begann es zu regnen, als er die Banks of Knamber verließ und sich auf den Heimweg machte. Es war ein sanfter, warmer Regen, niedertröpfelnd aus tausend und abertausend winzigen weißen Wolken, die sich über den Himmel zogen wie die Milchstraße. Er ging langsam und hob sein Gesicht dem Regen entgegen. Niemand würde ihn verdächtigen, auch wenn er Lyns Mann gewesen war, denn dieser Mord trug ja so unverkennbar Rips Handschrift: Wieder lag das Opfer in einem der Moorbezirke, wieder war der Tod durch Strangulieren eingetreten, wieder war das lange blonde Haar dicht über der Kopfhaut abgeschnitten. Und *er* konnte nicht Rip sein, sein Blut war falsch. So ähnlich sie sich auch waren in ihrer gemeinsamen Liebe für das Moor, für die Einsamkeit, für das Abenteuer – starke, große Männer voll Kraft und Ausdauer, die sie waren –, so gab es zwischen ihnen doch diesen winzigen Unterschied des Blutes. Brüder konnten sie sein, Zwillinge nicht. Ihr Blut war ein klein wenig unterschiedlich zusammengesetzt, und das würde ihn retten.

Jetzt, dachte er, jetzt würde er schlafen können. Er würde etwas essen, sich aufs Bett legen und dann friedvoll und unschuldig einschlafen. Und morgen, wenn er ausgeruht und fit wäre, würde er wieder zur Arbeit gehen. Vielleicht würde man Lyns Leiche auch nie finden, vielleicht würde im Laufe der Zeit nichts davon übrigbleiben als die Knochen, und auch die würden allmählich zerbröckeln und zerfallen, bis sie eins sein würden mit dem steinigen Angesicht des Moores . . .

Das Straßenpflaster im Tace Way war überzogen von einer glänzenden Haut aus Wasser. Der Regen schlug jetzt hart hernieder und mischte sich mit den leichten Tropfen, die von den überhängenden Bäumen der Vorgärten fielen. Vor Mrs. Newmans Haus parkte ein Lieferwagen mit der Aufschrift BALES TIERHANDLUNG auf der Seite. Das erinnerte Stephen daran, daß er Peach einschläfern lassen mußte, etwas, das nun bis morgen warten mußte, immerhin aber doch auch die sehr natürliche Reaktion eines verlassenen Ehemanns war. Hatte er nicht irgendwo gelesen – ob das nun Dichtung oder Wahrheit war, das wußte er nicht –, daß Elizabeth Barretts Vater ihren Spaniel einschläfern ließ oder einschläfern lassen wollte, als sie mit Robert Browning auf und davon ging? Na bitte – normales Verhalten. Sich des Schoßtieres einer weggelaufenen Frau zu entledigen, das war eine ganz normale Sache.

Er ging ins Haus und in die Küche, aber er war doch zu erschöpft, um etwas zu essen. Mrs. Newman würde bestimmt demnächst über die Straße gerannt kommen, jetzt, wo sie gesehen hatte, daß er zurück war. Er verschloß die Hintertür und legte den Hörer neben das Telefon. Dann zog er seine Schuhe und seine Jacke aus und ging nach oben. Hemd und Jeans ließ er an, legte sich ins Bett und zog die Decke über sich. Minutenlang lag er da, lauschte auf das sanfte Trommeln des Regens, dann glitt er in den Schlaf.

Ein Geräusch unten im Haus weckte ihn auf, er wußte nicht, nach wie langer Zeit. Es regnete immer noch leicht. Das Geräusch stammte von einer der Zimmertüren, die zugemacht wurde. Und jetzt hörte er auch Schritte. Hatte er vielleicht doch vergessen, die Hintertür abzuschließen?

Mrs. Newman würde doch wohl nicht hier nach oben kommen! Aber die Schritte kamen doch tatsächlich die Treppe herauf! Stephen setzte sich auf, als die Schlafzimmertür geöffnet wurde. Dann sprang er aus dem Bett und wich mit einem unartikulierten Aufschrei an die Wand zurück.

Lyn war ins Zimmer getreten und blickte ihn an.

16

Um seine Nerven mußte es sehr schlecht bestellt sein, dachte sie. Er sah aus, als habe er einen Geist gesehen. Sie blieb einen Schritt hinter der Schwelle stehen und sprach ihn vorsichtig an.

»Tut mir leid, wenn ich dich erschreckt habe, Stephen. Ich bin gekommen, um meine Sachen und Peach zu holen.«

Er konnte nicht antworten. Er stand an der Wand, die Hände flach dagegengepreßt, als hindere ihn lediglich jene feste Materie daran, noch weiter zurückzuweichen.

»Ich habe den Wagen gesehen, ich wußte also, du konntest nicht in der Werkstatt sein, aber ich dachte, du wärst im Moor. Wenn ich gewußt hätte ,daß du hier bist, dann wäre ich nicht so hereingeplatzt.«

Noch immer antwortete er nicht. Und wieder begann sie sich vor ihm zu fürchten. Eine Zeitlang war es ihr gelungen, diese neue, ungewohnte Angst vor Stephen zu bezwingen. Sie hatte es sich einfach nicht eingestehen wollen, daß sie sich vor *Stephen* fürchtete, vor dem armen, ängstlichen Stephen, deshalb hatte sie ja auch Nick daran gehindert, mit ihr in den Tace Way zu kommen. Aber jetzt war diese Furcht doch wieder da. Sie mußte sich zwingen, ein paar Schritte weiterzugehen und ruhig und bestimmt zu sprechen.

»Es war nicht richtig von mir, am Sonnabend so einfach wegzurennen, während du draußen im Moor warst, Stephen. Ich war einfach so in Panik geraten.« Sie erwähnte nicht, daß er sie geschlagen hatte, aber ihre Hand fuhr unwillkürlich über das blau unterlaufene linke Auge. »In diesen zwei Tagen, die ich fort gewesen bin«, sagte sie, »ich glaube, da habe ich es begriffen – du bist froh, mich loszuwerden, nicht wahr, Stephen? Du brauchst jetzt keine . . . keine Mutter mehr.«

Er stieß sich von der Wand ab, und sie zuckte zusammen. Aber er kam nicht näher auf sie zu. Statt dessen fiel er mehr aufs Bett, als daß er sich setzte, und drehte das Gesicht weg. Da begriff sie, daß er nicht mit ihr sprechen wollte. Der Schrank, in dem ihre Sachen waren, stand auf seiner Seite des Bettes. Sie mußte sich zwingen, hinüberzugehen und die Türen aufzumachen. Aufs Geratewohl griff sie einen Armvoll Kleider, während ihr eine Gänsehaut über den Rücken lief. Aber sie nahm sich zusammen. Sie drehte sich um, streckte die Hand nach ihm aus, hütete sich aber, ihn anzurühren.

»Du willst nicht mit mir sprechen? Kann sein, daß wir uns nie wiedersehen. Stephen?«

Er fuhr in die Höhe und krabbelte hastig über das Bett hinweg, fort von ihr. Es hätte komisch ausgesehen, wenn es nicht so entsetzlich gewesen wäre. Auf allen vieren kroch er über das Bett, fiel auf den Boden, raffte sich hoch, rannte über den Flur und verschwand in seinem Arbeitszimmer. Sie hörte, wie sich der Schlüssel im Schloß umdrehte.

Sie hatte Nick versprechen müssen, nicht selbst die Koffer zu tragen. Zwar hatte sie ihn ausgelacht, aber sie hatte es versprochen. Sie hatte Stephens Gewalttätigkeit überlebt, und das Baby hatte es überlebt, und sie würde mit Nick nach London gehen! Wenn nicht zu befürchten gewesen wäre, daß es Stephen erneut in Rage brachte, dann hätte sie am liebsten laut gesungen, während sie ihr Bündel Kleider nach unten trug und es dort in den Koffern verstaute.

Ihre Mutter kam über die Straße. »Ich wußte ja ,daß irgendwas nicht stimmte, als er sagte, ihr ginget zu seinem Onkel Stanley. Ich hab' gleich zu deinem Vater gesagt, Stanley Naulls will doch keine Leute bei sich haben, denen müßte er ja was zu essen und zu trinken geben.«

Lyn lächelte. »Ich habe immer versucht, euch anzurufen, aber ihr hört das Telefon ja nicht, wenn ihr draußen im Garten seid. Ich wußte, daß ihr euch allmählich Sorgen machen würdet, deshalb war ich ganz erleichtert, als ich euch dann am Nachmittag erreichte.«

Mrs. Newman trug die Koffer hinaus und schob sie hinten in den Lieferwagen. »Ich kann mir nicht helfen, aber mir ist doch ein bißchen weinerlich zumute, Lyn. Wir haben noch nie eine Scheidung in der Familie gehabt. Es ist eine Schande, daß du ihn überhaupt erst geheiratet hast, er war für dich doch nie ein richtiger Ehemann. Als ihr drei klein wart, da wohnte mal ein Mann wie er in einem von den beiden Häuschen in der Thirlton Road . . .«

»Mutter«, unterbrach Lyn sie, »schickt Stephen nicht nach Coventry, ja? Bitte sprecht jetzt gar nicht mit ihm.«

Joanne war im Garten. Sie stand neben dem Kinderwagen. Lyn ging auf sie zu, und die beiden umarmten sich ungeschickt und geniert, denn es war seit Jahren das erste Mal, daß sie sich küßten.

»Ich werd' dich vermissen. Ich werde mich hier zu Tode langweilen.«

»Ich wandere ja schließlich nicht nach Australien aus«, tröstete Lyn sie, »ich ziehe doch nicht ans Ende der Welt.«

»Aber fast ist es dasselbe. Oh, ich beneide dich, du hast Glück!«

»Ich weiß«, sagte Lyn. »Ich weiß, ich habe Glück.«

Sie hob Peach von dem gelben Ahornbaum herunter, nahm ihn in die Arme und setzte ihn auf den Beifahrersitz des Lieferwagens. Da saß er stolz aufgerichtet und blickte hinaus. Lyn wendete den Wagen und winkte ihrer Mutter und ihrer Schwester noch einmal zu. Sie sah ihre Mutter zurückwinken, dann aber in Tränen ausbrechen und ins Haus zurückstürzen. Sie zögerte kurz, aber dann fuhr sie entschlossen weiter, aus dem Tace Way hinaus. Bald dehnte sich das Moor zu beiden Seiten der Straße, das Chesney Fell und das Foinmenplateau zur Rechten und zur Linken das flirrende Birkengehölz der Banks of Knamber. Nie wieder würde sie alles das sehen müssen, außer vielleicht als gelegentliche Besucherin. Einmal, als sie jung verheiratet war und mit Stephen den Reeves Way entlangspaziert war, da hatte sie auf der Grasnarbe eine abgestreifte Schlangenhaut gefunden. Jetzt kam es ihr vor, als sei das silbriggraue Moor ihre ureigene Schlangenhaut, die sie abstreifte und hinter sich zurückließ, jetzt, da sie neuen Wegen und neuen Dingen entgegenging.

Die Schlangenhaut in Gestalt des Moors fiel hinter ihr in sich zusammen, schrumpfte, rollte sich gleichsam zur Seite, und Lyn fuhr hinunter nach Nordhilderbridge, die North River Street entlang, über die Brücke in den Mootwalk, Nick und dem Eisenbahnzug nach Süden entgegen.

Der erlittene Schock hatte Stephen im wahrsten Sinne des Wortes umgeworfen. Er lag mit dem Gesicht nach unten in seinem Arbeitszimmer und horchte auf Lyns Schritte, wie sie im Haus herumging, auf ihre Stimme und die ihrer Mutter – ein ferner, verschwommener Singsang wie das Zwitschern zweier Vögel –, bis er endlich das Zufallen der Haustür hörte. Mittlerweile hatte er begriffen, daß es *Lyn* gewesen war, die leibhaftige Lyn, nicht ihr Geist oder eine schaurige Ausgeburt seiner eigenen Angst- oder Schuldgefühle. Er wußte jetzt, es war Lyn gewesen, die vorhin ins Schlafzimmer spaziert war, und daß er also Lyn nicht getötet hatte am Sonnabendnachmittag.

Er raffte sich mühsam hoch, ging über den Flur ins Schlafzimmer und blickte aus dem Fenster. Bales Lieferwagen war verschwunden. Auf dem Rasen der Simpsons stand noch immer der Babywagen, aber beide Frauen waren nach drinnen gegangen. Es hatte aufgehört zu regnen, und eine blasse Sonne schien durch die Wolkendecke. Er sah die Ereignisse des Sonnabendnachmittags doch noch so deutlich vor sich! Er war nach Hause gekommen und hatte Lyn am Fenster stehen sehen. In ihren blauen Jeans und einem weißen T-Shirt hatte sie dagestanden, und das offene Haar war ihr über die Schulter gefallen. Und ohne einen bestimmten Vorsatz, ohne es eigentlich zu wollen, nur aus einem blitzartigen Verlangen heraus, das zu drängend war, um ihm zu widerstehen, hatte er sie angesprungen und sie getötet. Und trotzdem hatte er sie eben leibhaftig gesehen, hatte sie sprechen hören.

Wurde er allmählich verrückt? Hatte sein Verstand dem Trommelfeuer, das in letzter Zeit auf ihn niedergeprasselt war, nicht standhalten können? Helenas Tod, Lyns Betrug, das Wiederauftauchen dieser . . . seiner Mutter? Hatte alles das ihn wahnsinnig gemacht, so daß er jetzt glaubte, Dinge getan zu haben, die er nicht getan hatte? Vielleicht stimmte es gar nicht, daß er sich so deutlich an das Geschehene erinnerte? Aber er spürte es doch förmlich noch in seinen Fingern, wie sie sich hart in Lyns Genick gegraben hatten, so hart, als würde er dabei ihren Kopf abbrechen. Dagegen waren ihm die Einzelheiten seiner Fahrt zur Ponyrampe völlig entfallen, ebenso die genaue zeitliche Abfolge all dessen, was er nach dem Mord getan hatte. Noch vor einer halben Stunde hätte er geschworen, er hätte die Leiche versteckt, aber mittlerweile war sein Erinnerungsvermögen verschwommen, verwischt wie ein Traum am Morgen. Er konnte sich bei diesem Mord auf einmal an nichts mehr mit Sicherheit erinnern, bloß an das Gefühl seiner Hände um ihren Nacken. Aber auch das mußte wohl eine Täuschung sein, ein Traum . . .

Haken hatte ihm vorgehalten, er führte ein heimliches Phantasieleben, und deshalb müsse er ein Psychopath sein. Wenigstens stand ihm jetzt keine neuerliche Konfrontation mit diesem Haken bevor! Er hatte Lyn nicht getötet . . . er hatte nicht ihr Haar abgeschnitten, es zusammengerollt und in einen Sack gewickelt und später den Sack in der Mine vergraben . . . er hatte auch nicht ihr Haar neben das von Marianne Price und Ann Morgan in den Karton in Rips Geheimkammer gelegt . . . Größtenteils nämlich war der Schock, den er bei Lyns Wiedererscheinen erlitten hatte, durch den Anblick ihrer blaßblonden Haarmähne ausgelöst worden.

Er wußte nicht recht, sollte er erleichtert sein oder enttäuscht? Eine kurze Weile lang war er Rip ebenbürtig gewesen. Die ganze Sache war denn also wohl nur so etwas wie ein übersteigertes Wunschdenken gewesen? Er hatte mit Rip auf einer Stufe stehen wollen und hatte sich vorgegaukelt, was jener getan hätte, das könne er auch tun, das *habe* er auch getan. Stephen lachte ein trockenes, bitteres Lachen. Jetzt galt es, sich von alledem freizumachen, die Zügel des Lebens wieder zu ergreifen und nie, niemals wieder seine Emotionen so mit sich durchgehen zu lassen.

Er ging in die Küche hinunter, machte sich Rühreier, einen großen Becher Kaffee und schnitt sich zwei dicke Brotscheiben ab. Vielleicht hingen seine Wahnvorstellungen damit zusammen, daß er so ausgehungert war? Nachdem er gegessen hatte, fühlte er sich gleich viel besser, viel klarer im Kopf, viel ruhiger, so daß er über sich selbst lachen konnte, wenn er auf seine Selbsttäuschungen zurückblickte. Er lachte tatsächlich laut heraus. Allein in seinem Haus, lachte und lachte er, so röhrend und so anhaltend, daß er Seitenstechen bekam, als er die Treppe wieder hinaufstieg.

In seinem Arbeitszimmer zerriß er den Bogen, auf dem er sich gestern abend mit ersten kümmerlichen Sätzen an seinem Artikel versucht hatte. Ein frisches Papier wurde in die Schreibmaschine eingespannt. Jetzt, wo Helena tot war, brauchte er nie wieder einem Naulls gegenüberzutreten, jetzt würde er es ihnen zeigen! Dies hier würde durchschlagender sein als der Bericht über das Ende der Trockenheit oder die Schilderung eines Gewitters. Es war eine gute Chance für ihn, daß Taces Geburtstag zufällig in diese Woche fiel, ein guter Aufhänger für seinen Artikel:

»Alfred Osborn Tace, der Großvater des Verfassers dieser Zeilen in mütterlicher Linie, wäre, wenn er noch lebte, in dieser Woche achtundneunzig Jahre alt geworden. Sein einziger Nachfahre wird den Geburtstag des großen Mannes so feiern, wie er es seit langem tut, wie Tace selbst es immer getan hat, nämlich durch eine persönliche Huldigung an die Schönheiten seines geliebten Vangmoors, kurz gesagt, indem er an einem dieser schönen Augusttage einen Ausflug ins Moor, ein Picknick unternimmt . . .«

Stephen sagte noch ein gut Teil mehr über seine Verwandtschaft mit Tace und erfand zwei Tace-Anekdoten, die ihm angeblich von seiner Großmutter erzählt worden seien, als er ein Kind war. Er traute sich nicht recht, zu behaupten, daß er sich noch an Tace erinnere, oder auch nur, daß man ihm erzählt habe, er hätte auf Taces Knien gesessen, denn schließlich war Tace drei Jahre vor seiner Geburt gestorben . . . Als der Artikel fertig war, fand er, das sei das Beste, was er je gemacht hätte. Er steckte ihn in einen Umschlag, adressierte ihn an das ECHO und ging schnurstracks zu dem Briefkasten auf dem Anger, um ihn einzuwerfen.

Die schönste Aussicht auf das Knamber Foin hatte man im ganzen Dorf vom Kirchhof der St.-Michaels-Kirche aus. Stephen lehnte sich über das Friedhofsgatter und ließ den Blick über das Land schweifen. Welche Höllenqualen hatte er ausgestanden, als er drüben in Thirlton in seinem Wagen saß, als er die lange, farblose Straße zur »Brücke« über dem Eingang zur Ponyrampe hinunterfuhr, als er schlaflos und grübelnd im Bett gelegen hatte. Oder war das alles auch nur ein Traum gewesen? Zutiefst ratlos starrte er auf das Moor hinaus. Wind kam auf, eine Brise aus westlicher Richtung strich wirbelnd, dann wieder glättend über das Birkengrün in den Banks of Knamber, als führe eine unsichtbare Haarbürste darüber hin. Warum nahm er nicht den Wagen und fuhr jetzt auf der Stelle hinüber zur Ponyrampe? Es konnte doch sein, daß nicht die Ereignisse vom Sonnabend ein Traum gewesen waren, sondern daß er heute vormittag geträumt hatte. Es konnte doch sein, daß die tote Lyn wirklich dort drüben lag, daß nur ihr Traumbild ihm erschienen war . . .

Aber er besann sich rechtzeitig, wie idiotisch das wäre, und lachte laut vor sich hin, wie er überhaupt auf einen so verrückten Einfall hatte kommen können. Nachdem er wieder heimgekehrt war, wanderte er durchs Haus und überlegte, welche Änderungen er vornehmen werde, jetzt, wo Lyn fort war und alles ihm allein gehörte. Morgen würde er Essensvorräte einkaufen müssen, den Kühlschrank auffüllen, die Hälfte der Milch abbestellen; und er durfte nicht vergessen, Brot zu kaufen. Es machte ihm richtig Spaß, die Küche sauberzumachen, alles mögliche umzuräumen, Peachs Futternapf und die restlichen Dosen mit Katzenfutter in den Mülleimer zu werfen.

Die Wiederholung der Samstags-Episode von ELIZABETH NEVIL begann um halb sechs. Stephen stellte den Fernseher an, als sie gerade die inzwischen wohlbekannte, fast schon berühmte Titelmelodie spielten. Es begann damit, wie Joseph Usher beim Spaziergang mit seinen irischen Wolfshunden das Apsley Sough findet. Der Jux dabei war, daß der Drehbuchautor und auch der Regisseur ebensowenig gewußt hatten, *wo* der Bergwerksschacht war, wie Tace selber. Stephen mußte laut lachen bei der Szene, wo der Schauspieler, der den Usher spielte, in ein Loch hinunterstarrte, das kaum einen Meter vom George Crane Coe entfernt war. Eine Kaninchenhöhle war das, weiter nichts! Und als sie dann das Innere der Mine zeigten, da war es sonnenklar, daß es sich dabei um Kulissen in einem Studio handelte. Ob Rip sich die Sache wohl ebenfalls ansah und darüber lachte? Danach kam das Moor überhaupt nicht mehr vor, sondern nur noch Interieurs und vor allem »die bezaubernden Kleider«, von denen Helenas Mitbewohnerin in SUNNINGDALE geschwärmt hatte.

Er verlor bald das Interesse, denn der Drehbuchautor hatte sich nicht sonderlich getreu an Taces Text gehalten. Unentwegt mußte er an die Leiche in der Ponyrampe denken, an die Leiche, die es gar nicht gab, die niemals dort gewesen war. Dabei brauchte er bloß die Augen zu schließen, dann sah er sie dort liegen, das Gesicht nach unten, mit dem geschorenen Kopf, dann sah er es vor sich, wie der schwache Strahl seiner kleinen Taschenlampe darüber hinweggehuscht war. Er hatte sich doch hingekniet, hatte das Haar abgeschnitten, es zu einem Strang zusammengedreht und es in dem Sack verstaut. Und dann, am nächsten Morgen, hatte er es wieder aus dem Sack herausgenommen und es in die Tasche seiner Reißverschlußjacke gesteckt, aber sofort war ihm eingefallen, daß das ein Fehler wäre, weil zu leicht Haare am Taschenfutter haften bleiben konnten. Ganz bestimmt hatte er alles das getan, und ganz bestimmt hatte er es gestern morgen getan! Er hatte dann den Haarstrang in Plastikfolie eingewickelt und ihn zusammen mit dem Seil und der Handlampe in seinen Rucksack gepackt, während er darauf wartete, daß drüben Kevin von der Bildfläche verschwände und die Luft endlich rein wäre.

Er stellte den Fernseher ab und ging an den Dielenschrank. Dort hing seine Reißverschlußjacke. Er nahm sie mit ans Wohnzimmerfenster, aber das Tageslicht war nicht mehr stark genug, um viel zu sehen. Unter der Deckenlampe krempelte er die Tasche von innen nach außen. Ein einzelnes blondes Haar haftete an dem leicht magnetischen Nylonfutter.

Stephen nam das Haar fort und ließ es auf den Teppich fallen. Entschlossen zog er die Jacke an, ging hinaus und setzte sich in seinen Wagen. Dort blieb er ein paar Minuten still sitzen und atmete tief, denn sein Herz raste, und seine Hände waren fahrig. Nur durch äußerste Willensanstrengung konnte er vermeiden, daß ihm die Hände zitterten, als er aus dem Tace Way ins Dorf abbog.

Die Sonne war untergegangen, und das Moor lag in bläulichem Zwielicht. Es war, außer vielleicht für übervorsichtige Autofahrer, noch nicht dunkel genug, um die Scheinwerfer einzuschalten, und es herrschte kaum Verkehr. Auf seinem Wege nach Thirlton begegnete er nur einem einzigen Wagen. Wieder fuhr der Wind wie mit Bürstenstrichen über Gras und Heide der Thirlton Plain und beugte die wenigen, ohnehin schon windschiefen Bäume am Straßenrand, zwischen denen sich am ganzen westlichen Horizont der Abglanz des Sonnenunterganges in blutroten Streifen hinzog.

Jetzt, da er sich dem Ort näherte, zu dem er sich untergründig hingezogen gefühlt hatte, jeden Augenblick, seit er ihn am Sonnabend verlassen hatte, befiel ihn jenes seltsam erstickende Gefühl, als säße ihm das Herz in der Kehle. Dieses einzelne Haar konnte schließlich auf irgendeine andere Weise in seine Tasche geraten sein, vielleicht, weil ein Kleidungsstück von Lyn direkt daneben im Schrank gehangen hatte, oder vielleicht während Lyn die Jacke das letzte Mal gewaschen hatte. Furcht und Widerstreben, sich der Ponyrampe zu nähern, legten sich plötzlich wie ein Strick um seinen Hals. Dennoch brachte er es nicht fertig, langsamer zu fahren, sein Fuß auf dem Gashebel weigerte sich, ihm zu gehorchen. Es trieb ihn unbezwingbar voran, hinaus aus dem Dorf Thirlton, über den ersten Buckel des Moorlandes, hinaus auf die leere Straße, die sich ins Bow Dale hinunterschlängelte. Aber dann, als die Straße sich um den Fuß des Knamber Foin wand, wo sich das Tal in seiner ganzen Weite öffnete, da trat er hart auf die Bremse und brachte den Wagen rüttelnd zum Stehen, eine Schockreaktion, als sei jemand zwischen den Felsen hervorgestürzt und einen halben Meter vor ihm über die Straße gerannt.

Unten bei der »Brücke« war die Straße grell erleuchtet von gebündelten Autoscheinwerfern, die eine gleißend weiße Lichtkuppel aus dem dunkelblauen Himmel schnitten. Es war, als sähe man auf einer Autobahn von weither den Unfallort einer entsetzlichen Massenkarambolage, denn inmitten des grellen Lichtes blinkte hektisches Blaulicht der Polizei, zuckten in regelmäßigem, langsamem Rhythmus gelbe Warnleuchten auf.

Stephen war am ganzen Körper in Schweiß gebadet. Er sah dort unten eine Menge Leute herumlaufen, schwarze Silhouetten gegen die Dämmerung, die sich in Menschen verwandelten, sobald sie in den Bereich des Scheinwerferlichtes gerieten. Er saß wie versteinert, und er schwitzte. Der Motor war abgesoffen. Dort unten blinkerten tatsächlich die blauen Lichter auf den Dächern der Polizeiwagen – an und aus, an und aus, hübsch und amüsant wie eine Schaufensterdekoration, und gelbe Lichter blinkten dazwischen . . . Aber Lyn war doch lebendig! Er hatte sie doch sprechen hören, hatte sie leibhaftig gesehen mit all ihren unversehrten goldenen Haaren!

Hinunterfahren und feststellen, was los war? Unmöglich! Er bezweifelte, ob er das allein schon körperlich durchstehen würde. Er atmete tief durch, und beim zweiten Versuch gelang es ihm, den Motor anzulassen. Das Lenkrad war naß vom Schweiß seiner Hände. Nachdem er gewendet und all der Helligkeit und Geschäftigkeit dort unten den Rücken gekehrt hatte, schaltete er seine Scheinwerfer an. Und dann fuhr er sehr langsam zurück. Über das Lenkrad gebeugt kämpfte er gegen die Schwäche seines Körpers an. Ein Polizeiwagen mit zuckendem Blaulicht begegnete ihm, als er durch Thirlton fuhr.

Um zehn Uhr gab es Nachrichten im Fernsehen. Eine halbe Stunde mußte er bis dahin noch warten. Nervös lief er hin und her. Und wenn es nun gar nichts Neues gäbe in den Nachrichten, weder heute abend, noch morgen, noch überhaupt jemals? Wenn das, was er im Bow Dale gesehen hatte, genauso eine Halluzination war wie sein Mord an Lyn? Er ließ sich auf die Knie nieder und kroch auf dem Teppich herum, um das Haar zu suchen, das er hatte fallen lassen. Statt des Haares fand er eine Handtasche von Lyn, eine braune, lederne, die zwischen Sitzpolster und Rückenlehne eines Sessels heruntergefallen war. Aber schließlich, nach einer wahren Ewigkeit, fand er tatsächlich das Haar. Er hielt es zwischen seinen Fingern, spannte es wie eine Bogensaite. Es war Lyns Haar, und es existierte handgreiflich. Jedenfalls mußte er das annehmen. Wenn er jetzt in Rips Geheimkammer ginge, würde er dann Lyns Haar neben dem von Marianne Price und Ann Morgan in dem Karton finden, oder war es auch nur Halluzination und Traum gewesen, daß er es dort hineingepackt hatte?

Wenn es in den Nachrichten um zehn keinerlei Neuigkeiten gäbe, dann würde er ins Goughdale und in die Mine gehen und nach dem

Sack und dem Haar schauen. Auch wenn die Nacht pechschwarz und mondlos war – er würde gehen! Das Gesicht der Ansagerin erschien auf dem Bildschirm, als er auf den Knopf drückte. Seine Uhr mußte nachgehen, er hatte den Nachrichtenüberblick versäumt.

Er kauerte sich auf das Sofa, sah zu, wie der Präsident der Vereinigten Staaten einem afrikanischen Premierminister die Hand schüttelte, wie Gewerkschaftsführer sich zu einem bevorstehenden Eisenbahnerstreik äußerten, verfolgte die Suche nach Überlebenden bei einem Flugzeugabsturz in der Türkei. Es würde nichts Neues geben, rein gar nichts! Das machte ihn rasend. Er zitterte, ballte die Fäuste.

Dann war da wieder die Ansagerin. Sie bewegte ein Blatt Papier vor sich auf dem Tisch und sagte mit ihrer indifferenten, seidigen Stimme: »Die Leiche eines dritten Opfers des Vangmoor-Mörders wurde heute nachmittag im Schachteingang eines stillgelegten Bleibergwerkes in der Nähe des Dorfes Thirlton gefunden. Es handelt sich dabei um die Leiche einer Journalistin einer Lokalzeitung, Harriet Jane Crozier, vierundzwanzig Jahre alt . . .«

Stephen sprang auf die Füße und brach in bellendes Gelächter aus.

17

Es hatte schon seit Sonnabend dagelegen, es hatte die Katze daran gehindert, auf ihren Lieblingsplatz zu springen, aber erst jetzt bemerkte Stephen das Buch, das auf dem Kastanientischchen lag! MUSE DES FEUERS – DAS LEBEN ALFRED OSBORN TACES von Irving J. Schuyler. Harriet Crozier hatte es gebracht, um es ihm zu leihen, wie sie es ihm versprochen hatte! Jetzt begriff er. Lyn war fortgegangen und hatte seinetwegen die Hintertür unverschlossen gelassen, und später, viel später war Harriet mit dem Buch gekommen. Es war niemand zu Hause gewesen, aber gerade um diese Zeit hatte das Gewitter angefangen. Die Hintertür war nicht nur unverschlossen gewesen, sie hatte sogar ein wenig offengestanden, und so war sie hereingekommen, um vor dem Regen Schutz zu suchen. Und dort hatte er sie vorgefunden, in einer Kleidung, wie sie auch Lyn oft trug, wie tausend andere Mädchen und Frauen sie während des Sommers trugen – Jeans und T-shirt. Sie hatte auf ihn gewartet und durchs Fenster das Gewitter beobachtet.

Und die braune Lederhandtasche, die er gefunden hatte, gehörte gar nicht Lyn, sondern Harriet. Er nahm sie von dem Sessel, auf dem er sie hatte liegenlassen und blickte hinein. Der blau-grün-weiß gemusterte Schal steckte zusammengefaltet darin, ihr Reporternotizblock, Geldbörse, Kreditkarte und Scheckbuch, und ein Durcheinander von Kugelschreibern, Bleistiften, Make-up-Utensilien und losem Kleingeld. Stephen konnte nicht anders, er brach wieder in Lachen aus. Es war so ungeheuer spaßig! Soweit es um seine eigene Sicherheit ging, gab es überhaupt keine bessere Lösung! Er nahm das Buch auf. Nirgends ein Vermerk oder sonst ein Zeichen, womit es sich als Eigentum von Harriet Crozier oder des ECHO auswies. Von unsäglicher Erleichterung erfüllt, nahm er das Buch mit nach oben ins Bett und schlief sehr bald darüber ein. Als er am nächsten Morgen aufwachte, lag es noch immer auf der Bettdecke, aufgeschlagen etwa in der Hälfte des ersten Kapitels – so tief und ohne sich zu rühren hatte er geschlafen.

Es war schon spät, schon nach neun. Irgendwie kam es ihm absurd vor, zur Arbeit zu gehen. Er bereitete sich ein umfangreiches Frühstück aus Eiern, Schinken, Tomaten und Toast und öffnete dazu noch eine Dose Würstchen. Es war seit Tagen die erste richtige Mahlzeit, die er aß, und als er in den Spiegel blickte, kam es ihm vor, als habe er Gewicht verloren. Sein Gesicht sah mitgenommen aus, und unter den Backenknochen waren tiefe Wölbungen.

Nach dem Frühstück – und nach dem Abwasch, denn auch, wenn er allein war, hatte er nicht vor, in Chaos und Unordnung zu versinken –, ging er hinauf in sein Arbeitszimmer. Und weil er jetzt ruhig und entspannt war, denn er wußte nun, daß er ein Mann von gesundem Verstand war, gelang es ihm ohne Schwierigkeiten, den Bruch an Taces Kopf zu reparieren. Während der Leim trocknete, nahm er seine sämtlichen Bücher heraus, staubte sie ab und ordnete sie neu ein. Draußen hörte es nicht auf, in Strömen zu regnen, und er mußte das Licht anmachen.

In dem Schränkchen unter dem Ausguß standen noch alle möglichen Töpfchen mit Farbresten. Er fand eine kleine, noch halbvolle Dose mit schwarzer Vorstreichfarbe. Die eigentliche Farbe war ein sehr dunkles Grau, kein richtiges Schwarz. Er breitete eine alte Ausgabe des ECHO auf dem Boden aus, setzte Taces Büste darauf und begann, sie vorsichtig mit der Vorstreichfarbe zu bearbeiten, wobei er den verklebten Rissen besondere Aufmerksamkeit widmete. Während er so beim Malen war, gewahrte er Harriet Croziers Namen unter einem Artikel über die Mädchen der Three Towns, die sich die Haare abschnitten und färbten. Und wieder mußte er lachen. Daß ihm aber auch ein solcher Irrtum unterlaufen war! Immerhin – es war ziemlich dunkel gewesen, so dunkel, wie es auch jetzt sein würde ohne die brennende Lampe. Und er hatte ja auch nie – weder unten im Wohnzimmer, noch später in der alten Ponyrampe –, ins Gesicht seines Opfers geblickt!

Als er mit dem Bemalen fertig war, holte er den Staubsauger hervor und saugte sämtliche Teppiche und Polstermöbel im Hause ab, dann wischte er in allen Räumen Staub. Um halb zwei machte er sich überbackenen Toast aus den restlichen Würstchen und Käse, stieg dann ins Auto und fuhr nach Hilderbridge hinunter, um Essensvorräte einzukaufen. Die Stadt wimmelte von Polizei, überall waren Streifenwagen und Polizisten, und als er nach Chesney zurückkam, sah er, daß im Pförtnerhaus der Hall Licht brannte. Davor parkten ein paar Einsatzwagen.

Die Sauberkeit und Ordnung im Hause gefielen ihm sehr. Von fünf Uhr an saß er vor dem Fernseher, holte sich irgendwann zwischendrin eine Mahlzeit aus kaltem Huhn, fertigen Pommes frites und einer Portion abgepacktem Salat . . . Eigentlich aß er während des ganzen Abends unentwegt, Schokoladenriegel, Kartoffelchips und Nüsse . . . Er ließ keine Nachrichtensendung aus, schaltete von einem Kanal zum anderen, um keine zu versäumen. Da gab es ein Interview mit dem stellvertretenden Polizeipräsidenten der Provinz, dem man seine Weigerung, bei den Mordfällen Scotland Yard zur Unterstützung heranzuziehen, zum Vorwurf machte. Dann folgte ein Interview mit einem Mann namens Martin Smith, der erklärte, er sei des öfteren mit Harriet Crozier ausgegangen. Und selbst, wenn er hundert würde, werde er sich niemals verzeihen, daß er nicht auch am Sonnabendnachmittag mit ihr ausgegangen sei, anstatt zum ersten Fußballspiel der Saison zu fahren, das dann doch wegen des Gewitters abgesagt werden mußte. Stephen ging nicht vor Mitternacht zu Bett.

Der nächste Tag verlief in ganz ähnlicher Weise, angenehm und geruhsam, wenn auch ohne Malerarbeiten und ohne Einkäufe. Es regnete nur noch vereinzelt, und am Nachmittag hörte es ganz auf. Stephen wanderte bis zum Ringers Foin hinaus und wieder zurück, und den Rest des Abends verbrachte er wieder vor dem Fernseher, aß Schweinefleischpastete, Tomaten, Kartoffelchips und Schokolade. Seit Jahren, wenn nicht seit seiner Kindheit, hatte er nicht mehr derartig viel gegessen. In den BBC-Nachrichten um neun erschien

Chefinspektor Malm und sagte, er sei zuversichtlich, daß man den Vangmoor-Mörder diesmal fassen werde. Ganz schön optimistisch waren die! Dabei konnte es höchstens noch ein paar Tage oder auch nur Stunden dauern, und sie würden aufgeben.

Am nächsten Tag ging Stephen nach einem herzhaften Frühstück wieder zur Arbeit.

Vati war denn doch nicht so tief in seiner Misere versunken, als daß er sich Stephen nicht vorgeknöpft hätte. Mit tief eingesunkenen Augen sah er von den Intarsien auf, an denen er gerade arbeitete.

»Sieh mal einer an, du bist wiedergekommen, hast dich gütigst herabgelassen, wiederzukommen. Hattest wohl wieder einen deiner berühmten Virusse, was?«

»Ich fürchte, ja, Vati. Tut mir leid. Aber Unkraut vergeht nicht, wie du siehst.«

»Na schön. Hast du dir übrigens schon mal Gedanken über deine Zukunft gemacht, wenn Whalby Bankrott macht? Hast doch wohl gemerkt, wie viele kleine Betriebe in den Three Towns dieses Jahr pleite gegangen sind, was? Oder bildest du dir vielleicht ein, ich könnte den ganzen Kram alleine schaffen, ein Mann mit einem kranken Verstand wie ich?«

»Großer Gott, Vati, du hast doch keinen kranken Verstand.«

Vati wandte sich ab und spuckte in das Sägemehl. »Bitte vergiß nicht, daß du eine Frau hast, daß du vielleicht Kinder haben wirst. Wovon willst du bitteschön leben, wenn die Firma Whalby vor die Hunde geht?«

»Ach, übrigens«, sagte Stephen, »ich habe keine Frau. Nicht mehr.« Er setzte ein angestrengtes, strahlendes Lächeln auf. »Sie hat mich verlassen. Wir haben uns getrennt. Sie ist mir am Sonnabend weggelaufen.«

Der Tisch quietschte, als Vati sich daraufstemmte, um sich aufzurichten. Mit hängenden Armen stand er da und starrte Stephen an. »Was sagst du da?«

»Du hast doch gehört, Vati. Lyn hat mich verlassen.«

»Das glaube ich nicht!«

»Ich fürchte, du wirst es müssen. Großer Gott, Vati, wir sind doch nicht das erste Ehepaar, das sich trennt. Wir werden schon irgendwie darüber hinwegkommen.«

Leise und unendlich bitter sagte Vati: »Alles wiederholt sich auf Erden. Die Sünden der Väter, von denen die Kinder heimgesucht werden . . .«

Es geschah, ehe Stephen sich recht besinnen konnte. Einen Augenblick zuvor noch hatte er neben Vati gestanden und sich bemüht, seinem Blick auszuweichen, im nächsten fand er sich von seinen mächtigen Armen umschlungen in einer erdrückenden Umarmung wieder. Und genau wie damals, vor all den vielen Jahren, als Brenda fortgegangen war, stammelte Vati verworrene Worte über seinem Kopfe.

»Wie der Vater, so der Sohn«, murmelte er mit Tränen in der Stimme. »Jetzt muß jeder dem anderen ein und alles sein, Stephen, mein ein und alles!«

Stephen erschrak darüber weit mehr, als er es damals getan hatte. Damals war es immerhin irgendwie natürlich gewesen, begreiflich auch für das Kind. Jetzt dagegen war es einfach entsetzlich, von diesem gorillahaften Mann umschlungen zu werden, der nach seiner eigenen Einschätzung halb verrückt war. Damals als Kind hatte er Vatis Gefühle nicht dadurch verletzen wollen, daß er sich wehrte, und später hatte er Vati in allem und jedem nachgegeben, um des lieben Friedens willen und um ihn nicht zu beleidigen. Er hatte immer geglaubt, er liebte Vati. Jetzt auf einmal begriff er, wie sehr er ihn haßte, und unter dieser Aufwallung von Haß machte er sich gewaltsam frei. Er grub die Ellenbogen in Vatis Brust, spannte den Rücken und kam mit einem Ruck frei, so daß Vatis Arme zur Seite flogen und er taumelte. Allen Ernstes – der mächtige, gewaltige Vati taumelte! Er gab einen leisen Aufschrei von sich. Stephen rannte nach oben und verschanzte sich hinter den aufgereihten Sofas und Sesseln. Dort stand er, gegen die Wand gelehnt und lauschte. Aber von unten war nichts mehr zu hören.

Nach einer Weile schlich er zum Kopf der Treppe und blickte hinunter. Vati saß in einem Hepplewhitestuhl, und sein Oberkörper lag flach auf dem Tisch zwischen seinen ausgestreckten Armen. Auf Zehenspitzen ging Stephen wieder an sein viktorianisches Sofa aus austerfarbenem Samt, an dem er seit vergangenem Donnerstag nicht mehr gearbeitet hatte. Um die Mittagszeit war Vati gegangen, obgleich Stephen ihn nicht hatte fortgehen hören. Da ging er selbst auch, und er überquerte eben den Marktplatz, um zum MARKET BURGER HOUSE zu gehen, da berührte ihn jemand am Ärmel.

Es war Troth.

»Oh, nicht schon wieder!« stöhnte Stephen. Er besaß genügend

Selbstsicherheit, das zu sagen. Wäre Lyn die Tote gewesen, so hätte er wohl recht anders reagiert. »Sie wollen doch wohl nicht schon wieder mit mir sprechen?«

»Sie können doch gar nicht wissen, was wir wollen«, erwiderte Troth in dem boshaft triumphierenden Ton eines dummen Menschen, der glaubt, er sei seinem Kontrahenten überlegen. »Das habe ich doch gar nicht gesagt. Könnte doch sein, daß ich Sie nur verwarnen will, weil Sie Ihren Wagen im Parkverbot abgestellt haben.« Ein frischer Akneausschlag machte das Näherkommen seines Gesichtes förmlich zu etwas Beleidigendem. Stephen trat einen Schritt zurück. »Genau das könnte es doch sein«, beharrte Troth, »und ein unschuldiger Mensch würde ja auch gar nichts anderes vermuten.«

»Großer Gott, ich kann doch lesen, Mann, und ich seh mir doch das Fernsehen an. Jeder Bursche in meiner Lage würde sehr wohl wissen, daß Sie mich wegen des letzten Mordfalles sprechen wollen. Worauf warten wir also? Los, packen wir's an, gehen wir!«

Troth sagte nichts mehr. Sie waren keine hundert Meter vom Polizeirevier entfernt. Stephen wurde diesmal nicht in einen Untersuchungsraum geführt, sondern in ein Büro mit Schreibtisch, Stühlen, Aktenschränken und einem Ausblick über die Dächer von Hilderbridge. Hinter dem Schreibtisch saß im leichten grauen Anzug Manciple, das Gesicht durch den Sonnenschein der vorigen Woche noch dunkelroter verbrannt als früher, und Malm stand mit dem Rücken gegen das Fenster. Er sah sehr müde aus, die vergangenen Wochen hatten ihn zusehends altern lassen, und was immer er im Fernsehen verkündet hatte, jetzt wirkte er weder zuversichtlich noch optimistisch.

Manciple entschuldigte sich bei Stephen, daß man ihn hergeholt habe.

»Wir werden uns bemühen, Sie nicht länger aufzuhalten, als unbedingt nötig, Mr. Whalby. Aber wir müssen unsere Pflicht tun, das werden Sie verstehen.«

Stephen zuckte die Achseln. Es gefiel ihm nicht, wie Manciple ihn ansah, so, als durchschaue er seine Gedanken. Es war der durchdringendste, der intelligenteste Blick, den er bei all seinen Begegnungen mit der Polizei an einem dieser Männer erlebt hatte. Es war ein Blick der Erleuchtung. Stephen senkte die Augen.

Dann sprach Malm. »Ihr Wagen wurde während des Wochenendes zweimal in Thirlton gesehen, Mr. Whalby, einmal am Samstagabend und einmal am Sonntagabend, und beide Male parkten Sie vor dem Gemeindesaal. Könnten Sie uns sagen, was Sie dort gemacht haben?«

Anfangs brauste Stephen ein bißchen auf, sagte, das ginge sie doch wohl nichts an. Aber natürlich, bei einem Mordfall ging alles und jedes sie etwas an. Er konnte sich also nicht einfach weigern, eine Erklärung abzugeben. Nach kurzem Zögern gab er also zu, in Thirlton gewesen zu sein, und er sagte, er sei im Gemeindesaal gewesen. Es war purer Zufall, reine Glückssache, daß er, als sie ihn fragten, was denn dort stattgefunden habe, antwortete, es sei ein Konzert gewesen und damit das Richtige erriet.

Dann wollte Manciple wissen, wie gut er Harriet Crozier gekannt hätte.

»Ich bin ihr nur dreimal begegnet.«

»Dreimal ist mehr als genug, um eine Beziehung anzufangen«, sagte Malm und fügte hinzu: »Jedenfalls heutzutage.«

Stephen hätte am liebsten laut gelacht, so weit entfernt war dieser Verdacht von den Idealen oder den Zielen seines Lebens, und er spürte, daß ein Lächeln um seinen Mund zuckte.

»Was amüsiert Sie dabei denn so?« fragte Malm.

»Ich habe keine ›Beziehungen‹ zu Frauen. Ich bin meiner Frau immer treu gewesen.«

Er merkte, daß die Würde seiner Antwort sie einen Moment verstummen ließ. Dann fing Malm davon an, wie nahe doch Thirlton bei der alten Ponyrampe läge, und dann übernahm Manciple das Verhör, indem er Stephen eine unumwundene und genaue Beschreibung gab, wie Harriets Leiche dort hingebracht und deponiert worden sei. Er schilderte mit akkurater Perfektion, was Stephen tatsächlich getan hatte, wie er die Leiche in den Tunnel gelegt, nachdem er sich versichert hatte, daß, soweit man die Straße in beiden Richtungen überblicken konnte, kein Wagen in Sicht gewesen sei, wie er dann den Wagen in Thirlton abgestellt und zu Fuß zurückgegangen sei, um der Toten das Haar abzuschneiden. Stephen war zutiefst beunruhigt. Er mußte sich immer wieder im stillen sagen, daß seine Blutgruppe eine andere –, und daß er deshalb in Sicherheit sei.

In seiner verlegen-entschuldigenden Art sagte Manciple: »Sie können sich wohl nicht daran erinnern, welche Musik bei dem Konzert gespielt wurde?«

Stephen wußte nichts über Musik. Manciples Feststellung – denn es war eine Feststellung, keine Frage, obwohl sie eine Antwort erforderte –, verschlug ihm denn auch die Sprache. Er war keines Gedankens fähig, aber er mußte doch irgend etwas antworten! Also sagte er, in der Hoffnung, daß wohl Werke dieser Giganten unter den Komponisten dabeigewesen sein mußten: »Och, Beethoven, Bach –, eben so klassische Sachen.«

Ihre Gesichter verrieten nichts. Sie zeigten weder Spott über die Gewagtheit seiner Antwort, noch Erstaunen über ihre Richtigkeit, und unmittelbar danach ließen sie ihn gehen. Ohne ein Wort über die Zukunft, ohne Ermunterung, ohne Drohung.

Er trat hinaus auf die Straße und sagte sich, daß er völlig sicher sei, sein Blut, seine Blutgruppe schützte ihn. Sein Blut war ein scharlachroter Mantel, ein Zaubermantel, der ihn beschützte. Zwei Stunden war er bei der Polizei gewesen, und erstmals hatte niemand Kaffee oder Biskuits oder Sandwiches hereingebracht. Aber Stephen hatte auch gar keinen Appetit mehr. Eine Weile blieb er einfach in seinem Wagen sitzen, genau wie am Sonntagabend, aber die Straßen waren voll von Polizisten, von Männern in Uniform und solchen, die zwar nicht in Uniform steckten, sich auch wohl, so gut sie es verstanden, wie normale Bürger gekleidet hatten, aber dennoch unmißverständlich als Polizisten zu erkennen waren. Stephen hatte das Gefühl, als interessierten sie sich auffallend für solch eine einsame Figur in einem geparkten Wagen, wie er es war . . .

Vati war nicht da. Stephen stieg die Treppe nach oben herauf und verspürte noch weniger Lust zur Arbeit als sonst. Auf dem Roßhaarbezug der Chaiselongue neben dem kleinen Sofa, an welchem er gearbeitet hatte, standen zwei Karaffen aus geschliffenem Glas, und auf dem Stück Papier, auf dem sie standen, war geschrieben: »Von Vati«.

Schäumende Wut schoß in Stephen hoch und machte ihm die Kehle eng. Vatis Geschenke hatten ihm schon immer mehr Verlegenheit als Freude bereitet. Am liebsten hätte er die Dinger zerschmettert und die Glasscherben liegen gelassen, damit Vati sie fände, wenn er zurückkam – woher auch immer. Aber zwei Umstände hinderten ihn, das zu tun – einmal sein zähes, wenn auch geringschätziges Mitleid für Vati, das er nicht loswurde, zum anderen der Respekt vor schönen Dingen, der ihm durch seine Erziehung eingeimpft worden war.

Er wußte selbst nicht, warum, aber die Karaffen und der Zettel bestärkten ihn in einer Entscheidung, die in ihm Gestalt angenommen hatte, während er dort im Wagen gesessen hatte, während er über den Marktplatz gegangen und die Treppe hinaufgeklettert war: Er würde aufhören, für die Firma Whalby zu arbeiten. Er haßte es, hatte es immer gehaßt, wenn auch niemals so sehr wie jetzt. Sicherlich konnte er irgendeinen anderen Job finden, irgendeinen, der direkter mit dem Moor zu tun hatte. *Wenn* sie ihm die Chance gaben, etwas anderes zu tun, wenn sie ihn in Freiheit ließen . . .

Er nahm die Karaffen, schlug sie flüchtig in Zeitungspapier ein, klemmte sie sich unter den Arm und ging hinunter auf die Straße. Beinahe feierlich machte er die große, zweiflügelige Tür zu und schloß sie ab. Dann aber drehte er sich entschlossen um und wandte sein Gesicht dem Moor zu. Es gab kaum einen Punkt in Hilderbridge, von wo aus man es nicht sehen konnte, und auch jetzt, als er über den Marktplatz auf seinen Wagen zuging, erschien zwischen den vorspringenden Giebelfronten der Geschäfte im Market Hill eine ihm wohlvertraute Ansicht, die bläuliche Kuppe des Hilder Foin.

Stephen war seit seiner Kindheit nicht mehr in der Kirche gewesen, aber es gab zwei Psalmen, deren Anfänge trotzdem jedermann kannte. Leise tremolierend sang er vor sich hin: »Ich erhebe mein Angesicht zu den Bergen, von welchen mir Hilfe kommt . . .«

Freiheit von der Ehe, Freiheit von der Arbeit – eigentlich hätte ihn das beflügeln müssen. Statt dessen fühlte er sich schwer wie Blei. Jeden Augenblick erwartete er, daß die Polizei wiederkommen und ihn von neuem ausfragen oder daß sie ihn wegbringen würden zu neuen Verhören. Gegen sieben klingelte einmal das Telefon. Es war nur eine falsche Verbindung, aber es brachte ihn zu dem Entschluß, einen weiteren Schritt auf sein Ziel, auf die totale Freiheit hin, zu unternehmen. Er setzte sich und schrieb einen Brief an die Postdienststelle für Fernsprechangelegenheiten und kündigte seinen Telefonanschluß. Wozu brauchte er ein Telefon? Wen hatte er denn, den er anrufen konnte? Er adressierte den Umschlag, klebte eine Briefmarke darauf und ging gleich zum Anger hinunter, um ihn einzuwerfen, auch wenn er vor morgen früh nicht befördert würde.

Wieder einmal wimmelte es im Pförtnerhäuschen von Chesney Hall von Polizisten. Stephen bekam ernsthaft Sorge um Rip. Wenn so viele hinter ihm her waren, dann mußten sie ihn ja schließlich erwischen, dann gab es für ihn bestimmt kein endgültiges Entrinnen.

Es war wie damals in seiner Kindheit im Pförtnerhaus bei seiner Großmutter, wenn sich zu den Hetzjagden im Vangmoor die Hundemeute auf dem Anger versammelte. Damals hatte ihm der Fuchs leid getan, der von einer so unfairen Übermacht gejagt wurde.

Am nächsten Morgen, als er draußen im Moor durch das Vale of Allen wanderte und auf den Reeves Way zusteuerte, da traf er auf Männer in Jeans und Pullovern, die ihn anhielten. Sie erklärten ihm, sie seien von der Polizei und fragten, was er hier zu suchen hätte? Einen von ihnen erkannte er wieder, aber als er ihnen widerstrebend seinen Namen nannte, da war ihm, als wüßten sie den alle bereits, als sei er ihnen in einem unangenehmen Zusammenhang bereits vertraut. Er konnte sich nicht erklären, warum sie dort draußen waren, was sie dort wohl suchen konnten. Sie rieten ihm, nach Hause zu gehen, und er erklärte sich auch sofort dazu bereit. Das war schließlich das Simpelste. Aber als sie außer Sicht waren, da steuerte er doch entschlossen auf Pertsey und das Tower Foin zu. Er *brauchte* ganz einfach das Moor, und nichts gab ihnen das Recht, ihn davon fernzuhalten!

Auf den Tag genau vor achtundneunzig Jahren war Tace geboren. Stephen grübelte darüber nach, ob es wohl stimmte, was die Leute sagten, die an Reinkarnation glaubten? Ob der Geist des Dichters wirklich in ihn übergegangen war? Er blieb den ganzen Tag über draußen, wanderte, lag auf den flachen, schrägen, sonnenwarmen Felsen des Foins, und als die Sonne zu heiß wurde, verkroch er sich in den Schatten des Pulvermagazins und schlief dort in der kühlen Dunkelheit. Es wurde früher Abend, ehe er nach Hause kam.

Vor seinem Hause stand ein Polizeiwagen, und darin saßen Manciple und Troth.

18

Manciple saß auf dem Sofa. Troth wollte sich anscheinend nicht setzen, sondern ging im Zimmer umher und beäugte die Sachen auf eine, wie Stephen fand, unverschämte Weise. Er nahm Vatis silbernes Stiltonmesser in die Hand und prüfte den Silberstempel, dann hob er eine der Karaffen aus ihrer Zeitungspapierumhüllung und klopfte gegen das Glas, um es zum Klingen zu bringen. Stephen war bloß froh, daß er Harriet Croziers Handtasche nach oben gebracht hatte.

Er wußte nicht, weshalb sie gekommen waren. Mit Sicherheit nicht, um ihn zu verhaften, nicht einmal, um ihn mit zum Polizeirevier zu nehmen. Bis zu einem gewissen Grade benahmen sie sich sogar, als seien sie bloß eben mal vorbeigekommen, auch wenn sie einen Drink oder eine Tasse Kaffee oder Tee, die er ihnen anbot, ablehnten. Manciple bestritt fast die ganze Unterhaltung allein. Er saß mit übereinandergeschlagenen Beinen da, hatte einen Arm auf die Rückenlehne des Sofas ausgestreckt und gab Stephen behäbig eine genaue Schilderung, wie man Harriet am Montagmorgen bei der Arbeit vermißt habe und wie man – weil sie Martin Smith erzählt hatte, sie werde am Sonnabend per Bus einen Ausflug ins Moor machen –, einen Suchtrupp zusammengestellt und schließlich die Leiche um vier Uhr am Montagnachmittag gefunden hätte. Was sie zwar Martin Smith nicht erzählt, wohl aber einer Freundin anvertraut hatte, war, daß es einen Mann gab, den sie mochte, einen, der im Vangmoor wohnte, bloß sei er leider verheiratet . . .

Manciple sprach ohne Anklage oder Vorwurf in der Stimme, eher so, als sei Stephen Kriminologe, von dem man annehmen konnte, daß er an derartigen Fällen interessiert sei. Derweil wanderte Troth unentwegt umher und begutachtete aufmerksam diesen und jenen Gegenstand wie ein Taxator. Es dauerte nicht lange, da bat Manciple ihn, hinauszugehen und draußen im Wagen auf ihn zu warten. Stephen dachte, Troth würde sich rundweg weigern. Aber er setzte nur das Kastanientischchen ab, das er allen Ernstes hochgenommen hatte, um es in der Helligkeit beim Fenster genau zu untersuchen, wandte sich um und sah Manciple mit einer hochgezogenen Augenbraue an. Dann zuckte er die Schultern.

»Okay«, sagte er dann, »bitteschön, wenn du meinst.«

»Du findest sicher alleine raus«, wandte Manciple ein, als Stephen sich auf die Tür zu bewegte, um ihn zu begleiten. Die Haustür fiel mit einem ziemlichen Knall ins Schloß. Stephen stellte sich dorthin, wo Troth gestanden hatte, mit dem Rücken zum Licht. »Bleiben Sie ruhig stehen, wenn Ihnen das lieber ist«, meinte Manciple in seinem konzilianten, verständnisvollen Ton. »Ich werde Sie keine fünf Minuten aufhalten.«

Stephen setzte sich auf eine Sessellehne.

Im Plauderton fragte Manciple: »Sie kennen doch die Titelmelodie der BLEICHLAND-Serie im Fernsehen? – Pom pom pom . . .« Er summte ein paar Takte, zog einen Zettel aus der Tasche und las davon ab: »Vivaldi, die vier Jahreszeiten, erster Satz.«

»Klar weiß ich das. Natürlich ist das Vivaldi.« Stephen reagierte immer gereizt, wenn jemand seinen Intellekt und seine Bildung anzweifelte, und diese Gereiztheit verhinderte, daß er die Falle sah.

»Merkwürdig, daß Sie sich dann nicht erinnert haben, daß es eines der Stücke war, die am Sonnabend in dem Konzert in Thirlton gespielt worden sind.«

Stephen fühlte, wie er rot wurde und wie ihm am ganzen Körper der Schweiß ausbrach.

»Merkwürdig, wo Sie doch ein Nachkomme von Tace sind und ein Bewunderer seiner Bücher und wo Sie schließlich auch einen Fernseher haben . . . Man hätte denken sollen, Sie seien in das Konzert gegangen, gerade *weil* sie dort diese Musik spielten? Bloß – Sie sind gar nicht da gewesen, nicht wahr, Mr. Whalby? Sie sind zu der alten Ponyrampe gegangen, um einer toten Frau das Haar abzuschneiden.« Er nahm anscheinend keine Notiz von Stephens keuchendem Atemzug. »Wir würden gern gleich morgen früh dieses Haus durchsuchen«, fuhr er gleichmütig fort, »einverstanden?«

»Nein, warum sollte ich?«

»Bitte – wenn Sie nicht wollen. Ich könnte mir einen Haussuchungsbefehl besorgen, aber ich denke doch, Sie werden uns auch ohne hereinlassen. Und – Whalby, hauen Sie nicht ab, ja? Das zahlt sich nur aus, wenn man sehr reich ist oder irgendwo weit weg Freunde hat.«

Stephen schüttelte den Kopf, sagte aber kein Wort mehr. Er schloß die Haustür hinter Manciple. Gut, er hatte einen Schreck bekommen, er hatte einen Moment lang auch Angst gehabt, aber das war auch alles gewesen. Sie hatten schließlich keine Beweise, sie konnten ihm nichts nachweisen. Das war doch alles nur typischer Polizeibluff! Allerdings würden sie bestimmt morgen früh wirklich kommen, und es wäre unklug, dieses Buch im Hause zu behalten.

Die Sonne schien, malte goldene Streifen und Rechtecke auf Wände und Teppich. Es würde noch ein ganz schöner Abend werden. Über dem Big Allen klärte sich der Himmel auf. Die Idee, er könne abhauen, machte ihn lachen, zuerst leise in sich hinein, dann laut heraus. Er und abhauen? Wie sollte er das aushalten? Wo sonst konnte er denn leben? Verdammt dürftige Psychologen waren diese Polizisten!

Er zog die Reißverschlußjacke an und schob die MUSE DES FEUERS von Irving J. Schuyler innen in die Brusttasche. Wenigstens würde er es erst mal aus dem Hause schaffen, dann konnte er darüber nachdenken, was er damit machen sollte. Ein Mann verfolgte ihn ins Dorf hinein, jedenfalls ging er hinter ihm her und ebenfalls ins Dorf hinein. Der Mann war jung, er war allein, und Stephen kannte ihn nicht, es konnte also sehr wohl ein Polizist sein. Oder auch nicht. Und als Stephen den Anger überquerte und durch die Pforte auf den Kirchhof trat, da ging der Mann ebenfalls auf den Anger, stieg in einen dort geparkten Wagen und fuhr davon.

Ein Streifenwagen mit drei Insassen parkte auf dem Weg, der neben der Friedhofsmauer entlanglief. Schwer zu sagen, ob sie dort saßen, um ihn zu beobachten oder nicht. Zwei Polizisten in Uniform standen vor dem Pförtnerhäuschen. Aber Stephen hatte kein bißchen Angst. Schon am Nachmittag war die Angst nach und nach von ihm gewichen, jetzt war sie vollständig fort, und er war ganz sicher – wenn er auch nicht recht wußte, wieso –, daß sie nie wieder zurückkehren würde. Er hatte der Angst ein für allemal adieu gesagt, er fühlte sich unbesiegbar, voll untergründiger Macht. Es war wie in einem jener Träume, in denen man zwar Verbrechen begangen hat, aber man weiß, man kann nicht dafür bestraft werden; was man auch tat, man konnte nicht gefaßt werden, sie konnten einen nicht belangen.

Das Buch war ein hinderlicher Klotz, der gegen seinen Körper drückte. Er mußte es schleunigst loswerden, wußte aber nicht recht, wie er das bewerkstelligen sollte. Aber darüber machte er sich weiter keine Sorgen, er würde schon einen Weg finden. Das Bergwerk, ja, das war natürlich der richtige Platz dafür. Andererseits, wenn es stimmte, daß die Polizei ihn beobachtete, so hatte er natürlich keine Lust, sie zu dem Einstiegsschacht zu führen. Das zu verhindern, war er Rip schuldig. Der Polizeiwagen fuhr an, rollte langsam den Hügel hinunter in Richtung Hilderbridge. Stephen ging zurück über den Anger, blieb am Briefkasten stehen und tat, als ob er einen Brief einwürfe. Der Abend war schwül und feucht, es regte sich kein Lüftchen, und von den Bäumen, die auf dem Kirchhof wuchsen, die das Pfarrhaus umstanden und die Hall schützend verbargen, hingen schwere, dunkle Baldachine schlaffen Blattwerkes. Das Wetter war eine Atempause zwischen Regen und Regen.

Die beiden Polizisten waren wieder in das Pförtnerhäuschen hineingegangen. Da beschloß Stephen, über den steilen Fußpfad direkt das Chesney Fell zum Foinmenplateau hinaufzusteigen. Dort oben würde er schon irgendein Loch, einen Kaninchenbau oder einen durch Gestein verdeckten Spalt finden, wo er das Buch begraben konnte. Er kam eben an der Toreinfahrt zur Hall vorüber, als ein Wagen langsam die Auffahrt heruntergefahren kam. Unmittelbar vorm Tor stoppte er, die Fahrertür wurde geöffnet, und heraus stieg Professor Schuyler, der eilig zum Haus zurücklief.

Bestimmt wollte er etwas holen, das er vergessen hatte. Auf dem Rücksitz und dem Fußboden des Wagens lag ein Wust von Büchern, dazwischen Ordner, zwei ramponierte Aktentaschen, stapelweise Manuskripte, von Büroklammern zusammengehalten. Stephen blickte sich rasch um, vergewisserte sich, daß er nicht beobachtet wurde, dann riß er die MUSE DES FEUERS aus der Brusttasche seiner Jacke und warf sie leichthin mitten hinein in das Durcheinander. Er kicherte in sich hinein. Da drinnen lag auch noch ein anderes Werk des Professors, nämlich eine Denkschrift über Ford Madox Ford in glänzendem Schutzumschlag.

Danach kletterte Stephen leichtfüßig, beinahe fröhlich den Zickzackpfad hinan. Niemand folgte ihm. Sie hatten wohl auch schwerlich die Kondition, den nötigen Atem, um ihm hier herauf zu folgen oder sonst irgendwo an den Steilhängen des Moors auf den Fersen zu bleiben. Er lachte lauthals, während er aufstieg, er breitete die Arme aus, als wolle er den Himmel umarmen, die Foins, die grünen Hänge. Ich erhebe mein Angesicht zu den Bergen . . .

Nein, sie hatten keinerlei Beweise gegen ihn. Alles, was sie wußten, war, daß er während des Wochenendes zweimal mit dem Wagen in Thirlton gewesen war. Sie würden ganz schön dumm gucken, wenn sie Zeit und Personal verschwendet hätten mit der Durchsuchung seines Hauses, um am Ende nicht das Geringste zu finden. Immerhin sollte er sich vielleicht doch einen Anwalt nehmen? Aber warum eigentlich? Warum dafür Geld ausgeben, es glatt zum Fenster hinauswerfen, wo sie ihm doch nichts nachweisen konnten? Wenn er nach Hause käme, würde er sich den Wagen noch einmal vornehmen. Womöglich waren da noch ein paar Haare hängengeblieben, von denen sie durch wissenschaftliche Untersuchungen feststellen konnten, daß sie nicht Lyn gehörten.

Wenn diese ganze Polizeiaktion ausgestanden war, dann würde er den Wagen vielleicht sogar verkaufen. Was brauchte er einen Wagen, wo er jetzt doch nicht mehr zur Arbeit gehen würde? Er würde nirgendwo hinwollen, außer hier oben ins Moor. Nein, das Auto war nur eine sinnlose Belastung, genauso kostspielig wie die Haltung eines Pferdes, das nie geritten wurde.

Er erreichte den Hügelkamm, blieb stehen und blickte über die

Ebene bis hinüber zu den aufrechten Monolithen, die sich in ihrer eigenartigen, schräg aufeinander zulaufenden Prozession dunkel gegen einen pfirsichroten Himmel abhoben, der über und über mit goldenen und blauen Federn besät war. Es war überwältigend, beinahe zu phantastisch, zu sehr Postkartenfoto, zu sehr Kunst nach der Natur, Kunst im Sinne des ECHO-Kalenders. Ein Vogelschwarm zog über ihm dahin, er flog sehr hoch, hundert winzige schwarze Kommas in strikter Formation. Stephen wanderte gemächlich über den weichen Grasboden auf die Pforte in der Umzäunung zu. Einmal glaubte er, er hätte hinter dem Giganten etwas sich bewegen sehen, aber als er genauer hinblickte, war nichts zu entdecken.

Als er aber die Pforte öffnete, war ihm, als röche er Tabakduft. Die Luft war schwer und feucht. Sollte während des Nachmittages jemand hier oben gewesen sein und geraucht haben, so konnte sich der Geruch allerdings womöglich über Stunden in der Luft gehalten haben. Die beiden kammförmigen Schatten lagen riesig ausgebreitet, einer zwischen den Steinreihen, der andere außerhalb. Stephen schritt die Schattenfront entlang, und da war er wieder, dieser Hauch von Tabak! Und plötzlich hatte er auch nicht mehr das Gefühl, hier oben alleine zu sein. Hastig drehte er sich um, um zu sehen, wer ihm gefolgt war.

Die Ebene lag verlassen. Stephen zwinkerte und mußte vor dem blendenden Licht der sinkenden Sonne die Augen schließen. Er wandte sich wieder zurück und blickte mit zusammengekniffenen Augen die steinerne Kolonnade entlang. Und ganz an ihrem Ende, gerade, als er hinsah, löste sich eine Gestalt aus dem Schutze des Giganten und stand gegen den Himmel, angestrahlt vom Kupferglanz der Sonne. Es war die Gestalt eines sehr großen Mannes mit wildem dunklen Haar, ein bärtiger Mann, der dunkle Hosen trug und dazu einen weißen oder doch sehr hellen Sweater, den die Sonne in flammendes Gold umfärbte.

Stephen rührte sich nicht. Der Mann nahm die Zigarette aus dem Mund, aber anstatt sie fallen zu lassen und auszutreten, schnippte er die Glut mit den Fingern fort und steckte die Kippe in seine Tasche.

Dann setzte er sich in Bewegung, schritt langsam die Allee zwischen den Steinriesen entlang, über die Schattenbalken hinweg. Stephen zog pfeifend die Luft ein. Schrittweise ging er ihr entgegen, dieser göttergleichen, bärtigen, goldenen Gestalt, die da durch das Mittelschiff seiner Druidenkathedrale auf ihn zu wandelte.

Wie eine tiefe Glocke klang seine Stimme: »Stephen!«

Es mußte ein Bestandteil des magischen Geheimrituals sein, daß dieser Mann in dem blassen weiten Schafwollpullover, dieser Mann, der größer war als Jan Stringer, größer sogar als Vati, seinen Namen kannte und ihn damit anredete. Stephen war nicht imstande, zu sprechen, er konnte nur vorwärts schreiten und den Mann anstarren.

»Ich dachte mir schon, daß du das bist. Ich glaube, ich kenne deinen Gang selbst noch nach all den Jahren.« Eine lange braune Hand fuhr in die Masse niederhängenden Haares, in den krausen Bart. »Du erkennst mich wohl nicht unter all dieser Wolle, wie? Peter. Peter Naulls.«

19

Sie saßen auf dem Altar und sahen zu, wie die Sonne unterging. Wie ein purpurner Ball lag sie auf dem Horizont, aber erst, als sie versunken war, wurde auch der Himmel rot, rot wie das Herz des Feuers. Peter zündete sich eine Zigarette an und stieß das Streichholz in die Erde.

»Ich habe immer vom Vangmoor geträumt, während ich auf meinen Reisen war«, erzählte er. »Das läßt einen nicht los, wenn man hier aufgewachsen ist. Ich bin um die ganze Welt gekommen, meist zu Fuß oder auch per Bus oder per Anhalter, aber je länger ich fort war, desto mehr fing ich an, an das Moor zu denken und – na ja, es zu vermissen.«

»Wie lange bist du weggewesen?« fragte Stephen.

»Jahre. Allein zwei Jahre lang habe ich in Kathmandu gelebt, an einem Platz, den sie Freak Street nennen. Ich war ein richtiger Freak, total ausgeflippt, kann ich dir sagen. Da war dann so ein Arzt, der sagte mir klipp und klar, daß ich sterben würde, wenn ich so weitermachte, also kam ich nach Hause. Ich hab sogar einen Job gefunden.«

»Hier?« fragte Stephen tastend.

»In London. Krankenhauspförtner. Meine Güte, Stephen, manchmal wünschte ich, man hätte mich so was lernen lassen, wie dich . . . Was ist schon ein englischer Universitätstitel wert?«

Stephen sah ihn verwundert an. »Wann bist du denn zurückgekommen von – von Kathmandu?«

»So um Weihnachten rum muß das gewesen sein.«

»Sie haben dein Foto weggeräumt in Onkel Leonards Haus. Das letzte Mal, als ich dort war, war es verschwunden.«

»So als ob ich für sie gestorben wäre, was? Du hast doch wohl nicht geglaubt, ich würde bei ihnen wohnen, wenn ich herkomme, wie?«

»Du könntest bei mir wohnen«, sagte Stephen schnell.

»Du bist verheiratet, wie?«

Stephen schüttelte heftig den Kopf. »Es wäre prima, wenn du bei mir wohnen würdest. Ich habe ein großes leeres Haus, jede Menge freie Zimmer. Immer, wenn du mal hier ins Vangmoor zurückkommen willst, kannst du bei mir wohnen.«

Es war ein merkwürdig verstohlener Blick, mit dem Peter ihn musterte. Dabei zog er eine Augenbraue in die Höhe. »Ich habe schon eine Unterkunft.«

»Aber bei mir würde es dich keinen Penny kosten. Du könntest kommen und gehen, wann du wolltest, du wärst völlig frei.«

Darauf antwortete Peter nicht direkt. Er sagte: »Ich kenne da so ein Mädchen in Loomlade, wir kennen uns schon seit unserer Kindheit. Und ich komme ab und zu her, um sie zu besuchen.« Er stand auf. »Komm, laß uns gehen. Es wird bald dunkel, und ich hab' noch einen langen Weg vor mir.«

»Aber wir sehen uns doch wieder, ja?«

»Sicher. Warum nicht?«

Gemeinsam schritten sie zwischen den Foinmen hindurch. Stephen fragte, wann Peter zurückmüsse. Sonntag – nicht vor Sonntag. Er wollte ihn auch nach dem Mädchen fragen, wollte fragen, ob sie langes blondes Haar hätte, aber er traute sich nicht, und so fragte er statt dessen nach ihrem Namen.

»Stella. Stella Crane. Ihr Vater hat den Elektroladen dort. Du und ich, wir beide sind mal als Kinder da drin gewesen und haben eine Taschenlampenbatterie gekauft, weißt du noch?«

Und ob er es noch wußte! Stephen quoll das Herz über. Er begann vor Freude lauthals zu lachen. Er mußte stehenbleiben und sich die Seiten halten, so sehr schüttelte ihn das Lachen.

»Was ist denn daran so komisch?« Peter sah ihn wieder befremdet von der Seite an, von oben bis unten.

»Ach, ich bin bloß so glücklich«, seufzte Stephen und rang nach Atem. »Großer Gott, ich bin so glücklich, daß ich einfach lachen muß, ich weiß auch nicht, warum. Es ist so großartig, daß ich dich getroffen hab, einfach phantastisch! Das war genau das, was ich *brauchte*, verstehst du?«

»Ich fürchte, nicht so ganz.« Peter schloß die Pforte und blieb an dem Punkt stehen, wo der Weg sich gabelte, auf der einen Seite steil abwärts verlief nach Chesney, auf der anderen sich durch die Foinmens Plain wand. Einigermaßen verlegen sagte er: »War nett, dich wiederzusehen, Stephen.«

»Ruf mich an, bevor du zurückfährst, ja? Versprich mir, daß du es tust. Ich steh im Telefonbuch.«

»Sicher, sicher, mach ich, Stephen.«

»Aber bestimmt! Wir wollen uns nicht wieder aus den Augen verlieren, ja?« Stephen streckte seine Hand aus. Er wußte selbst nicht, warum er das tat, ob er erwartete, daß Peter sie schütteln oder festhalten werde, und vielleicht war es auch ebenso gut, daß Peter die ausgestreckte Hand in dem zunehmenden Zwielicht anscheinend nicht sah. Hatte er unbewußt die Hand ausgestreckt, um Peter am Fortgehen zu hindern, überlegte er flüchtig? »Gute Nacht«, sagte er schnell, und geradezu sehnsüchtig wiederholte er: »Aber wir sehen uns doch wieder?«

Peter lachte, als er von dannen ging, und sehr klar klang seine Stimme durch die windstille Dämmerung. »Du weißt, wo du mich findest. Gute Nacht, Stephen.« Einmal drehte er sich noch um und winkte. Stephen sah ihm nach, bis er außer Sicht war, und das dauerte lange, denn die Foinmen Plain erstreckte sich mehr oder weniger flach bis zum östlichen Ausläufer des Ringers Foin, und Peters weißer Pullover glitt durch das Dämmerlicht wie ein glimmender Lichtpunkt.

Das Bergwerk oder das Apsley Sough hatten sie mit keinem Wort erwähnt. Das war auch gar nicht notwendig gewesen, dachte Stephen, oder vielmehr, das, was es für sie beide bedeutete, war zu tief, um bei dieser ersten Begegnung in Worte gefaßt werden zu können. Außerdem *hatte* Peter es ja indirekt erwähnt. Er hätte es gar nicht subtiler und feiner tun können, als von dem Tage zu sprechen, an dem sie jene Taschenlampenbatterie in Cranes Geschäft gekauft hatten. Das war, wie Stephen wußte, und wie natürlich auch Peter sich erinnerte, genau der Tag gewesen, an dem sie den Eingang zur Mine entdeckt hatten. Vielleicht war es klug von Peter gewesen, daß er sich weigerte, mitzukommen und in seinem Hause zu wohnen. Für Leute ihres Schlages waren Häuser nur beengend und hinderlich. Leute wie sie mußten sich hier oben im Freien begegnen. Bestimmt würde Peter ihn morgen anrufen. Er würde ihn anrufen, und dann würden sie gemeinsam in die Mine hinuntersteigen.

Mit der Dunkelheit setzte auch der Regen wieder ein. Es war ein feiner, schwacher Dauerregen. Stephen ging in sein Schlafzimmer hinauf, und ihm fiel ein, daß gleich morgen früh die Polizei kommen und das Haus durchsuchen würde. Auf dem Fußende seines Bettes, auf der zurückgeschlagenen Decke, lag Harriet Croziers Handtasche.

Langsam packte er den gesamten Inhalt aus und legte ihn auf das Bettlaken. Alle Gegenstände waren sehr klein, der größte war noch Harriets Notizblock, und auch der war nicht größer als eine Postkarte. Stephen überlegte. Verbrennen konnte er die Sachen nicht, es gab nirgends eine Feuerstelle im Haus. Ebensowenig wagte er, den Kram einfach in den Mülleimer zu werfen. Wahrscheinlich hatte Lyn ihre Mutter gebeten, ihr den Rest ihrer Kleider nachzuschicken, aber bisher war Mrs. Newman noch nicht erschienen, um das zu erledigen, und ein großer Teil von Lyns Besitztümern war noch im Hause. Stephen überlegte noch eine Weile, dann legte er kurzentschlossen die leere Tasche zu Lyns drei Handtaschen, steckte Lippenstift und Eyeliner in die Schublade mit Lyns Make-up, und das Kleingeld schob er in seine eigene Hosentasche. Warum sollte er die restlichen Sachen morgen nicht einfach bei sich tragen? Sie würden zwar das Haus absuchen, aber doch nicht ihn persönlich.

Er schlief einen gesunden Schlaf, erwachte aber früh und war um sieben schon aufgestanden. »Gleich morgen früh« bedeutete bei der Polizei in diesem Falle aber halb neun, und Stephen hatte den Eindruck, als sei Troth mächtig beeindruckt, ihn am Ausguß stehen und sein Frühstücksgeschirr abwaschen zu sehen. Ein schuldiger Mann würde nicht gerade Geschirr spülen, wenn die Polizei käme, um sein Haus nach Indizien zu durchsuchen, damit man ihn unter Mordanklage stellen konnte. Von Zeit zu Zeit, aber natürlich nicht in Gegenwart Troths und der anderen, klopfte er gegen seine Taschen und schmunzelte, wenn er dabei Harriet Croziers Notizblock, ihr Scheckbuch und ihre Kreditkarte fühlte.

Nach einer oder zwei Stunden war er sich seiner Sache geradezu triumphierend sicher, nämlich, daß sie nichts gefunden hätten und auch nichts finden würden – was sollten sie schließlich auch finden? Er konnte einfach nicht anders, als verhalten zu kichern, wie er sie da so in seinen Sachen herumstochern und auf dem Boden herumkriechen sah. Troth, der mit dem Nagel des kleinen Fingers an einem Pickel herumkratzte, fragte ihn, wo seine Frau sei, und Stephen sagte, das wisse er nicht, sie hätte ihn verlassen.

Troths Rattengesicht wurde streng, und seine Augen rückten noch näher zusammen. Alles, was Stephen tun konnte, war, seine Belustigung zu verbergen, denn man konnte förmlich sehen, wie es in Troths Kopf arbeitete, und zu welchen Schlüssen er natürlich unverzüglich gelangte.

»*Ich* weiß wirklich nicht, wo sie ist«, sagte Stephen, »aber meine Schwiegermutter, die weiß es. Sie brauchen bloß über die Straße zu gehen und sie zu fragen.«

Die kaum verborgene Enttäuschung auf Troths Gesicht ließ Stephen in brüllendes Gelächter ausbrechen. Es war so wohltuend zu sehen, daß Troth ihn anscheinend nicht länger verachtete, sondern vielmehr aussah, als ob er sich vor ihm fürchte oder doch wenigstens auf der Hut wäre. Gegen halb eins hatten sie die Haussuchung beendet und alle Dinge mehr oder weniger dorthin zurückgelegt, wo sie sie gefunden hatten. Troth erwähnte mit keinem Wort, ob er ihn noch einmal sprechen wolle oder ob er mit einem neuerlichen Besuch später am Tage rechnen müsse. Er verschwand drüben im Hause der Newmans, blieb aber nur zehn Minuten dort.

Noch immer regnete es leicht. Man merkte dem Hause die fremde Willkür an, ähnlich wie wenn Einbrecher da gewesen wären. Aber Stephen dachte nicht daran, alles wieder in Ordnung zu bringen oder etwa nochmals den Staubsauger in Betrieb zu setzen. Er ging in sein Arbeitszimmer und entwarf eine Anzeige zur Veröffentlichung im ECHO, mit der er seinen Wagen zum Verkauf anbot. Er steckte den Anzeigentext in einen Umschlag und klebte eine Briefmarke darauf. Aber er wagte nicht, sofort zum Briefkasten hinunterzugehen, für den Fall, daß Peter anriefe. Und Peter würde ja heute oder morgen anrufen, weil er doch am Sonntag zurück mußte zu seinem Pförtnerposten im Krankenhaus.

Was würde er, Stephen, eigentlich unternehmen, um einen Job zu finden? Andererseits – *brauchte* er denn eigentlich einen? Das bißchen Geld, das seine Artikel für die STIMME DES VANGMOOR ihm einbrachten, reichte doch aus, um Essen zu kaufen. Und ohne Frau, ohne Wagen und vielleicht sogar ohne Haus . . .? Für ihn würde ein neues Leben beginnen, und die Aussicht darauf versetzte ihn in freudige Erregung. Er malte auf ein Stück Pappe: ZU VERKAUFEN – £ 1200,–, fügte VB für »Verhandlungsbasis« hinzu und befestigte das Schild mit Klebestreifen an der Heckscheibe seines Wagens. Immerhin war es ja möglich, ihn auf diese Weise zu verkaufen, bevor die nächste Wochenausgabe des ECHO erschien.

Trotz des Regens war es warm, und er sehnte sich danach, draußen im Moor zu sein. Aber er ging ins Haus zurück, aß ein bißchen Lunch und amüsierte sich bei dem Gedanken, wie die Polizisten überall an seiner Kleidung, im Bett und im Wagen blonde Haare gefunden hatten und dann enttäuscht hatten einsehen müssen, daß es Lyns Haare waren! Er stellte sich Troth vor, wie er eine Telefonnummer wählte, die Mrs. Newman ihm wahrscheinlich gegeben hatte. Natürlich hoffte er doch, von der Person am anderen Ende der Leitung zu hören, er oder sie hätte nie etwas von Lyn gehört; und statt dessen war dann vielleicht Lyn höchstpersönlich am Apparat gewesen! Diese Vorstellung reizte ihn erneut zum Lachen. Er prustete vor Lachen, kopfschüttelnd über die Dummheit der Polizei.

Am Nachmittag ließ der Regen nach, und als die Sonne zum Vorschein kam, begann draußen alles zu dampfen. Stephen machte die Fenster weit auf. Wer würde eigentlich den Garten besorgen, jetzt, wo Lyn fort war? Ein Haus mit Garten, dachte er, das war doch eine rechte Last und den Ärger nicht wert, den man damit hatte. Wenn bis sieben das Telefon nicht geklingelt hätte, dann würde er zu Fuß oder mit dem Wagen mal drüben in Loomlade in Cranes Geschäft nach Peter schauen. Er setzte sich an das offene Fenster, aß geröstete Erdnüsse und trank Tee. Das Telefon läutete gegen halb fünf. Mit heller Stimme nannte er zuerst seine Nummer und sagte dann: »Hier spricht Stephen Whalby.«

Der Anrufer war Vati.

Da sagte Stephen nichts mehr. Er legte bloß einfach den Hörer auf. Natürlich wollte er sein Telefon nicht stillgelegt haben, bevor Peter angerufen hätte, aber sofort danach konnten sie es seinetwegen herausreißen, wenn sie wollten. Auch das war bloß eine Last.

Er war gerade dabei, sein Abendessen zu machen, Eier für ein Omelett aufzuschlagen, da klingelte es an der Haustür. Sein erster Gedanke war, es könnte womöglich schon wieder die Polizei sein, aber als er aus dem Fenster blickte, sah er keinen Polizeiwagen auf der Straße stehen, überhaupt kein Auto weit und breit. Und plötzlich wußte er, *wer* das sein mußte! Sehr wahrscheinlich hatte Stella Crane kein Telefon, und aus irgendwelchen Gründen konnte er das im Laden nicht benutzen. Es war sein glücklichster Moment seit dem Tage, da er in Rips Geheimkammer gesessen, Zwieback gegessen und sich in Sicherheit gefühlt hatte, wie er jetzt durch den Flur ging, um Peter die Haustür zu öffnen. Er lächelte, als er es tat.

In dem Manne, der draußen stand, und der Peter Naulls nur insofern ähnelte, als auch er einen Bart trug, erkannte Stephen zu seiner Enttäuschung Professor Irving J. Schuyler.

»Mr. Whalby?«

Stephen nickte.

»Ich hoffe, Sie entschuldigen, daß ich mir die Freiheit nehme, einfach hierherzukommen.« Seine Stimme klang voll und kultiviert, mit einem starken überseeischen Zungenschlag. »Sie werden sich vielleicht denken können, worüber ich mit Ihnen sprechen möchte.«

Augenblicklich fiel Stephen das Buch ein, das er in Schuylers Wagen geworfen hatte. Aber er hatte keine Angst. Schließlich war es nur der Professor, der zu ihm kam, und nicht die Polizei. Drüben lauerte Mrs. Newman hinter einem Fenster im Erdgeschoß. Stephen befeuchtete seine Lippen. »Bitte kommen Sie herein.«

»Das ist sehr freundlich von Ihnen.« Der Professor trat in die Diele. Er trug ein T-Shirt und seine Dr.-Scholl-Sandalen. Er löste seine Hände, die er hinter dem Rücken verschränkt gehalten hatte, und Stephen sah, daß er einen großen braunen Umschlag trug, in dem mit Sicherheit das Buch steckte.

»Chesney ist wirklich ein äußerst reizendes Dorf. Es hat mir sehr viel bedeutet, hier bei Mr. und Mrs. Southworth zu Besuch sein zu dürfen und die nähere Heimat von Alfred Osborn Tace persönlich kennenzulernen. Eine zauberhafte Wildnis ist das Vangmoor, finden Sie nicht? Ganz genau so, wie Tace es uns unter dem höchst angemessenen Decknamen ›Bleichland‹ geschildert hat.«

»Bitte setzen Sie sich«, sagte Stephen.

Schuyler blickte sich anerkennend im Zimmer um. Der Anblick des Big Allen, der sich von Ferne hinter dem Gartenzaun erhob, brachte ein fast schelmisches Lächeln auf seine Lippen. Er hob die Hand und winkte ihm zu wie einem guten alten Freund auf der anderen Seite der Straße.

»Damit Sie nicht denken, wir amerikanischen Akademiker führten ein Faulenzerleben, Mr. Whalby, will ich Ihnen lieber gleich erzählen, daß ich einen sechsmonatigen Forschungsurlaub genommen habe. Zuerst ein Monat hier, dann ein Monat in Haworth, ein kleiner Abstecher zu den Seen, und dann wieder zurück zu meinen freundlichen Gastgebern hier. Das war wirklich ein phantastischer

Sommer!«

Stephen sah, wie er das Buch aus dem Umschlag gleiten ließ. Sein Gesicht wurde heiß. Schuyler legte das Buch auf seinen Schoß und blickte gedankenversunken darauf nieder. »Nun, Mr. Whalby, ich sollte wohl lieber zur Sache kommen und Ihre Zeit nicht mehr in Anspruch nehmen, als unbedingt nötig. Ich weiß nicht, ob Ihnen bekannt ist, daß ich mich stark für Alfred Osborn Tace interessiere. Ich vermittle mein Wissen über ihn meinen Studenten, und ich habe ein, zwei kleine Werke geschrieben – über ihn und über *seine* Werke.« Er hob das Buch hoch, wedelte damit hin und her und sagte spaßhaft pompös: »Als da wäre dieses, mein jüngstes Opus, die MUSE DES FEUERS. Ehrlich gesagt, ich wußte gar nicht, daß ich hier in Chesney ein Exemplar bei mir hatte, aber das Glück wollte es, daß dies hier in meinem Wagen lag. Wir Akademiker stehen ja nicht zu Unrecht in dem Ruf permanenter Geistesabwesenheit, könnte man wohl sagen.«

Stephen fiel ein Stein vom Herzen. Weshalb auch immer dieser Professor hergekommen war, zumindest nicht, weil er den Schlüssel zur Lösung des Geheimnisses um Harriet Croziers Tod in der Hand zu haben glaubte.

»Ich habe zufällig Ihren Artikel im THREE TOWNS ECHO gelesen, den meine Gastgeberin mir heute morgen freundlicherweise brachte. Eine interessante kleine Arbeit, muß ich sagen. Ich nehme an, jetzt begreifen Sie, worauf ich mit meiner langen Vorrede hinaus will.«

Stephen nickte. »Großer Gott, ja. Sie meinen – daß Tace mein Großvater ist?«

»Ja, allerdings, Mr. Whalby. Offen gestanden, ich bin fasziniert. Auch wenn Mr. Fowler es von mir nicht gerne hören würde, ich bin sprachlos . . .« Schuyler begann von seinem umfangreichen Wissen über Tace zu sprechen, von seinen Studien über jeglichen Aspekt seines Lebens. Ohne allzuviel davon hermachen zu wollen, müsse er sich doch als der Welt führenden Spezialisten betrachten, was das Leben und das Werk des großen Romanciers beträfe, und dennoch . . .

»Meine Abkunft«, unterbrach ihn Stephen kurz und bündig, »die erfolgte, fürchte ich, auf der falschen Seite der Bettdecke.«

»Bitte?«

»Großer Gott, ich meine, meine Mutter war . . . also sie war illegitim.«

»Höchst interessanter Ausdruck«, meinte Schuyler. Er schien stark beeindruckt. ». . . die falsche Seite der Bettdecke? Ja, man kann sich denken, wie er zustande gekommen ist! Ich muß das gleich bei meiner Gastgeberin mal im Brewers nachschlagen. Aber, Mr. Whalby, Ihre Mutter – eine natürliche Tochter von Tace? Das ist schon eine erstaunliche Sache. Ich muß gestehen, ich bin wirklich erstaunt. Da denkt man nun an Taces strenge Moral, an seine fast prüde Rechtschaffenheit, und dann . . . Also ich muß es gestehen, ich bin ein wenig enttäuscht, meinen Helden . . . sagen wir: durch Heuchelei verunstaltet zu sehen. Ja, er ist nicht mehr völlig makellos; zwar immer noch sans peur, aber doch nicht mehr sans reproche. Dürfte ich nach dem Geburtsdatum Ihrer Mutter fragen?«

»Mai 1925«, erwiderte Stephen, »25. Mai.«

»Ach, das wird ja immer faszinierender. Es waren nämlich der vorausgegangene Sommer und Herbst, den Ihr Großvater mit seiner aufsehenerregenden Vorlesungstournee durch die Vereinigten Staaten verbrachte. Ich sollte das vielleicht einmal mit meinen Daten hier vergleichen . . .« Der Professor öffnete das Buch und blätterte durch Kapitel elf. »O ja, hier. Die Tournee begann, wie ich auch ohne Gedächtnisstütze hätte wissen sollen, im Juni 1924 und endete mit einem regelrechten Triumph für Tace im November. Ihre Großmutter war vielleicht eine amerikanische Dame? Oder war sie eine Begleiterin, die Tace, in aller Heimlichkeit, wage ich zu behaupten, auf seine Reisen mitgenommen hatte?«

Stephen blieb stumm. Er nahm Schuyler das Buch aus der Hand und las die Daten. Die Druckbuchstaben tanzten vor seinen Augen. Diese Angelegenheit sei von höchstem Interesse für Anhänger und Bewunderer Taces, betonte Schuyler. Ob er Stephen zu einem nicht zu fernen Zeitpunkt nochmals belästigen dürfe wegen genauerer Angaben und Nachweise, wegen eines Lebenslaufes seiner Großmutter sowie jeglicher Erinnerung, die er persönlich beisteuern könne? Ja, sie müßten die ganze Geschichte ausführlich durchsprechen. Denn jede Lebensbeschreibung Taces bedürfe natürlich angesichts dieser Enthüllungen einer Ergänzung . . .

Stephen sagte unvermittelt: »Tut mir leid, aber Sie müssen mich jetzt entschuldigen. Ich muß jetzt weg.«

»Natürlich!« Schuyler sprang auf, ganz zerknirschte Höflichkeit. »Ich habe Ihre Zeit schon viel zu sehr in Anspruch genommen. Darf ich Ihnen das Buch hierlassen? Wir sehen uns wieder. Sie können sich gar nicht vorstellen, wie sehr mich die neuen Aspekte aufregen, die sich aus dieser Entdeckung ergeben, Mr. Whalby!«

Stephen begleitete ihn hinaus und schloß die Tür. Der Anblick des Buches, das nun wieder auf dem Kastanientischchen lag, ließ ihn in Gelächter ausbrechen, obwohl ihm kein bißchen komisch zumute war. Er wußte im Grunde nicht, weshalb er so nahezu hysterisch lachen konnte, nachdem ihm in einem Zeitraum von nur zehn Minuten das Hauptmotiv seiner ferneren Existenz in die Brüche gegangen war.

Er setzte sich auf das Sofa und versuchte, die einschlägigen Stellen des Kapitels elf zu lesen. Aber es war ihm nicht möglich, etwas zu erfassen. Irgendwie hatte er das Gefühl, als ob er überhaupt nie mehr viel lesen würde. Lesen, das hatte etwas damit zu tun, Taces Enkelsohn zu sein, nicht aber ein Abkömmling von Arthur Naulls. Er war durstig, und als er in die Küche ging, um sich ein Glas Wasser zu holen, da blickte er verständnislos auf die Schüssel mit aufgeschlagenen Eiern, den Rührbesen, die Brotscheiben auf dem Teller daneben. Hatte er wirklich die Absicht gehabt, etwas zu essen? Essen – das erschien ihm plötzlich als eine ebenso abwegige und abstruse Tätigkeit wie Lesen.

Er ging nach oben. Ausgehen konnte er ja nicht, weil Peter anrufen würde. Die Sonne ging bereits unter und verfärbte einen Himmel, der aus dem faserigen Rauchgrau eines Holzfeuers bestand. Immer früher und früher ging sie jetzt unter. Bald würde der Herbst da sein. Er sah die Haustür der Newmans aufgehen und seine Schwiegermutter über die Straße kommen. Die Türglocke klingelte. Wahrscheinlich wollte sie Lyns Sachen zusammenpacken. Er ignorierte das Läuten und ging in sein Arbeitszimmer, wo er auf der Maschine einen Brief an das Gemeindeamt von Hilderbridge zu tippen begann, worin er davon Kenntnis gab, daß er beabsichtigte, sein Mietverhältnis, betreffend das Haus Tace Way 23, Chesney, Moorside, zum Ende des Monats zu kündigen . . .

Wieder klingelte es an der Haustür. Er ging hinunter, um zu öffnen, denn er wußte, irgendwann mußte er sie ja doch hereinlassen. Aber vor der Tür stand nicht Mrs. Newman, sondern Trevor Simpson. Was denn mit dem Wagen faul sei, daß Stephen ihn so billig verkaufen wolle?

Früher hätte Stephen solche Bemerkung übelgenommen, aber heute abend kümmerte es ihn nicht. Er zuckte nur die Achseln. Mit dem Wagen war überhaupt nichts faul, der hatte ihn nicht einen einzigen Tag im Stich gelassen.

»Wenn du's wissen willst – ich ziehe aus«, sagte er. »Auf zu neuen Ufern – Totalausverkauf, wenn du so willst. Hier hält mich nichts mehr. Ich gebe das Haus auf, und einen Wagen brauche ich auch nicht mehr. Bist du interessiert?«

Trevor war interessiert. Er öffnete die Motorhaube, setzte sich dann auf den Fahrersitz, und Stephen hatte nichts dagegen, als er gern eine Probefahrt machen wollte, aber mitkommen mochte er nicht. Er mußte ja drinnen auf Peters Anruf warten. Der Brief war fertiggeschrieben und unterzeichnet und steckte bereits in einem Umschlag, als Trevor zurückkam, höchst zufrieden mit seinem Handel. Er würde Stephen einen Scheck über fünfhundert Pfund aushändigen und den Rest am Montag begleichen.

»Großer Gott, das hat doch keine Eile«, beteuerte Stephen überschwenglich. »Der Wagen gehört dir. Ich geb ihn bestimmt niemand anderem, ich behumpse dich schon nicht.«

Trevor ließ seinen wissenden Blick auf ihm ruhen, und ehe er fortging, sagte er: »Du kannst deinem eigenen Ich nicht davonrennen, Steve, das weißt du.«

Es war inzwischen dämmerig, beinahe dunkel. Heute würde Peter wohl nicht mehr anrufen, er würde damit bis morgen warten. Aus seinem Arbeitszimmer holte Stephen Taces Büste und aus dem Wohnzimmer Harriet Croziers Exemplar der MUSE DES FEUERS, das immer noch dort lag, wo der Professor es hingelegt hatte.

Dann trat er in den dämmerigen Garten hinaus. Der Himmel war jetzt dunkelviolett. Irgendwo hatte er mal gelesen, wie es kam, daß die Sterne kein Licht gaben, aber er konnte sich nicht erinnern, warum das so war. Heute wimmelte es nur so von Sternen am Himmel, und es stimmte schon, daß sie eigentlich kein Licht ausstrahlten, sondern eher wie punktgroße Löcher in einem dunklen Samtbeutel wirkten. Er öffnete den Verschlag neben der Hintertür, wo Lyn die Gartengeräte verwahrte, und suchte sich einen Spaten heraus.

Anscheinend wuchsen hier in der Garteneinfassung Blumen, er erkannte sie als eine graue Masse, wirre, pilzartige Gewächse, und fuhr aufs Geratewohl mit dem Spaten hinein. Seine Phantasie begann ihm Streiche zu spielen, denn als er einmal aufblickte, da glaubte er einen Moment lang, daß hinter dem Küchenfenster ihn ein Gesicht aus der Dunkelheit anstarrte. Er wandte sich ab und grub entschlossen weiter. Als er eine Grube von etwa einem dreiviertel Meter Länge und einem halben Meter Tiefe ausgehoben hatte, legte er das Buch hinein und daneben die Büste von Tace.

Lange verharrte er auf seinen Spaten gestützt und blickte grübelnd in das kleine Grab hinunter, bis er schließlich sehr langsam mit der Hand in seine Tasche fuhr, all die kleinen Besitztümer von Harriet Crozier hervorholte und sie eins nach dem anderen zu Tace und dem Buch in die Grube fallen ließ. Dann schüttete er den Aushub samt Blumen zurück wie Erde auf einen Sarg.

Stephen wischte den Spaten ab, stellte ihn in den Verschlag zurück und ging wieder ins Haus. Er hätte schwören können, daß er die Lampe im Flur und im Obergeschoß ausgemacht hatte. Es dauerte eine Weile, ehe er begriff, was passiert war, während er draußen im Garten war, aber als er ins Schlafzimmer trat, war es ihm vollends klar. Die Schranktüren standen offen, und alle restlichen Kleider von Lyn waren fort. Mrs. Newman war da gewesen, um sie zu holen.

Harriet Croziers Handtasche war ebenfalls fort. Stephen lachte schallend bei dem Gedanken, daß Harriet Croziers Tasche jetzt an Lyn geschickt wurde. Er legte sich aufs Bett und lachte und lachte. Aber als er sich mit der Hand übers Gesicht fuhr, weil die Haut juckte, da fühlte er, daß sie naß war von Tränen.

20

In den letzten Tagen hatte er manchmal das Gefühl gehabt, als ob ein stramm gespannter Strick durch sein Gehirn verliefe, straff gespannt von einer Seite seiner Hirnschale zur anderen, von den Augen zum Hinterhaupt. Aber irgendwann während des Abends oder während der Nacht war dieser Strick gerissen und hatte ihn in die Freiheit entlassen, nach der er sich so sehr gesehnt hatte. Er wanderte im Haus umher und überlegte, wie er das Mobiliar loswerden könnte. Sollte Vati es doch haben und es verkaufen! Oder Lyn konnte es bekommen. Er trug Lyn nichts mehr nach. Er schrieb eine kurze Mitteilung für Vati und eine für Lyn und legte beide auf das Kastanienblatt-Tischchen. Er mußte kichern bei dem Anblick der beiden Zettel, denn das sah ja aus, als sei er drauf und dran, Selbstmord zu begehen, statt zu neuen Ufern aufzubrechen.

Von Peter hatte er bisher kein Lebenszeichen erhalten. Bestimmt würde er sich im Laufe des Tages melden, aber Stephen war zu ungeduldig, er wollte nicht mehr warten. Vielleicht sollte er nach Loomlade gehen und Peter seinerseits aufsuchen? Aber dagegen sprach, daß das Mädchen vielleicht da wäre und Peter es wohl nicht gern sähe, wenn sie zuviel wüßte. Er rief sich sein Gespräch mit Peter ins Gedächtnis zurück und suchte sich zu erinnern, was Peter über das Mädchen gesagt hatte. Und dabei fielen ihm zwei Dinge von höchster Wichtigkeit wieder ein, die Peter gesagt hatte, Dinge, die er neulich in ihrer Bedeutung gar nicht erfaßt hatte, die in den verallgemeinernden Floskeln ihres Gespräches untergegangen waren.

»Ich habe schon eine Unterkunft«, hatte er gesagt, und: »Du weißt, wo du mich finden kannst.« Was für ein Dummkopf er gewesen war! Was für ein Idiot, daß er nicht begriffen hatte, was das hieß! Natürlich hatte Peter eine »Unterkunft«, und natürlich wußte Stephen, wo diese Unterkunft war. Peter hatte sagen wollen, ich werde in der Mine sein, komm und besuch mich in der Mine! Am Sonntag wollte er nach London zurück, also würde er heute in Rips Geheimkammer sitzen und auf ihn warten!

Eine fast unerträgliche Aufregung ergriff Stephen. Er konnte kaum atmen und lachte vor Glück. Nur der Gedanke, Peter habe womöglich gestern den ganzen Tag in der Mine auf ihn gewartet – vergeblich gewartet –, versetzte ihm einen Stich. Aber nein, gestern war Freitag gewesen, und Peter mußte ja annehmen, Stephen sei zur Arbeit gegangen. Nein, Sonnabend war *der* Tag, darauf deuteten alle Zeichen hin. Genau jetzt war Peter wahrscheinlich auf dem Wege dorthin, durch das Vale of Allen.

Stephens Gelächter verstummte beklommen, als er so durchs Haus ging und sich bewußt wurde, daß er womöglich nie wieder hierher zurückkäme. Er würde nicht mal soviel Zeit vergeuden, durchs Dorf zu gehen, um den Brief ans Gemeindeamt in den Kasten zu werfen. Den konnte er genausogut zu den Zetteln für Lyn und Vati legen. Was sollte er mitnehmen? Einen Satz Kleidung natürlich und eine Decke für die Nacht. Essen war genug in der Geheimkammer. Später dann, etwa am Montag, wenn Peter nach London zurückgefahren war, würde *er* an der Reihe sein, die Lebensmittelvorräte aufzufüllen. Und dann mußte er auch für sich noch eine Matratze und einen Schlafsack kaufen. Oh, er würde die Kammer schon wohnlich und gemütlich machen bis zu Peters Rückkehr . . .

Das letzte, was er vom Tace Way sah, war der Kinderwagen auf dem hellgrünen Rechteck des Simpsonschen Rasens, und das letzte, was er hörte, war das energische Geschrei von Joannes Baby. Ich schüttele den Staub dieses Ortes von meinen Füßen, sagte er zu sich selbst, ich schüttele ihn von meinen Füßen! Die Redewendung gefiel ihm, und er verfiel in einen tänzelnden Gang, schüttelte seine Füße jedesmal, wenn er sie hob und wiederholte die Worte ein übers andere Mal. Aber dann, als er die Jackley Road überquerte, erhob er seine Augen zu den Bergen.

Seinen Rucksack, der das Seil, die große Handlampe, Kerzen und Kleidung enthielt, trug er auf dem Rücken. Unter dem rechten Arm trug er eine Wolldecke, zusammengerollt und mit einem Strick verschnürt. Er hatte beschlossen, sich einen Bart wachsen zu lassen, wie Peter einen hatte; rasiert hatte er sich zum letzten Mal!

Kein Mensch folgte ihm. Er war allein, so allein, wie er es immer gewesen war hier draußen im Moor. Hinter ihm fuhr ein Auto die Straße entlang in Richtung Jackley und wenig später ein zweites, das nach Hilderbridge fuhr. Aber dort, wo es keine Straßen gab, war das Vangmoor wie leergefegt von Menschen. Verlassen und stumm lag es da, denn jetzt, gegen Ende des Sommers, sang auch kein Vogel mehr.

Im Vale of Allen gab es hier und da noch vereinzelte goldene Blüten am Stechginster. Das war eine merkwürdige Sache beim Ginster – obwohl seine eigentliche Blütezeit das Frühjahr war, trug er doch immer noch einzelne Blüten, sogar noch im tiefen Winter, und wenn es nur eine einzige war. Darüber hätte er einmal für das ECHO schreiben sollen! Aber nun war es zu spät, er glaubte nicht, daß er noch je wieder für die STIMME DES VANGMOOR schreiben würde. Das mußte nun jemand anders an seiner Stelle übernehmen, denn für ihn war solche Tätigkeit in weite Ferne gerückt, so nahe er auch dem Moor blieb. Ihm wurde klar, daß er sich selbst zu einem Gesetzlosen machte, zu einem modernen Robin Hood, und dieser Gedanke gefiel ihm. Er und Rip zusammen würden so eine Art Räuberbande sein, obwohl es keine Raubzüge sein würden, die sie begingen, wenn sie aus ihrem Berg hervorkämen.

Der Nebel über dem Moor, der seit dem Sonnenaufgang wie von Gold durchwirkt war, hätte sich eigentlich längst heben müssen. Statt dessen wurde er immer dichter, kälter, weißer und herbstlicher. Er konnte das Foin, das sich vor ihm aus dem flachen Land erhob, nur als vagen, verschwommenen Umriß erkennen. Die Steinhütte und die alte Förderwinde waren unsichtbar, und als sie endlich doch aus dem Dunst auftauchten, wirkten sie wie lebendige Gestalten, die sich auf ihn zu bewegten.

Er knotete das Seil an dem Felsvorsprung fest und kletterte ins Apsley Sough hinunter. Die Wände des Schachtes waren feucht und schlüpfrig, wenn auch nicht triefend naß, und auf dem Boden des Hauptstollens stand kein Wasser. Darüber war Stephen erleichtert, denn in den vergangenen Tagen hatte er nicht selten eine Überflutung der Mine befürchtet.

Alles, was der Regen hier unten angerichtet hatte, war eine Verstärkung des sauren, chemischen Geruches. Er tastete sich den Stollen entlang und fragte sich, ob Rip wohl schon da wäre und ob er das Geräusch seiner Schritte wohl durch die Felswände hindurch hören konnte? Die Luft hier unten war kälter als gewöhnlich und legte sich wie ein klebriges Frösteln auf seine Haut. Die Kehle war ihm wie zugeschnürt vor Aufregung, aber er ging langsam, gemessen voran, damit Rip sich darauf einstellen konnte, daß er käme.

Als er die leichte Biegung des Tunnels passiert hatte, sah er, daß am Ende des Stollens, dort, wo es zum Eingang der Geheimkammer ging, tiefes Dunkel herrschte. Wenn Rip also schon hergekommen war, so hielt er sich nicht dort drinnen auf, es sei denn, er saß im Dunkeln und wartete. Stephen fiel ein, daß Rip ja nicht wußte, daß er Rip hieß, daß das nur sein eigener Geheimname für ihn war, also rief er mit lauter, hallender Stimme: »Peter! Peter, ich bin's, Stephen!«

Keine Antwort. Also war er noch nicht gekommen. Plötzlich kam Stephen ein erschreckender Gedanke: Womöglich war Peter durch die Entdeckung des dritten Haarbüschels alarmiert gewesen und hatte vielleicht aus Sicherheitsgründen die Kammer leergeräumt? Denn er konnte ja noch nicht wissen, *wer* Harriet Croziers Mörder war. Am Eingang der Kammer hob Stephen die Lampe. Der Schein glitt über die Felswände und zeigte ihm, daß alles noch genauso war wie vorher, die Kartons, die Flasche Cider, die Kleidungsstücke, das Lager, die Kerzen in den Flaschen und die Kerze im Kerzenhalter.

Jetzt, da er in der Geheimkammer war, der Kammer, wie er sie nun schon so lange kannte, fühlte er sich wieder glücklich. Er setzte sich auf die Matratze, rollte seine Wolldecke auseinander und zündete alle Kerzen an. Ihm war zumute wie einem, dem zwar seit langem das Haus eines Freundes wohlvertraut ist, aber doch immer nur als Gast. Jetzt hatte er sozusagen darin sein eigenes Zimmer bekommen, war regelrecht mit eingezogen und konnte sich nun Freiheiten herausnehmen, die er sich früher hatte versagen müssen. Er zündete den kleinen Heizkocher an. Der Kessel, stellte er fest, war bereits mit Wasser gefüllt. Es würde lange dauern, bis er kochte, aber am Ende würde er sich doch eine Tasse Tee bereiten können. In dem Karton, in dem die Konserven und die Zwiebäcke waren, verwahrte Rip auch zwei Schachteln Zigaretten, und genau wie neulich, als Stephen die Pforte in der Einfriedung des Foinmenplateaus geöffnet hatte, glaubte er, einen Hauch von Tabakduft zu riechen.

Der Heizkocher verbreitete ein wenig willkommene Wärme. Stephen kaute Zwieback, während er wartete, bis der Kessel kochte. Es gab nur Milchpulver für seinen Tee, aber das machte ihm nichts aus. Sich zu bescheiden, das erhöhte schließlich nur das Vergnügen eines Picknicks. Im Geiste sah er sich schon mit Rip bei künftigen improvisierten Mahlzeiten sitzen – mühselig aufgebrühter Tee, um so köstlicher, je langwieriger und schwieriger die Zubereitung war, Zwiebäcke, die mit der Zeit ein bißchen feucht geworden waren, Fleisch, das man aus einer Konservendose polkte. Er hatte schlecht geschlafen letzte Nacht, nachdem er Tace begraben hatte, deshalb legte er sich auf die Matratze, zog die Wolldecke über sich und schlief sofort ein.

Als er erwachte, sagte ihm ein Blick auf seine Uhr, daß es Nachmittag war. Hier unten in der Mine blieb ja die Zeit, blieben die Jahreszeiten und blieb die Stille immer die gleiche. Er setzte sich auf, ein wenig steif von der Kälte, und lauschte in die Stille hinein. Die Kerzen waren weit heruntergebrannt, aber in dem Kerzenhalter steckte noch eine ganz neue, und außerdem hatte er noch vier Ersatzkerzen mitgebracht. Er zündete die frische Kerze an. Dabei betrachtete er den Kerzenhalter, und plötzlich war ihm, als habe er ihn schon einmal gesehen . . . Bei sich zu Hause, vielleicht, als er ein kleines Kind war? Oder im Pförtnerhaus? Ja, das war schon eher möglich. Er mußte damals Helena gehört haben, war dann später wohl an Leonard und schließlich in Peters Besitz übergegangen. Wie Gold schimmerte er im Dämmerlicht der Geheimkammer.

Es war nach vier. Bestimmt würde Rip vor Dunkelwerden kommen, er würde doch nicht das Hereinbrechen der Nacht abwarten? Um sich die Zeit zu vertreiben, öffnete er die Deckelklappen des Geheimkartons. Er war fast sicher, daß die drei Haarbüschel noch genauso lagen, wie er sie hinterlassen hatte. Bedeutete das womöglich, daß Rip seither gar nicht in den Karton hineingeschaut hatte, daß er gar nichts wußte von dem Haar des dritten Mädchens, das sich darin befand? Ach, was für herrliche Zeiten stünden ihnen bevor, ihm und Rip gemeinsam, verborgen in diesem Unterschlupf, aus dem sie gelegentlich hervorbrechen würden, wie Wölfe aus ihrer Bergfeste hervorbrechen, um über eine Schafherde herzufallen. Er schloß die Augen und sah sich und den Freund als Wölfe – grau, zottig, mächtig und schnellfüßig, mit einem Opfer zwischen Zähnen und Lefzen. Ihr erstes Opfer sollte vielleicht Stella Crane sein, die man sicherlich ohne Schwierigkeiten aus ihrem trauten Heim in Loomlade herauslocken konnte.

Er mußte lachen bei diesem Gedanken, obgleich mittlerweile seine Zähne vor Kälte aufeinanderschlugen. Seine Uhr zeigte auf fünf. Er stand auf, marschierte hin und her, rieb sich die Hände und stampfte mit den Füßen. Anscheinend wurde es kälter und kälter hier drinnen, aber er wollte nicht schon wieder den Heizkocher in Gang setzen und das ganze Benzin im Kanister verbrauchen. Sie würden es morgen früh zum Teekochen brauchen. Er beschloß, einen kleinen Rundgang zu machen, sich Bewegung zu verschaffen, vielleicht durch Gymnastikübungen. Wieder etwas, das ihn zum Lachen reizte, die Vorstellung, hier unten, in den Schlünden der Erde, Gymnastik zu betreiben! Er tastete sich durch den Stollen zurück und ging von der Gabelung aus ein Stück in den Gang hinein, wo er auf die verdorbene Luft gestoßen war. Und hier gewahrte er, daß er sich geirrt hatte, als er ein Überfluten des Bergwerkes für unwahrscheinlich gehalten hatte. Denn der Boden dieses Stollens, der sonst immer nur feucht gewesen war, lag jetzt unter Wasser. Der Pegel des Sees, den man das »Bodenlose Loch« nannte, war an den Wänden der Höhle, die er ausfüllte, mächtig in die Höhe gestiegen. Das Wasser breitete sich in dem Stollen aus und machte ein Weitergehen unmöglich. Stephen richtete seine Handlampe nach oben und pfiff durch die Zähne bei dem, was er da sah. Es war zwar nicht möglich, abzuschätzen, wie tief das Wasser war, aber es war so hoch gestiegen, daß kaum fünfundzwanzig Zentimeter Zwischenraum blieben zwischen dem

Sargprofilgewölbe und der geriffelten schwarzen Wasseroberfläche.

Geriffelt, nicht bewegungslos . . . Und es stieg zusehends . . . Ob es draußen wieder regnete? Oder hatte es vielleicht die ganze Zeit geregnet, während er schlief, und auch davor und danach? Erstmals kam ihm zum Bewußtsein, wie steil die beiden Gänge nach der Gabelung anstiegen, der eine, der zu Rips Kammer, der andere, der zum Ausgang führte. Aber es würde lange dauern, bis das Wasser so hoch gestiegen wäre, vielleicht würde das nie passieren. Vielleicht überflutete die Mine bei schweren Regenfällen gelegentlich so wie jetzt, und danach versickerte das Wasser dann nach und nach wieder, wurde aufgesogen vom Moorgrund.

Fröstelnd überfiel ihn die Erkenntnis, daß er hier unten doch einer gewissen Gefahr ausgesetzt war. Nicht, daß er sie direkt als Furcht empfunden hätte, sondern mehr als Bedrohung seiner glücklichen Zweisamkeit mit Rip. War das womöglich der Grund, weshalb Rip immer noch nicht gekommen war? Weil es wieder so heftig regnete, wie an dem Tage des Gewitters? Stephen beschloß, hinaufzugehen und nachzusehen. Ja, er würde den Schacht hinaufsteigen und nachsehen, ob es draußen regnete.

Genau in diesem Augenblick gab seine Taschenlampenbatterie den Geist auf. Natürlich war er nicht so unklug gewesen, ohne Ersatzbatterie herzukommen, also ging er zurück in Rips Geheimkammer, um sie aus seinem Rucksack zu holen. Ob er den Rucksack und die Wolldecke mit nach oben nehmen sollte? Nein, noch nicht. Vielleicht würde das auch überhaupt nicht notwendig sein. Rip würde schon kommen! So felsenfest war seine Überzeugung, Rip werde noch kommen, und auch er selbst werde zurückkommen, daß er die Kerze in dem Messinghalter brennen ließ.

Also zurück zur Gabelung und dann den Stollen entlang, der zum Ausgang führte. Von der Schachtmündung her floß das Wasser in dünnen Rinnsalen über den Stollenboden. Aber nicht diese rinnenden Bäche waren schuld, daß Stephen ungläubig stehenblieb, ehe er über den schlüpfrigen Schieferboden vorwärts stürmte. Das Seil war verschwunden!

Er senkte den Lampenstrahl, als schlösse er die Augen, und dann richtete er ihn erneut auf die Schachtöffnung. Das Seil war nicht da! Er ging vorwärts bis in die Schachtmündung hinein, blieb stehen und blickte nach oben. Ein dicker Wassertropfen schlug auf seiner Stirn auf. Er malte sich aus, wie es dort oben in Strömen goß, wie das Wasser die Hänge hinunterfloß, über das Steinschelf, bis hinein in das Sough. Konnte der Regen so heftig gewesen sein, daß er das Seil aus seiner Verankerung gerissen hatte? Aber dann wäre es ja nicht vollständig verschwunden, sondern es wäre in den Schacht hinuntergefallen. Nein, irgendjemand hatte es losgeknüpft.

Nach seinen ersten zwei Besuchen in der Mine war er so gewandt gewesen beim Durchklettern des Schachtes, daß er auch ohne Seil zurechtgekommen wäre. Jetzt war der Augenblick gekommen, das zu beweisen. Sollte er zurückgehen und den Rucksack holen? Natürlich nicht. Er hatte ja nicht vor, dort oben zu bleiben, er hatte vor, in die Mine zurückzukommen. Die Lampe hingegen würde er mitnehmen. Er hängte sie sich über den Arm.

Die ersten Schritte waren ermutigend. Hier unten gab es kräftige Gesteinsvorsprünge, auf denen die Füße Halt fanden, und das herabrinnende Wasser beeinträchtigte das Klettern kaum. Aber kaum zwei Meter höher wurden die Wände ebener, und der Schacht wurde zu einem glitschigen Schlund. Bei seiner Zuversicht, er könne es auch ohne Seil schaffen, hatte er die Wirkung eines derartig schweren Regens nicht einkalkuliert. Er stand jetzt anderthalb Meter über dem Boden gegen die Schachtwand gelehnt, und es gelang ihm nicht, einen sicheren Halt für seine Hände zu finden; und bevor er den nicht fand, konnte er nicht wagen, seinen rechten Fuß zu bewegen. Aber er bewegte ihn doch. Seine Hände krallten sich in splitternden Schiefer und weichen Schlamm. Beide Füße glitten ab, und er rutschte die ganze Strecke abwärts, die er schon geschafft hatte. Dabei schrammte er mit Brust, Armen und Händen über die rauhe, schmierige Oberfläche.

Er versuchte es noch einmal. Er versuchte es noch zwei weitere Male, und er mußte aufgeben, als er sich den linken Knöchel verstauchte. Seine Kleidung war schlammverschmiert, seine Hände bluteten, und das Glas seiner Handlampe war zerbrochen. Es war Blödsinn, sich derartig abzustrampeln und dabei die Nerven zu verlieren – Blödsinn, dabei eine Verletzung zu riskieren, denn es bestand ja keinerlei Gefahr, daß er in der Mine gefangensäße! Rip würde kommen, und Rip würde sein eigenes Seil mitbringen.

In der Hand die Lampe, die trotz des kaputten Glases noch immer einen kräftigen Lichtstrahl gab, humpelte Stephen langsam durch den Stollen zurück. An dem höchsten Punkt, den er im Ausgangsschacht erreicht hatte, bevor er wieder heruntergerutscht war, hatte er geglaubt, den Regen zu hören. Weit oben war ein Dröhnen gewesen, wie das Rauschen des Meeres. Aber hier unten herrschte wieder die ewige, hohle Stille. Seine eigenen Schritte hörte er, sonst nichts.

Plötzlich blieb er stehen. Er stand wie angewurzelt, er rührte kein Glied, und dennoch hörte er Schritte –, sehr schwach, sehr weit vor ihm. Vielleicht kamen sie aus der entgegengesetzten Richtung auf die Gabelung zu und tappten jetzt den Stollen entlang, der zu Rips Geheimkammer führte?

Rip war also gekommen! Stephen konnte sich zwar nicht vorstellen, *wie* er gekommen war, auf welche Weise er in die Mine gelangt war, aber er *war* gekommen, und jetzt mußte er in der Kammer angelangt sein, wo noch immer die Kerze brannte. Wäre sein Knöchel nicht gewesen, Stephen wäre gerannt in seinem Verlangen, endlich bei ihm zu sein. Aber sein Fuß schmerzte inzwischen schon, wenn er ihn nur auf den Boden setzte. So schnell er irgend konnte, humpelte er bis zur Gabelung und bog in den nächsten Gang ein. Noch ehe er die Biegung erreichte, sah er den Kerzenschimmer, und er roch süßen, aromatischen Zigarettenduft. Er brüllte: »Rip, ich komme!« und taumelte auf den Eingang der Kammer zu.

Die Gestalt, die ihm den Rücken zuwandte und sich über den Karton beugte, in dem das Haar war, warf einen riesigen, grotesken Schatten an die Wand. Sie verharrte wie paralysiert in ihrer Stellung. Und dann wandte sie sich langsam nach ihm um. Stephen ließ die Lampe fallen. Sie krachte auf den Boden und verlosch.

Der Mann in Rips Geheimkammer war Vati.

21

Jedes Wort war zu wenig oder zuviel. Lange Zeit sagten sie gar nichts. Stephen torkelte zur Matratze hinüber und lag mehr darauf, als daß er saß. Er sah, daß es sein eigener dicker Schafwollpullover war, den Vati trug, ein alter, den er in dem Haus in der King Street zurückgelassen hatte, als er heiratete. Ebenso wußte er jetzt, woher der Kerzenhalter stammte: aus Whalbys Antiquitätenlager nämlich.

Vati hatte in den Karton geblickt, in dem das Haar lag. Er hielt Harriet Croziers Haarschopf in der Hand und sah Stephen starr und durchdringend an. Er nahm die Zigarette aus dem Mund und drückte sie auf dem Boden aus. Vati hatte ja immer nur geraucht, wenn er glücklich war.

Stephen mußte sich zwingen, zu sprechen: »Hast du mein Seil fortgenommen?«

»Allerdings. Konnte ja nicht wissen, daß es deins ist, oder? Wußte ja nicht, daß du das bist.«

Stephen fröstelte. »Aber wie bist du dann in die Mine gekommen?«

»Auf demselben Weg, wie immer. Das Apsley Sough runter.«

»Aber wo mein Seil hing, das ist doch das Apsley Sough.«

Vati hob die schweren Schultern. »Vor Jahren bist du mal nach Hause gekommen und hast erzählt, du hättest einen Einstieg in das Bergwerk gefunden. Apsley Sough hast du gesagt. Als ich dann mal einen – ja, einen ruhigen Platz brauchte, da hab ich nach einem Loch gesucht, und ich hab ein Loch gefunden, das ist alles.«

Es *gab* also zwei Wege in die Mine hinein – und zwei Wege hinaus. Stephen stellte sich mühsam auf die Füße. Ein heftiger Schmerz fuhr durch sein linkes Bein vom Knöchel aufwärts, aber er achtete nicht darauf. Jetzt erst bemerkte er, wie naß Vati war, naß bis zum Gürtel, so, als ob er im Wasser gewesen wäre.

»Ich gehe«, sagte Stephen. »Wenn du mir sagst, auf welchem Weg du gekommen bist, dann gehe ich. Dies hier ist dein Platz, ich werde nicht wieder herkommen.«

Aber untergründig spürte er, daß er an einem Ende angelangt war, vielleicht am Ende seines Lebens. Wenn er versuchen würde, daraus hervorzuklettern, so wie er versucht hatte, den Schacht hinaufzuklettern, dann würde er nur wieder zurückrutschen und dabei kaputtgehen.

Vati schleuderte das Haar fort. In hellen Strähnen kringelte es sich auf dem Boden, schimmernd wie das Kerzenlicht.

»Wir gehen beide«, sagte Vati, und mit leiser, beinahe verwunderter Stimme setzte er hinzu: »Wie der Vater, so der Sohn . . .«

Er reichte Stephen die Kerze und schaltete seine eigene kompakte Lampe an, die einer Laterne glich. Den Rucksack und die Wolldekke ließ Stephen zurück. Vati ging voran, und Stephen hinkte hinter ihm her. Erst als sie die Gabelung erreicht hatten, sprach Vati wieder. Er deutete nach vorn:

»Da durch müssen wir, aber ich warne dich, es wird naß. Als ich kam, ging es mir bis zum Bauch.«

»Aber dort ist die Luft nicht in Ordnung«, wandte Stephen ein. »Man kann dort nicht mal ein Streichholz anzünden.«

»Ach nee, wirklich? Hab' das nie versucht, hab' das Zeug einfach eingeatmet, jedesmal, wenn ich gekommen oder gegangen bin. Und du siehst, ich bin immer noch da. Pech für mich!«

Kaum sechs Meter weiter stand ihnen das Wasser bereits bis an die Knöchel. Danach stieg es rapide, und es war eiskalt. Stephen fühlte es wie Schmerzen an seinen Beinen hochsteigen, über die Knie, bis an die Hüften. Als ihm das Wasser bis zum Gürtel reichte, begann die Kerzenflamme kleiner zu werden. Er kämpfte sich weiter durch das Wasser, vor sich Vatis Rücken wie den Rücken eines mächtigen Ochsen. Kleiner und kleiner wurde die Flamme, dann zuckte sie ein paarmal und verlosch.

Wie ein Kind im Dunkeln sagte er: »Vati, ich kann nichts mehr sehen, meine Kerze ist ausgegangen!«

Eine Welle schwarzen Wassers schwappte ihm gegen die Brust, als Vati sich umdrehte. Es war wieder hell durch den Lichtstrahl aus seiner Laterne. Die Luft, die Stephen einatmete, war schlimmer als Kohlengas, es war, als inhaliere man vaporisiertes Metall. Er begann zu husten.

»Wird es noch tiefer?«

Vati antwortete nicht. Vielleicht wußte er es nicht. Allein schon sein Gesicht, eingefallen und unheimlich in dem gelblichen Licht, verriet ihm, um wieviel tiefer das Wasser jetzt war, verglichen mit der Zeit, als er gekommen war.

»Stephen«, sagte Vati. »Ist wohl besser, ich geh' allein weiter, mein Junge. Ich bin größer als du. Wenn ich raufkomme, dann laß ich dir dein Seil runter.«

Stephen wollte ja sagen – in Ordnung, statt dessen kamen wie ersticktes Schluchzen die Worte heraus: »Ich will nicht allein im Dunkeln bleiben!«

»Tja, das hilft nun nichts.«

Er stand bis zu den Schultern im Wasser und sah zu, wie sich der Lichtschein von ihm wegbewegte. Vati konnte nicht schwimmen, und er konnte es auch nicht. Das schwache, sich entfernende Licht füllte den engen Zwischenraum zwischen der Wasseroberfläche und der Deckenwölbung, und er konnte Vatis Kopf sehen, die Silhouette eines Kopfes, schwarz wie Taces Büste. Dann machte der Stollen eine Biegung, und das Licht war fort.

Stephen schauderte. Er wollte schreien hier in der Dunkelheit in dem schwarzen Wasser, aber es wurde nur ein schwaches Wimmern. Er fing an, sich rückwärts durch das Wasser zu kämpfen, den Weg zurück, den sie gekommen waren, ein blinder Mann in einer unsichtbaren Flut.

Die Stille war absolut, die Finsternis undurchdringlich, und so waren seine wichtigsten Sinnesorgane plötzlich nutzlos geworden. Nur das Gefühl war ihm geblieben, obgleich die Kälte des Wassers seine Gliedmaßen taub machte. Ebenso konnte er die metallische Säure der Luft riechen und schmecken. Aber er gab nicht auf und schleppte sich langsam rückwärts. Wenn er es nur schaffte, nicht in Panik zu geraten, nicht hinzufallen, in dieser schwarzen Stille nicht in Geschrei auszubrechen, dann winkte ihm am anderen Ende die Rettung! Immer noch konnte ihm durch das Apsley Sough die Rettungsleine heruntergeworfen werden. Er biß die Zähne aufeinander, um sein Wimmern zu unterdrücken, und malte sich aus, wie seine Hände zu guter Letzt das Seil ergriffen.

Durch die Stille tönte ein fernes Grummeln. Es war nicht sehr laut, ein unterdrücktes Grollen, sehr ähnlich dem Geräusch des fernen Donners, damals, als er zwischen den Foinmen gelegen hatte, an dem Tag, als er Harriet Crozier getötet hatte. Ohne daß er so etwas je erlebt hatte, wußte er sofort, daß es ein Steinschlag war, was er da hörte, ein Steinschlag irgendwo im Innern der Mine. Und als der Widerhall verebbte, sagte ihm irgend etwas – irgendein Rest seines durch den Ausfall der übrigen Sinne geschärften Witterungsvermögens, daß dieser Steinschlag eine Bedrohung, eine Gefahr für ihn war. Instinktiv preßte er sich eng gegen das gewölbte Profil der Stollenwand und klammerte sich mit den Fingern so gut es ging in die Furchen, die die Spitzhacken hinterlassen hatten. Er tat es gerade noch rechtzeitig. Eine plötzliche Flutwelle rollte heran, schwappte ihm das Wasser ins Gesicht, schlug über seinem Kopf zusammen und begrub ihn unter sich. Hätte er sich nicht festgeklammert, so wäre er fortgeschwemmt worden. Unter Wasser, gegen den Fels gepreßt, dachte er blitzartig, so müßte es sein, das Ertrinken . . . Und dann war die Welle vorüber. Er warf den Kopf zurück und atmete wild die bleibittere Luft ein.

Es kam eine zweite Welle, eine kleinere. Sie schwemmte einen festen Gegenstand dicht an seinem Gesicht vorbei. Er griff danach, packte ihn, ertastete seine Hälfte und seine Form . . . und dann wußte er, daß es Vatis Laterne war.

Das Wasser wurde niedriger und beruhigte sich. Er kämpfte sich weiter, tastete mit einer Hand an der Wand entlang und hielt in der anderen die Laterne. Der Wasserspiegel sank ihm bis zur Hüfte, bis zu den Knien, und schließlich gab das schwarze Naß ihn ganz frei. Da begann er wieder zu zittern, und er spürte erneut den Schmerz in seinem Knöchel. Nahezu auf trockenem Boden erreichte er die Gabelung, und hier schleuderte er die Laterne auf den Boden und hörte sie gegen das Felsgestein scheppern.

Es lag weder Sinn noch Hoffnung darin, den Stollen zur Linken einzuschlagen, denn nie würde jetzt das Seil den Schacht hinuntergelassen werden, er war für immer in der Mine eingeschlossen. Er schleppte sich den Gang zu Rips Kammer hinunter. Nach einer Weile brach er zusammen und kroch wie ein Tier auf allen vieren weiter. Und er dachte daran, daß er dort Licht machen würde, für eine kleine Weile Licht! Nichts war ihm mehr geblieben als eine Stunde Licht vor der ewigen Dunkelheit, und weil er sich nach diesem Licht sehnte, wie er sich manchmal nach der Sonne gesehnt hatte, kroch und robbte er ihm mit letzter Kraft entgegen.

In dem unaufhörlichen Regen wirkte das Goughdale ähnlich grau und unwirklich wie im Nebel. Zwischen dem runden Steinzirkel des alten Mahlwerkes und der zerfallenen Steinhütte kamen Männer vom Reeves Way herauf. Sie trugen Seile und Spitzhacken und Leitern, und durch den schweren Regenvorhang sahen sie aus wie die Schatten der Bergarbeiter längst vergangener Zeiten. Malm und Manciple gingen voran.

»So was nennt man Glück«, sagte Malm, »diese Frau, die ihn gestern abend gesehen hat, wie er das Zeug vergraben hat.«

Manciple nickte. »Hoffen wir, daß er uns verrät, wer die ersten beiden umgebracht hat.«

»Wenn er das weiß.« Malm fröstelte in der Nässe und zog sich den Mantelkragen eng um den Hals. »Hoffentlich haben Sie recht, daß er da unten steckt.«

»Darauf wette ich – und zwar einiges.« Sie hatten das Kalksteinschelf am Fuße des Big Allen erreicht. Manciple blickte in den Regen, der auf die Felsen trommelte und in Bächen die Abhänge hinunterfloß. In seiner bescheidenen Art sagte er: »Ich glaube, ich finde es wieder, auch wenn es so viele Jahre her ist.« Und mit leuchtenden Augen, als seien die vielen Jahre von ihm abgefallen, setzte er hinzu: »Ich war damals ein kleiner Knirps. Ich strolchte hier oben durchs Moor, und da sah ich plötzlich dieses Seil, das in einem Loch verschwand. Ich guckte hinunter, und da kam der Junge herausgeklettert . . . Ah, hier ist es! Und da liegt ja auch schon ein Seil und wartet auf uns!«

»Gehen Sie runter und holen Sie ihn«, sagte Malm.

Bitte beachten Sie
die folgenden Seiten:

C. P. Snow

Mord unterm Segel

Roman

Ullstein Buch 20652

ein Ullstein Buch

»Sechs Personen sind im engen Raum einer Segeljacht zusammengepfercht, um eine Lustfahrt anzutreten. Doch bald stoßen Verhängnisse älteren Datums aufeinander, um in einem rätselhaften Mord zu explodieren. Mit Scharfsinn, kühler Verhaltenheit und Ironie wird eine Spannungslage durchgehalten, die auf den Schlußseiten überraschend aufgeht.« (Rheinischer Merkur)

Michael Innes

Hasenjagd

Kriminalroman

Ullstein Buch 20720

ein Ullstein Buch

Von einem Seminar auf dem Lande – genauer gesagt im Südwesten Englands, nahe Dartmoor – erwartet man eigentlich nichts Aufregendes: Eine Gruppe junger Männer, Studenten im Examenssemester, liest und diskutiert gemeinsam mit ihrem ein wenig kauzigen Professor. Doch unerwartet brechen Angst, Lebensgefahr und Tod in diese Idylle ein…

Alfred Hitchcocks Kriminal-magazin bei Ullstein

ein Ullstein Krimi

Alfred Hitchcock – der Name bürgt für erlesene Qualität in Sachen Gänsehaut und Schockeffekt. Für Hollywood drehte er einige der besten Kinofilme aller Zeiten. Von Königin Elisabeth II. wurde er in den Adelsstand erhoben. Aber Alfred Hitchcock war auch einer der besten Kenner der internationalen Kriminalliteratur – ein Kenner und Genießer, der genau wußte, welche Zutaten in einen todsicher gruseligen Cocktail gehören. Soviel Ruhm verpflichtet. Daher veröffentlicht der Ullstein Verlag einmal im Monat ALFRED HITCHCOCKS KRIMINALMAGAZIN, eine Sammlung der jeweils besten Kriminal-kurzgeschichten englischer und amerikanischer Autoren.

Hitchcocks Leichen – ohnegleichen